Nos corps perdus

Clémence Gros

Nos corps perdus
Roman

LE LYS BLEU
ÉDITIONS

© Lys Bleu Éditions – Clémence Gros

ISBN : 979-10-377-6372-3

Cet ouvrage est un roman et n'a pas de visées académiques. Toute référence à une étude scientifique ne saurait apporter une quelconque lumière à une question relative à ce type de domaine.

Je souhaiterais ajouter qu'il ne s'agit pas d'un roman historique, mais bel et bien d'une fiction portant les traits du fantastique.

Le fantastique, nous l'avons vu, ne dure que le temps d'une hésitation : hésitation commune au lecteur et au personnage, qui doivent décider si ce qu'ils perçoivent relève ou non de la « réalité », telle qu'elle existe pour l'opinion commune. À la fin de l'histoire, le lecteur, sinon le personnage, prend toutefois une décision, il opte pour l'une ou l'autre solution, et par là même sort du fantastique. S'il décide que les lois de la réalité demeurent intactes et permettent d'expliquer les phénomènes décrits, nous disons que l'œuvre relève d'un autre genre : l'étrange. Si, au contraire, il décide qu'on doit admettre de nouvelles lois de la nature, par lesquelles le phénomène peut être expliqué, nous entrons dans le genre du merveilleux.

Tzvetan Todorov, *Introduction à la Littérature fantastique*

1997
La nostalgie du passé

Qu'il est loin mon pays, qu'il est loin
Parfois au fond de moi se raniment
L'eau verte du canal du Midi
Et la brique rouge des Minimes
Ô mon païs, Ô Toulouse...

Je reprends l'avenue vers l'école
Mon cartable est bourré de coups de poing
Ici, si tu cognes tu gagnes
Ici, même les mémés aiment la castagne
Ô mon païs, Ô Toulouse...

Claude Nougaro, Toulouse

Je m'en fumais une dernière. La première, que j'avais grillée très tôt ce matin, gisait à moitié fumée et froide dans le cendrier en cristal. Elle était ensevelie sous une dizaine d'autres cigarettes, celles-là consommées jusqu'au filtre.

J'étais en face d'un paquet de copies à corriger : une dissertation sur le débarquement en Normandie par les Alliés. Le genre d'examen dont les lycéens ont horreur, après la composition de cartes à mon avis. Pour les élèves, c'est quatre pages terribles à noircir. Et pour moi, c'est quatre pages terribles à raturer de rouge.

Je n'avais pas encore touché à la première copie du tas. Je rassemblai mes esprits et lus :

Introduction
La guerre de Normandie fut l'apogée de la guerre de 40-45.

Je m'étais levé tôt pour lire *ça*… ? Et puis, combien de fois avais-je expliqué à mes étudiants qu'on n'écrivait jamais « Introduction » dans une dissertation… ?

Je tirai une bouffée sur la Pall Mall et expirai la fumée, rectiligne, devant moi. Elle s'éparpilla devant mes yeux, montant, roulant presque sur les carreaux de la fenêtre embuée. Je regardai le spectacle aphone de la ville au bord du sommeil.

Non, je ne m'étais pas levé tôt pour *ça*.

Je secouai la tête comme pour chasser les mauvais esprits.

Je m'étais levé tôt parce qu'un souvenir me taraudait.

Je quittai mon bureau de travail pour aller me faire couler un café. J'avais les yeux ouverts depuis 5 h du matin et j'en avais bien besoin.

J'appuyai sur le bouton de la machine à café. Elle vibra et des vapeurs douces s'élevèrent dans la pièce humide. Un fil de café discontinu tomba dans la verseuse en verre. Je m'appuyai contre le bar froid de la cuisine. D'ici, de mon immeuble, j'avais une vue lumineuse et imprenable sur le quartier Capitol Hill – le quartier des LGBT – et sur South Lake. L'apogée de l'heure de pointe était passé et sur la voie rapide I-5 Express, que je pouvais apercevoir d'ici, le déferlement de voitures et de camions avait laissé place à quelques phares transperçant le mauvais temps.

À cette heure de la journée, les lumières de Seattle scintillaient, faibles, derrière les fenêtres embrumées et rincées par une pluie éparse. La soirée fraîche d'un automne pluvieux entamait le tableau de hauts bâtiments gris et blancs de l'immense ville. D'abord, le faible crépuscule rouge, et les ombres se couchaient tout près du sol. Puis, le charbon de la nuit, et les ombres se laissaient envahir par les mystères nuiteux d'une « ville carrelage », quadrillée pour un plan parfait d'une clarté déconcertante… Trop déconcertante pour un gars comme moi : un Toulousain. Maintenant, je savais que je ne m'habituerais jamais à cet endroit, à cette ville aux allures trop sèches, trop propres. Et encore ! J'habitais dans un immeuble façonné dans des briques rouges qui rappelait d'une manière imperceptible les vieux bâtiments toulousains ! De quoi est-ce que je me plaignais ?

Ah, Toulouse…

C'est bien le contraire de ce bout de carré. Pour moi, Toulouse est un véritable dédale d'étrangetés à chaque coin d'une ruelle, qui serpente et glisse vers une autre ruelle, qui, elle, débouche sur une longue avenue frangée de ces petits immeubles couleur vin. Et puis, il y a ces places et ces placettes recouvertes de pavés aux couleurs du cortinaire violet, bordées d'arcades rouges et longées par la large Garonne qui a versé, telle une source d'inspiration, dans le verre de grands poètes et chansonniers un flot continu de rêves et de récits. Je pense aussi à ces longues allées arborées de hauts platanes à l'écorce dure et aux feuilles sèches et crépitantes lorsque l'automne fait son chemin. Je pense à ces marchés du dimanche où les cèpes gras et le cageot plein à ras bord de mûres, de myrtilles et de groseilles grouillent, de cette envie pressante de confiture devant un agriculteur au béret bien planté sur le chef. Je pense aussi à ce Jardin des Plantes qui a accueilli un bout d'Histoire venant d'une autre portion de Toulouse ou une autre portion de la Terre et dont le résidu historique loge paisiblement dans les portes et les statues, témoins des foules du dimanche qui profitent des rayons du soleil pour un farniente dans la pelouse du site. Toulouse regorge « des histoires sur des histoires » : un mur peut cacher tant de récits prolifiques qui ont un lien avec l'Histoire. Tenez, par exemple, comme le massacre du Général Ramel au 41, place des Carmes, ou le développement du quartier Saint-Sernin avec l'essor de la basilique enrichie par de nombreux pèlerins. Il y a aussi ces murs abritant la Gestapo comme la demeure bourgeoise du 2 rue des Martyrs de la Libération (un véritable lieu de torture des dissidents au régime nazi) et ces murs secrets dans un bâtiment de style haussmannien qui abritait peut-être des résistants.

Plus jeune, j'avais choisi un métier : professeur d'Histoire-Géographie. J'avais commencé ma carrière dans un coin perdu près des Pyrénées, muté sans que l'on me demande vraiment mon avis. Et puis, grâce à un ami de l'Université des Lettres de Toulouse, j'avais réussi à décrocher une place dans un lycée français privé à Seattle. Je m'étais dit que je changerais un peu d'air comme ça, que je découvrirais de nouvelles contrées... Mais, aujourd'hui, à l'instant même où l'odeur âpre du café se répandait dans le salon et que les réverbères éclairaient d'un faible halo l'immeuble aux briques rouges en face du mien, je savais que je m'étais seulement enfui, loin de ma ville natale, loin de mon *païs*. Pour être seul. Quinze ans déjà...

Je me versai une longue tasse de café et revins au bureau. Je ne parvenais pas à m'asseoir à cette table sans penser à *ces étranges évènements*, sans me noyer dans cet élan de nostalgie et ressentir une vague tristesse.

— Eh ouais..., soufflai-je.

Je m'étais enfui, loin de tout et de tout le monde. J'avais besoin de « refaire le point avec moi-même ». Et maintenant... ?

Je repensais au coup de téléphone... Je repensais à Pierre... Mon esprit oscillait entre ce coup de téléphone reçu il y a trois jours et la silhouette émaciée de Pierre.

— Eh ben, alors ? Tu me reconnais pas ? m'avait lancé une voix vieillie par le temps au bout du fil. C'est Dedieu...

On était resté un quart d'heure au téléphone. Il faut dire qu'on avait plus de vingt ans à rattraper. La note téléphonique avait dû être salée pour mon interlocuteur. J'avais d'abord été surpris, puis on avait ri et on s'était remémoré ensemble notre enfance, notre adolescence et une partie de notre majorité.

Robin Dedieu, c'était son nom. C'était devenu un artiste, celui-là. Pas du tout un historien, contrairement à ce que tout le monde pensait à l'époque. Enfin... Sa passion pour l'Histoire et pour la religion l'avait amené à étudier l'architecture et le décor des églises. Pendant un moment, il s'était intéressé à l'Histoire de l'art et puis le destin avait voulu qu'il devienne *designer*. Vous me direz… Les liens entre sa passion antérieure et son métier actuel n'étaient pas si contradictoires que cela.

Il piaillait dans le combiné, me poussant petit à petit à me remémorer de choses et d'autres :

— Est-ce que tu te rappelles cette boule de gras, la secrétaire-comptable de l'école près de la rue Lakanal ?

— Ouais, ouais, je m'en souviens bien, avais-je répondu amusé de reparler de cette *fada*[1]. Personne ne l'aimait, cette vieille peau… Elle doit être entre quatre planches à l'heure qu'il est.

Robin avait ri, puis il avait poursuivi la conversation m'invitant toujours plus à me plonger dans nos souvenirs d'enfance.

— Et tu te souviens de nos jeux de résistants ? Qu'est-ce qu'on était cons parfois…

— Oui, je m'en souviens bien…

En effet, on s'était amusés à jouer à la guerre longtemps avec mes copains d'école.

Ça avait même mal fini…

J'avais marqué une pause. Robin avait peut-être senti un léger trouble en moi. Il m'avait laissé le temps de respirer un court instant.

Ouais, on jouait aux résistants avec mes copains d'école…

J'avais décollé le combiné de mon oreille malgré moi.

Et ça avait mal fini…

— T'es toujours là ?

---

[1] Terme dérivé de « fée » en occitan qui désigne un « fou ».

— Oui, oui, avais-je répondu me tirant d'une âpre rêverie. Je pensais juste à…

Une autre pause.

— Eh bien, justement…, avait repris Robin, je ne savais pas que tu habitais si loin. Si j'avais su… Je ne t'aurais pas dérangé dans ta solitude « voulue ».

Ce Robin… Quel renard… Il me connaissait bien…

Ma gorge s'était serrée.

— Qu'est-ce qu'il y a Robin ? Abrège…

— Ben, c'est-à-dire que… Je te promets, mon ami ! Ne le prends pas mal. Je sais quelles promesses on s'est faites y a longtemps. Mais fallait vraiment que je te le dise. Vraiment ! Et puis, il y a prescription depuis le temps… J'ai appelé Bastien aussi. Il m'a dit que je délirais. Tu sais comment il est. Surtout, depuis le décès de son père. Mais j'ai la tête encore sur les épaules. Ça, j'en suis sûr. Personne n'est mort de démence encore dans ma famille.

— Qu'est-ce que tu insinues, Robin ? avais-je soufflé.

— C'est que… J'ai trouvé par hasard quelque chose sur, tu sais… *Lui*… (il avait insisté sur le « lui » dans son intonation)

— Quoi ? Pierre ?

— Oui, Pierre ! C'est ça !

— Et alors ?

— Ben… C'est que c'est plutôt étrange…

Oui, c'était étrange. Et *pratiquement* improbable. J'avais essayé de garder une voix neutre, mais ça avait été difficile. Ma mauvaise humeur avait commencé à m'assaillir comme autrefois. Une sorte de mélancolie, mêlée au sentiment d'avoir été trahi (cela, je ne sus me l'expliquer pourquoi des années durant), était en chemin pour refaire surface. J'avais coupé net à la conversation.

— Pierre nous a quittés depuis longtemps.

Robin n'avait pas su quoi répondre. Personne n'y croyait plus vraiment.

J'avais changé de conversation, laissant Robin déconcerté et sur sa faim. On s'était quittés sur des promesses de retrouvailles, qui n'auraient probablement jamais lieu, autour d'un pastis bien chargé.

J'avais raccroché et mon esprit s'était engouffré dans les souvenirs de mon enfance confuse et celle d'une enfance perdue... Celle de Pierre...

Désormais, j'étais face à l'étendue d'une nouvelle ville, une nouvelle vie qui ne me disait pas grand-chose, qui ne me parlait pas. Et depuis cet appel, je ressassais mes souvenirs pour tenter de comprendre le cours des évènements du passé. Je repensais à Pierre... Puis, à mes parents, à l'école, à Toulouse...

Ces hauts bâtiments qui ont vu l'Histoire...
Ce temps et cet espace qui nous avalent...

Et plus au sud, si l'on s'évade par le bras de la Garonne, on peut même avec de la chance apercevoir les Pyrénées. Mais, ce n'est pas bon signe. Cela veut dire que demain, il pleuvra.

Je tombai dans un rêve de nostalgie comme un inconnu face à ces anciennes terres et à ces nouvelles terres.

... La nostalgie de mon enfance venait imprégner mon cœur. J'avais l'impression d'être resté dans ce genre de film en noir et blanc comme ceux de Pagnol. Un film de mon enfance... La nostalgie du passé...

Je repensais à Jules, à Bastien, à Dennis, à Robin, à Madeleine... Mais je repensais surtout à Pierre...

1956... C'était le déluge... Un déluge d'étrangetés qui nous serait tombé dessus...

En 1956, j'étais un jeune garçon plutôt chiant, sec, coupant. Je savais où je voulais aller sans le savoir vraiment. Personne (ou presque) ne me tenait tête dans la classe de notre école. J'avais mes amis à moi. Les autres, je m'en moquais. J'étais une forte tête. J'étais têtu. Mais, j'étais aussi un jeune garçon et je voyais encore avec mes yeux d'enfant.

Enfance et mystère, voilà les deux formules qui m'ont mené une fois aux portes du merveilleux.

1956
Nous, en 1956

Petite Feuille : Je vous préviens :
je vais être injuste.
Si le coupable ne se dénonce pas,
c'est le voisin qui prendra.

François Truffaut, *Les Quatre Cents Coups*

1
L'incident des sobriquets

Oui, j'étais d'une nature carrée... Et mes manies de forte tête et moi, ça faisait deux...

Si les choses n'étaient pas faites comme je l'entendais, cela pouvait vite obscurcir mon humeur. J'étais d'un tempérament plutôt coriace ce qui m'avait valu plusieurs bagarres à l'école et un bon nombre d'heures de colles dignes d'un vrai bagarreur. Pour autant, j'étais un casse-cou, pas un querelleur. Je ne cherchais jamais la bagarre de moi-même. J'étais selon mes propres mots « un bon bagarreur ». Un peu comme ces mecs sur les terrains de rugby.

Oh, mais je n'étais pas fait que de points négatifs. Je me voyais encore à dix ans comme un de ces chevaliers à l'esprit endurci transporté par une loyauté et une témérité sans borne. À présent que je me remémore mon passé, je sais d'où je sors ces références moyenâgeuses : les héros de la Matière de France. À l'époque, bien entendu, je n'en avais pas connaissance. J'étais trop jeune pour ce genre de récits aux phrases tordues. Mais j'ai cette sensation que l'Histoire m'imprégnait bon gré mal gré, comme elle imprègne tout ce qui nous entoure : l'architecture de nos villes, nos Jardins, nos institutions scolaires... C'est ainsi qu'elle trace son chemin...

Les gens n'avaient pas à me dire ce que je devais faire. Je me sentais déjà assez mature dans ma tête pour prendre des décisions. Je refusais qu'ils m'obligent à agir et à réagir en fonction de leurs propres choix.

« Amarante, viens par-là », « Amarante, je t'ai dit de faire ça comme ça », « Amarante, ça te va comme ci », « Amarante, ça te va comme ça. »

Ça me cassait les pieds rien que de les entendre m'interpeller ainsi.

Je trouvais très étrange d'être éduqué comme les adultes l'entendaient.

C'est ce qu'il y a de mieux pour toi, Amarante.

Ils pensaient qu'Amarante était destiné à être un garçon *comme cela*. Moi, je ne le voyais pas sous cet angle-là. *Et si, moi, Amarante, j'avais envie d'être différent ?*

Je n'avais peut-être pas envie d'être *ce* petit garçon docile dont rêvait ma mère et *ce* petit garçon sérieux que l'instituteur de mon école souhaitait voir en moi. J'avais envie d'être docile et sérieux *à ma manière*.

J'étais donc insatisfait par un tas de petits détails et, vraiment, j'en collectionnais de toutes sortes : les gestes de tendresse de ma mère à mon égard (je pensais que cela ne convenait pas à un garçon), des cheveux trop longs (ma mère adorait mes cheveux blonds cendrés et elle souhaitait les laisser longs, mais moi, je préférais une coupe plus stricte), un éventuel échec en classe de gymnastique à l'école (je ne supportais pas le regard de mon père lorsqu'il se penchait sur mes appréciations de sport quand elles étaient mauvaises), les gens qui sentaient l'ail ou avaient mauvaise haleine, ceux qui baissaient trop facilement les bras, la défaite et l'humiliation, les mouches sur la nappe à carreaux rouges et blancs de notre table de cuisine, mon lit mal fait, aller du côté d'Auterive (une commune au sud de Toulouse), appeler mon père « Martial » et non « Papa » et… mon prénom.

Amarante…

Mon père et ma mère me disaient qu'il recelait un charme absolu.

Amarante.

Il évoquait chez mon père la ville de Toulouse, immortellement rouge avec ses briques dures. Ma mère, portée par un regard plus romantique, avait parlé de « touches d'un exotisme volubile et délicat de ces pays d'Amérique du Sud ». Moi, je n'ai jamais aimé ce prénom. Et collé à mon identité tout entière, je le trouvais encore plus médiocre.

Amarante Lucien La Farge.

Amarante était un prénom qui portait des résonances féminines que je n'appréciais pas du tout.

Ma mère s'appelait Florette. C'était un prénom qui convenait parfaitement à sa personne. Florette était une dame charmante, d'un style très urbain (plus parisienne que toulousaine). Elle était légère et parfumée. Bref, tout ce qui convenait à une fleur telle que ma mère.

Nos prénoms aux similitudes sémantiques auraient dû parfaire notre relation mère-fils. Mais, non, je ne pouvais pas ressembler à une fleur.

Amarante Lucien La Farge, né de Martial Lucien Jérémie La Farge et de Florette Marie Paule Beaupuit.

Loin de ces tonalités poétiques dont mon prénom aurait dû me gratifier, j'étais un garçon tenace avec un besoin implacable de s'affirmer. Moi, je voulais ressembler à mon père à qui je vouais une adoration sans faille. Chaque fois que j'entendais son prénom dans la bouche de ma mère, je me sentais insufflé d'une sorte d'énergie sémillante me poussant à suivre ses traces et à vouloir ressembler assez tôt à un homme fort afin de me séparer de cette ombre poétique dont mon prénom était chargé et qui planait au-dessus de ma tête tous les jours de l'année.

Inutile de dire que je me sentais fier. Je faisais secrètement de mon père LE symbole de la famille. Peut-être que ces histoires de chevalier m'avaient aidé dans cette construction idéale du père. Et j'avais, depuis mes six ans, pris pour habitude d'appeler mon père par son prénom : Martial. Un prénom au sens fort qui me plaisait beaucoup.

Je sais. C'était plutôt paradoxal. L'appeler Martial aurait dû mettre des barrières entre nous, mais je ne le ressentais pas du tout comme ça. Quant à ma mère, je trouvais que l'appeler « Maman » devant mes copains, c'était plutôt embarrassant.

Mes camarades de classe, faisant usage de leur accent chantant du Sud de la France, s'arrangeaient toujours pour « accent-tuer » mon prénom lorsqu'ils m'appelaient dans la cour de récréation. Je savais qu'ils se moquaient de moi et cela me confortait dans l'idée que mon identité n'était pas « correcte ». Chaque fois que je l'entendais moi-même, je ressentais un vague sentiment d'anormalité m'envahir : ces noms et ces prénoms agglutinés les uns aux autres sur une feuille de papier ne coulaient pas de source. Ils étaient discordants.

Pour me venger de mes amis, je m'étais mis à me moquer de leur nom de famille et on avait fini par s'en amuser.

Et puis, il y a eu l'incident des sobriquets… Je m'en souviens, car il a marqué le début d'une série d'évènements étranges dont mes amis et moi avons fait l'expérience.

À cette époque encore, je fréquentais cinq garçons. Nous étions inséparables. Il y avait Jules Rodriguez-Durand, l'ingénieux et perspicace, Robin Dedieu, l'effronté, Bastien Carrère, l'esprit calme de la bande, Gilles Pons, celui qu'on aurait surnommé « le coq du village » si nous avions habité au temps du Moyen Âge, et enfin Dennis Le Goff, le camarade le plus discret de la bande avec un brin de je-ne-sais-quoi d'étrange dans le regard. Avec ces garçons, je faisais tout et n'importe quoi.

Vraiment, n'importe quoi…

Et ce fut avec eux que je fis l'expérience d'une série événementielle qui se termina dans les bras du mystère. Maintenant que j'y repense *si* nous avions cessé nos enfantillages avant toute altercation avec l'instituteur, tout aurait été différent. Surtout pour Pierre…

Je m'en souviens encore très bien de cet instituteur : Anselme Patagrue. C'était un vieux garçon dans la quarantaine, avec une calvitie ornée de quelques cheveux plaqués sur le haut de son crâne. Il manquait de sagacité. Alors de septembre à juin, nous lui jouions de mauvais tours sans qu'il s'en aperçoive. Comme cette fameuse plaisanterie avec les sobriquets…

C'était devenu une habitude vers la fin de l'année scolaire. Quand il était assez loin de nous dans la cour de récréation ou dans la cantine, nous nous moquions de lui en prenant soin de déformer une partie de son nom. Et nous nous attelions à la tâche avec tant de sérieux que le pauvre homme se retrouva avec une cinquantaine de sobriquets avant les grandes vacances d'été.

Nous n'avions pas lésiné sur l'usage des surnoms à tel point que nous en oublions certains, à notre plus grand regret. D'autres fois, nous en inventions de plus « frais », et nous étions très fiers de cette savante trouvaille. La liste était longue, et un jour, Gilles eut l'idée de les recenser dans une sorte de répertoire qui comblerait notre défaut de mémoire.

Ce fut la pire idée jamais proposée…

Nous avons pris un cahier dans lequel nous sommes allés jusqu'à lister d'autres noms : celui des autres professeurs, celui du personnel de la cantine et celui du personnel administratif, dont le nom du Directeur. Bastien et moi gérions ce cahier dans lequel nous nous autorisions les pires facéties rédigées avec le plus grand soin.

Patagrue était alors devenu « Patatarte », « Patamâcher », « Pataglue », « Patachou », « Patavomi », « Patate », « Patamouche », « Patadents », « Patamodeler », « Patasel », « Patagruel », et j'en passe…

Et moi, le peintre en herbe, qui peignait consciencieusement assis près de ma mère des aquarelles des chaloupes de Sète et des bouquets de lavande de Provence, je m'amusais à caricaturer en cachette les visages des professeurs sur les feuilles de ce cahier.

Malheureusement, nos inspirations d'ânes ne pouvaient guère se prolonger et on ne s'en sortit pas à si bon compte.

Bastien commit une erreur qui nous porta du tort à tous les deux. Lors d'une pause de récréation, il laissa par mégarde le cahier ouvert sous son manuel d'algèbre. Et Patagrue, qui passait dans les rangs pour vérifier nos notes, mit aussitôt sa main efflanquée dessus. L'homme manquait peut-être de discernement en temps normal, il n'en était pas moins autoritaire.

De retour de la récréation, il appela Bastien à son bureau et, tout en lui tirant les oreilles, il lui fit avouer sa faute. Nous autres, debout devant notre pupitre, observions la scène, muets comme des carpes.

Mais Bastien tint bon. Il ne nous dénonça pas. Debout, sur la pointe des pieds (plus l'instituteur tirait et plus il forçait Bastien à se soulever), et le visage crispé de douleur, il n'en démordit pas.

Cinq minutes encore passèrent et son héroïsme commença à faire pitié. Je pris donc la responsabilité de me dénoncer de mon propre chef.

— Monsieur, c'est moi ai écrit la liste avec Carrère.

— En voilà deux effrontés. Venez ici, La Farge.

À cet appel, l'étonnement agita les élèves. Patagrue fit claquer sa règle en fer. Je ne devais pas avoir été assez rapide. Je sursautai à ce déchirement inattendu dans l'air. Le sang avait afflué dans les oreilles de Rodriguez et elles ressemblaient maintenant plus à des pivoines qu'à du cartilage. Dedieu rentrait autant que possible son menton dans son cou. Dennis mangeait convulsivement la peau de ses doigts, et Gilles, cet âne, émoustillé par l'incident ouvrait grand les yeux et les oreilles à l'affût d'une seconde remontrance.

— Dépêchez-vous. Je n'ai pas toute la journée, s'impatienta Patagrue. Vraiment, je vais vous flanquer zéro de conduite au prochain devoir.

— Oui, Monsieur.

Je m'avançai, les jambes flageolantes, jusqu'à son bureau pour y recevoir ma correction. Personne ne broncha. Le silence dans la salle était terrifiant. Nous fûmes les seuls à sortir de la salle de cours accompagnés de Monsieur Hugo, le pion. Lui aussi, son nom était plutôt cocasse : ses parents l'avaient nommé

Victor. Il s'appelait donc Victor Hugo, comme le poète français. Nous, on trouvait ça con alors on l'appelait Vigo. Ça sonnait mieux.

On traversa en silence la cour à l'asphalte apâlie sous l'effet des rayons du soleil printanier. Le soleil tapait dur contre les carreaux des bâtiments. Il faisait chaud. Mais l'air n'était pas sec. Il était moite. Comme cet air épais des mois d'août, inspirant les orages et la grêle, allié des fortes chaleurs.

Au fond, dans l'aile des « Filles », on pouvait voir dépasser les têtes des jeunes écolières, studieuses devant une institutrice à l'œil sévère et attentif au moindre écart de conduite. Parmi cette ribambelle appliquée, je pus apercevoir la tête noire de jais de Madeleine. C'était une fille de catholiques notoires. Je la connaissais parce que ma mère, une femme pieuse elle-même, connaissait ses parents.

Le dos droit et concentrée sur l'écriture, elle portait le regard sur sa plume et sur son papier. Elle avait de grands yeux bleu outremer surmontés d'une épaisse rangée de cils noirs clignant comme des ailes de papillon. Une pâleur douce et juvénile la démarquait des autres jeunes filles et il me semblait la voir rayonner à travers un amas d'individus uniformes.

Alors que je l'épiais depuis la cour, son expression parut se rembrunir. Ses cils battirent plusieurs coups légers. Discrètement, elle releva la tête pour regarder dans notre direction. Moi, j'étais resté paralysé sur cette agréable vision, le regard perdu sur son visage. Elle m'observa avec surprise. Trop tard, je détournai les yeux, honteux, cachant à peine des joues rouges.

Vigo nous fit asseoir devant le bureau du directeur.

Bastien frottait encore son oreille pour apaiser la douleur.

Le couloir était baigné dans l'après-midi cotonneux. La lumière, qui transperçait les larges fenêtres à croisées du style de la Renaissance, noyait notre vue dans ses blanches réflexions nous empêchant de voir la scène extérieure. Ce fut donc une surprise de voir passer sous les platanes quatre garçons lorsqu'un nuage cendré condamna de ses folles vapeurs les rayons du soleil. Ces garçons n'étaient autres que Robin, Jules, Dennis et Colin.

Colin poussa la porte en la faisant claquer contre le mur.

— J'vous amène des compagnons de jeu, nous adressa-t-il avant de déguerpir dans une attitude désinvolte qui lui aurait assuré une sanction à lui aussi si le pion avait été là.

— Qu'est-ce que vous faites ici ? leur demanda Bastien.

— Ben, c'est qu'on y est nous aussi pour quelque chose, répondit Jules.

— Moi, moins que vous tous parce que j'ai rien écrit dans le cahier, dit Dennis. Mais c'est pas grave. J'en suis aussi responsable. J'aurais dû vous dire d'arrêter.

— Vous croyez que le dirlo va nous taper sur les doigts avec sa règle ? L'autre a tapé tellement fort qu'il a dû me casser une phalange, se lamenta Dedieu. Mon *paire*[2] va finir par me couper en deux quand il va apprendre ce qu'on a fait…

— Arrête de te lamenter, Robin. On est tous fichus.

J'étais soulagé de ne plus être le seul à m'être dénoncé. Finalement, ils avaient choisi d'être dans notre camp. Sauf Gilles…

On partit dans nos discussions habituelles en plein couloir juste devant le bureau du directeur. Comme de véritables pies…

— Quel lâcheur, ce Pons, déclara Jules en croisant les bras derrière sa tête.

---

[2] Père, en occitan

— Mouais, mais au moins il sera pas collé. Il a peut-être été plus intelligent que nous autres, dit Robin.

— Celui qui pense que Pons est un lâcheur ? les interrogeai-je à brûle-pourpoint.

Bastien, Jules et Robin levèrent la main sans hésiter. Dennis la leva après un dixième de seconde d'hésitation. Le vote était unanime.

Pons n'avait jamais été très sympathique de toute façon.

— Ouais, il ressemble à son père pour ça, dit Dennis en faisant rouler un vieux bâton de réglisse d'un coin à un autre de sa bouche bien dessinée.

Il avait la classe, le Dennis, avec ses cheveux châtain clair rabattus en arrière, coupés au niveau de la nuque et brillants comme s'il y avait de la gomina dessus.

— La dernière fois, Aude Maufroisse m'a fait passer une lettre pour Gilles, dit Robin.

On se redressa tous avec beaucoup d'intérêt.

— Et alors ?

— Ben, j'lai ouverte, quoi. C'était une lettre d'amour.

— Et t'aurais pas pu nous la montrer aussi, gros pèquenot, le réprimanda Jules tout de suite.

— Non pas à toi, répondit l'autre qui n'en manquait pas une pour l'enquiquiner.

Jules s'approcha de lui, menaçant.

— Et tu lui as donné ? demandai-je.

Il haussa les épaules.

— Tu crois que je vais faire une chose pareille ? Je l'ai donné à mon chien. Qu'est-ce que tu crois ?

— Moi, je trouve Juliette super craquante, fit Jules rêveur. Elle a un corps vraiment canon.

— Ouhh, Jules et Juliette, le taquina Robin.

Il joignit ses mains pour dessiner la forme d'un cœur et le colla contre le visage de Jules. Celui-ci le repoussa avec véhémence.

— Dégage, clochard. T'as pas intérêt à rentrer dans mes affaires.

Une porte s'ouvrit au fond du couloir et une énorme masse aux allures de gélatine apparut dans l'encadrement de la porte presque trop petite celle-ci. C'était la grosse secrétaire de l'école, Madame Bourseflarre, qui venait de sortir de son bureau pour nous réprimander.

— Vous allez vous taire, oui. Vous faites un bruit monstre dans les couloirs. Ça résonne jusqu'au fond. Adossez-vous au mur. Allez. Dépêchez-vous.

Mes trois camarades s'adossèrent au mur en silence, le visage, à leur tour, baigné dans la lumière du jour. Un autre nuage passa devant le soleil. Dedieu plissa alors ses yeux de renard.

— Tiens, tiens, tiens. Regardez qui voilà.

D'un signe de tête, il nous invita à regarder par-delà les fenêtres.

Accompagné de François, un petit gros de notre classe, Pierre Poussin avançait la tête basse, la peau aussi pâle que celle de Madeleine, mais pas d'une saine blancheur. C'était plutôt la pâleur d'un revenant ou d'un gars prêt à rendre l'âme. Robin ne put s'empêcher de faire la remarque :

— Y a en un qui a perdu son âme.

— Arrête de te moquer de tout le monde, lui chuchota Bastien.

— Chuuut... Il arrive...

Poussin nous fit un signe de la main que l'on ignora détournant notre regard du sien.

— Chuuut, lui dit seulement cet idiot de Robin, Madame Gros-Cul Sauciflard va sortir de son bureau.

Poussin se rangea aux côtés de Jules en laissant un espace convenable et demeura silencieux.

Il était si immobile, si irréel près d'un Jules soigné, d'un Robin pétillant, d'un Bastien à l'esprit quiet et un Dennis très classe qu'il finit par attirer notre attention à tous. Non sans quelque mépris de ma part.

Ce garçon, Pierre Poussin, était là plongé dans la lumière du soleil, titillant notre intérêt que nous lui portions à présent. Car il faut dire que Pierre Poussin était loin d'être un habitué des corrections administrées par le Directeur. Jamais je ne l'avais aperçu assis sur une des chaises en face du bureau, se faisant plus petit qu'il ne l'était. Il ne savait pas ce que c'était d'avoir mal au bout des doigts, car la règle du Maître ne tombait jamais dessus. Et il n'avait jamais dû être mis au coin pour faire le piquet. Cet élève était « l'élève parfait de la classe ». C'était une « tête dure » comme Robin les nommait dans son langage. D'après mon camarade, il s'agissait d'élèves pourvus d'un cerveau que l'on remplissait de « ciment de connaissances », et qui, se figeant, les rendait si peu poreux qu'aucun éclair de lucidité ne pouvait traverser leur esprit. Quand Robin nous avait dit cela, j'avais eu envie de lui dire que son cerveau à lui, en revanche, était aussi creux qu'une cloche et qu'il ne devait pas non plus y avoir de battant pour la sonner, mais je m'y étais abstenu pour m'éviter un ricochet *à la Robin*. La remarque de Robin avait beau être désobligeante, j'y adhérais, car il s'agissait de Pierre Poussin. C'était le genre de garçon auquel je ne prêtais pas attention tout le long d'une année : il n'aurait pas été là, je n'aurais même pas remarqué son absence. J'avais entendu dire qu'il avait débuté sa scolarité tout petit dans cet établissement, mais trop effacé, j'avais l'impression qu'il n'était là que depuis cette année.

— Ben, qu'est-ce qu'tu fais là ? lui lança Dennis de sa voix monocorde.

Poussin fit comme s'il ne l'entendait pas. Il se fit un peu plus petit.

Son comportement était déconcertant. Bastien me donna une tape dans les côtes et me murmura à l'oreille « Demande-lui, toi ». Je me penchai vers Poussin :

— Poussin, mon copain t'a posé une question. Quand on est bon élève, on répond. Qu'est-ce que tu fais ici ? Tu t'es fait coller ?

Il laissa s'écouler quelques secondes, puis bredouilla à travers ses dents légèrement saillantes :

— Je me suis aussi dénoncé comme vous.

Cette phrase nous fit reculer de stupéfaction. Nous étions abasourdis. Cet idiot s'était dénoncé alors qu'il n'était même pas ami avec nous.

— Qu'est-ce qu'il t'a pris de faire ça ? lui demandai-je frappé par cette soudaine initiative.

Il n'eut pas le loisir de répondre. Le directeur nous appela dans son bureau.

Il nous fit entrer dans une pièce aux allures d'une sobriété poussée à l'extrême. La pièce, qui avait dû être autrefois décorée de belles tapisseries, parée de rideaux en velours de soie pourpre et égayée par un magnifique lustre, avait été repeinte dans un blanc cassé qui portait déjà des traces noires de caoutchouc par endroit. Une lampe industrielle en acier gris taupe, de type lampe de bunker, pendait du plafond. Celui-ci aussi était repeint. À l'origine, il devait s'agir d'un plafond à caissons présentant autrefois de magnifiques peintures et sculptures de la

Renaissance. On pouvait encore apercevoir la figure des *putti* dansant sur des rinceaux entremêlés. Désormais, aucun rideau ne pendait aux tringles, qui, elles, dataient curieusement d'un temps ancien. Les fenêtres bâtardes arboraient un style plus que gothique et invitaient le spectateur à plonger sa vue sur une cour d'un style similaire qui n'avait jamais été remodelée avec le temps : arcs torsadés, tour capitulaire avec ses fenêtres d'angles, et là-bas, des colonnes candélabres de la Renaissance.

Le directeur, lui aussi, portait sur lui une sorte de « décalage » : il n'avait pas la tête de l'emploi. Jacme Pouilh était un homme grand, plutôt bien bâti et beau garçon, qui malheureusement ne devait pas se voir comme tel dans une glace. Il était sapé comme un véritable gentleman : un costume trois pièces bleu foncé, gilet de costume sans manche droit, col français en pointe, cravate couleur bordeaux et montre à gousset pendant d'une poche discrète dans le gilet. Mais voilà, la contrariété dans son apparence résidait autre part sur lui. Il portait, en effet, une moustache petit guidon assez mal taillée, ses cheveux étaient coiffés en arrière immobilisés par une couche de surgras qui ressemblait plus à un excès de sébum qu'à de la gomina, ses joues de bébé étaient rougies par une sorte de dermite et ses sourcils mal coiffés bataillaient au-dessus de grands yeux d'agneau. On eût dit un paysan fringué comme un *dandy*. À croire que sa maman l'avait habillé elle-même et que le hasard avait voulu qu'il obtienne cette fonction sans vraiment trop savoir à quoi il s'attendait.

Tranquillement, il posa le cahier des sobriquets sur sa table en fer. Il prit une inspiration.

— Vous avez de la paille à la place du cerveau ? amorça-t-il.
Qui ? Mais qui irait écrire sur une feuille « Monsieur
Pouilleux » ?

Dennis pinça ses lèvres et eut une forte convulsion sous
l'effet du rire.

Il portait dans sa voix un fort accent toulousain (si on m'avait
dit qu'il était originaire de Salis-du-Salat[3], cela ne m'aurait pas
étonné) qu'il ne tentait aucunement de dissimuler. Et nous, en
face de lui, nous essayions de garder notre calme, la tête basse
autant que possible. Carrère partit d'un rire nerveux qu'il avait
peine à dissimuler. Je lui donnai un coup de coude discret, mais
cela ne fit qu'attiser son fou rire. Il gardait les lèvres jointes et
les yeux fermés, ce qui lui donnait un rictus balançant entre la
raillerie et la consternation, si bien que Pouilh ne se rendit
compte de rien.

Au bout d'un moment, il parut ne plus pouvoir déchiffrer nos
notes et fut obligé de sortir d'un élégant boîtier des petites
lunettes pantos qu'auraient portées un médecin et qui étaient,
bien sûr, trop étroites pour son visage potelé. Et il lut à haute
voix les quelques surnoms donnés au personnel de
l'administration. À croire qu'il s'en amusait lui aussi… Je crus
même entrevoir un soubresaut de sa part. Il épelait lentement de
son accent du sud de la France les noms comme s'il avait voulu
nous faire prendre conscience de notre bêtise, mais j'avais du
mal à le suivre… La situation devenait insoutenable. À tel point
que Robin se hasarda à lui dire en empruntant des termes d'une
politesse exagérée :

— Monsieur Le Directeur, mes amis et moi-même ne
comprenons pas vos intentions. Vous moquez-vous de nous ?

---

[3] Commune de la Haute-Garonne proche des Pyrénées.

Monsieur Pouilh déposa ses lunettes. Les verres étaient recouverts de petites rayures que l'on pouvait apercevoir dans la lumière du soleil. Pendant un court instant, je crus que nous allions nous prendre une véritable remontrance. Robin aussi parut se sentir mal à l'aise.

Le directeur se mit à rire d'un rire nasillard.

— Oh, mes petits, me moquer de vous, ça je vais le faire. Ça, pour moi, c'est de la bagatelle, dit-il en frappant du revers de sa main le cahier. Eh bien, vous savez, quoi ? Je vais me moquer de vous en vous collant, tiens. Et là, je vais bien rire. Vous serez assignés aux corvées ménagères à tour de rôle tous les jours de la semaine, et ce, jusqu'à la fin de l'année. Et, Monsieur Fouilhade, le concierge, n'aura pas à nettoyer vos détritus.

Il termina son intimation en prononçant le « s » final comme lorsque certains vieux prononcent le « t » final de « Muret », une ville à la périphérie de Toulouse.

Je ne pus m'empêcher de penser une fois de plus que ce gars n'était pas habilité pour coller des punitions dans une école primaire. Il ressemblait plus à un clown qu'à autre chose.

— Monsieur, l'interpella une fois de plus Robin avec son éternel culot. Monsieur Fouilhade ne nettoie pas les classes. C'est le rôle Madame Aziz.

2
Le talkie-walkie

— Ce mec manque méchamment d'autorité, lança Jules alors que nous entrions dans la salle d'étude pour une dernière heure de colle.

— J'ai l'impression que son métier ne l'enchante pas tant que ça, dis-je.

— Tu crois qu'il picole ? s'interrogea Robin.

— Taisez-vous, nous sermonna le surveillant général qui venait de poser ses fesses de bœuf derrière le bureau afin de nous surveiller.

On consacra notre dernière heure scolaire à recopier une centaine de lignes. Dans la salle mal éclairée, qui ressemblait à un ancien amphithéâtre de quelques sièges, nous avions été placés en diagonale, chacun à une rangée différente, pour éviter tout bavardage. Et de mon siège, je dominais tout le monde : devant moi, Dennis, les cheveux châtains clairs et les bretelles mal ajustées sur sa chemise blanche reprisée plusieurs fois par sa mère ; Jules, les oreilles décollées et les cheveux rasés à la nuque à la manière des militaires ; Bastien, des joues roses comme un poupon et une blouse grise tachée d'encre au niveau des poignets ; Robin, tous les cheveux rasés et une mine impeccable et enfin, Pierre Poussin, la peau diaphane et des traits de visage trop fins avec des paupières qui s'enfonçaient en un creux à la carnation violacée. Je ne connaissais pas du tout ce garçon et il y avait quelque chose qui me dérangeait dans son allure. Comme quand quelqu'un ne nous revient pas sans aucune raison… Tous mes amis avaient une tête à être caricaturée. Mais celle de Pierre ne me revenait pas pour une raison qui restait inconnue et qui, avant la fin de l'heure, finit par me turlupiner. Et puis, franchement, je n'avais pas du tout apprécié cette autodénonciation de sa part.

Le vent venait de se lever. La journée touchait à sa fin. Les parents attendaient la sortie des classes devant la grande porte cochère arquée au mélange gothique et toulousain. L'école faisait face au Pont-Neuf sous lequel la Garonne courait d'une couleur vert sombre. L'établissement était cerné par la Daurade sur sa gauche et, un peu plus loin, par la place Saint-Pierre sur sa droite. Durant les beaux jours, sur le quai Lucien Lombard qui longeait la Garonne, les platanes recouvraient de leurs mille ombres les devantures des belles maisons mitoyennes toulousaines aux briques couleur vin et quand le vent d'Autan soufflait, leurs feuilles papillotaient follement créant l'illusion d'un scintillement plaisant. Sur les bancs ou accoudés à la murette rouge, des passants profitaient alors de leur fraîcheur et de la vue sur la chapelle Saint-Joseph de la Grave et l'Hôtel-Dieu Saint-Jacques qui flamboyaient sous les reflets abondants du soleil. Voilà un beau tableau que j'aurais aimé pouvoir peindre au moment où ma mémoire revient sur ses évènements.

Il était 17 h et la cloche sonna.

J'avais terminé mes cent lignes. Je fus chargé le même jour, accompagné de Bastien et de Poussin, de nettoyer la classe de fond en comble, et ce, jusqu'à la fin de l'année. Nous devions nous relayer à tour de rôle, par groupe de trois. Le jour suivant, Robin, Jules et Dennis seraient donc commis au nettoyage. Seul Pons, qui avait pourtant joué un rôle important dans l'incident, était libre de partir à l'heure habituelle. Les garçons, qui étaient censés nettoyer ce jour-là, exultèrent un cri de joie et balancèrent leur balai par terre en nous envoyant un dernier mot d'esprit et en nous poussant à l'intérieur de la classe :

— Au nettoyage, les toquards, et qu'ça saute. Allez, allez, du balai.

Ils s'éloignèrent de la classe jubilant d'avoir été exempts de la corvée. Leurs cris de joie et railleries furent progressivement engloutis par les cris des autres enfants. Un long quart d'heure en plus dans l'école. Un samedi... En fin de journée...

Avec nos balais, nous soulevions la poussière à travers la pièce vidée de ses élèves et nous frottions les vitres avec du papier journal imbibé de vinaigre blanc. Au loin, nous pouvions apercevoir des nuages noirs alourdis par un orage.

— Carrère, il va péter un orage. Dépêchons-nous, le hâtai-je.

— Y a pas qu'un orage qui va péter, me répondit-il.

Et il laissa échapper un gaz qui embauma toute la classe.

— Attends, et là, on va avoir un éclair au chocolat, renchéris-je.

À mon tour, je lâchai un pet qui aurait fait honneur aux fayots de Castelnaudary. Bastien recula d'un pas en secouant sa main sous son nez.

— Tu pues, Amarante, me lança-t-il. Détalons vite avant qu'il nous pète vraiment un orage.

Derrière les carreaux, le paysage était voilé et la ruelle était assombrie. Les couleurs du ciel printanier n'étaient plus les couleurs claires au jaune doux d'un jour déclinant, mais le grisâtre d'une mauvaise soirée automnale. Son bleu épais nous menaçait de son averse diluvienne et une épaisse atmosphère électrique planait au-dessus de nos têtes.

Je déposai le balai dans le placard prévu à cet effet et mis mon cartable en cuir sur les épaules. Bastien épousseta sa blouse et m'imita.

Poussin rangeait à peine son balai quand nous étions sur le perron de la porte. Bastien regarda dans sa direction, hésitant. De toute évidence, il éprouvait de la pitié à l'égard de Pierre, esseulé, que nous étions sur le point de laisser en plan. Moi, je n'avais qu'une envie : c'était de déguerpir au plus vite de l'école.

— Hé, Poussin, l'interpella-t-il. On s'en va. Tu viens ?

Poussin se retourna. Ses yeux brillaient de sollicitude. Il hocha avec joie de la tête, empoigna son cartable et se joignit à nous.

En chemin, Bastien échangea avec moi des bâtons de réglisse. Il en donna un à Poussin. Poussin fouilla dans ses poches pour nous offrir des berlingots que nous enfournâmes tout de suite dans la bouche.

Des gouttes épaisses se mirent à tomber sur le goudron de la cour de récréation. Par-ci par-là, elles teintèrent le sol de taches sombres. Au-delà de la Garonne, un roulement de tonnerre oscilla dans l'air. Sans avertir mes deux camarades, je piquai un sprint vers le portail.

— Magnez-vous, il commence à pleuvoir.

Les deux autres m'emboîtèrent le pas. Et nous finîmes par faire la course jusqu'à la sortie. Ici, des mères et des pères de famille attendaient les derniers arrivants. Ma mère était là elle aussi.

Les autres étaient déjà partis. Gilles aussi.

Bastien partit à bicyclette avec son père par le quai longeant la Garonne, Poussin s'en alla à pied par la rue des Blanchers avec sa mère, moi, je passai en face du Collège Pierre de Fermat pour rentrer à la maison.

— Tu en as mis du temps pour sortir, me fit remarquer ma mère. Que s'est-il passé ?

Je passai sous silence la colle et la punition.

— C'était mon tour pour la corvée du ménage aujourd'hui.

Des trombes d'eau, qui se changèrent très vite en un rideau aqueux, se mirent à tomber et de larges flaques recouvrirent les rues grises.

Le cartable au-dessus de la tête, je filai à travers les routes pavées afin d'échapper à l'averse. En route, ma mère, trempée jusqu'au cou, s'exclama :

— Par-là, on n'a plus de pain pour ce soir.

Elle me fit entrer dans la « Boulangerie Vinade ».

Ici, quelques personnes se tenaient à l'abri de l'averse, patientant de pouvoir sortir entre deux gouttes d'eau.

La boulangerie Vinade était tout en longueur. D'épaisses poutres apparentes couraient sur un plafond blanc qui commençait à être taché de suie. Par endroits, une vieille toile d'araignée vacillait avec légèreté à chaque courant d'air. Le comptoir tapissait le mur d'angle à notre droite et suivait le mur sur toute sa longueur, jusqu'au fond de la boutique. Il étalait devant ses clients des petits pains frais, des brioches torsadées, des pains aux raisins, des croissants et des chocolatines. Des confiseries, des petits gâteaux et des chocolats papillotaient dans leur joli emballage chatoyant et attiraient le regard au premier coup d'œil.

Les chocolats...

Maman m'a souvent parlé de ses privations pendant la guerre. Elle avait seize ans quand le 3 septembre 1939 la France est entrée en guerre.

— Ben, on avait plus d'chocolat, quoi, m'expliquait-elle avec son accent aux airs nordiques. Alors, Maman me disait « Va voir, tante Paule ». J'allais chez Tantine avec ton oncle Georges. Il avait onze ans à l'époque. Elle me donnait la moitié d'une tablette qui leur restait. Mais elle me disait « C'est la dernière qu'il nous reste. Après, y en a plus. Revenez pas, va, les enfants. Si on nous attrape avec ça dans les mains, HOU ! Catastrophe ! ». Tiens, demande à Papa comment son père mangeait les bananes : eh ben, il donnait à ses enfants la banane qu'il partageait en parts égales et il mangeait, lui, le bout noir.

Ma mère devait voir ces chocolats dans la vitrine de cet œil de quelqu'un qui en avait été privé, se remémorant des souvenirs tristes et sombres. Et curieusement, je ressentais cette peine avec force. J'étais né en 1946. Et je n'avais donc pas connu la période des rations. Chaque Noël, Martial achetait une boîte pleine de petits chocolats pralinés. C'est vrai, c'était une des rares occasions que mon père nous accordait. Les confiseries étaient restées pour lui une denrée luxueuse. Et quand il revenait avec sa boîte de 24 chocolats, je les dégustais comme Maman : comme si c'étaient les derniers que je savourerai pour le restant de ma vie. Pourtant, je pensais que Martial, qui nous les radinait durant le reste de l'année, n'était pas la cause de mon comportement bizarre. J'avais cette *étrange habitude* de me dire moi-même qu'il n'y en aurait peut-être plus un jour…

Dans la boulangerie, l'atmosphère était chaude, presque chaleureuse. Le gros boulanger sortit des cuisines d'un pas calme s'essuyant ses mains blanchies par la farine avec un torchon usé. À sa vue, la boulangère boulotte se mit à sautiller un peu plus vite à droite à gauche pour ne pas donner l'impression qu'elle traînait.

— Bonjour Mesdames, Bonjour Messieurs, nous salua-t-il avec une sorte d'assurance hautaine.

Dehors, la pluie avait redoublé d'intensité et derrière les carreaux, on ne voyait plus la route pavée.

— Qu'est-ce qu'on vous sert ? demanda le boulanger à un client qui attendait son tour.

Un homme, émacié et à la calvitie complète, s'avança près du comptoir.

— Un pain de campagne et une flûte, je vous prie.

— Maryse, appela le boulanger, un campagne et une flûte pour ce monsieur.

Et qu'ça saute...

Une fois servi, l'homme se retourna dans notre direction. Ses yeux verts noisettes rencontrèrent les miens un quart de seconde. Il plongea la main dans la poche de son costume en gabardine bleu nuit. Bien taillé, le pantalon à doubles pinces, comme le restant du costume, lui conférait une élégance tout à fait particulière, quoique le style donnait peut-être à l'homme un air un peu sombre, voire inquiétant. Il sortit de sa poche une montre à gousset. Il devait être pressé ou avoir un rendez-vous important, car il souffla de la sorte :

— Eh bien... Ça va pas bientôt s'arrêter ce déluge...

D'ici, je sentis l'odeur de son haleine. Elle contenait une odeur d'ail. Je ne pus m'empêcher de reculer de dégoût.

Le gros boulanger quitta le comptoir et s'arrêta juste derrière l'homme chauve.

— Qu'est-ce qu'il en tombe ! s'écria-t-il.

Dehors, la grêle claquait sur la route. La route, elle, était plongée dans la mélancolie apportée par la tempête. L'orage étendit sa foudre non loin de là et nous cloua tous sur place.

Dès que la pluie se calma, on rentra vite fait chez nous, dans notre maison mitoyenne typiquement toulousaine. Je montai quatre à quatre les marches de l'escalier menant à ma chambre et jetai mon cartable en cuir sur le lit. La pluie avait recommencé à battre les carreaux. Les contrevents en bois, poussés par les rafales de vent, tapaient contre le mur fait de briques et de galets. Une atmosphère noire enveloppait la rue et semblait se faufiler par les commissures de la fenêtre à simple vitrage.

À cette époque, je possédais une des paires d'un talkie-walkie. J'adorais cet appareil. Il me permettait de communiquer en un quart de tour avec mes amis. C'est mon père, qui, un jour, alors qu'il rentrait du travail était revenu chargé de ces deux gros appareils. Il avait un peu bricolé dessus et me les avait confiés.

— C'est un ami qui me l'a donné il y a quelques années de ça. Il paraît que c'est un des premiers modèles portables créé en 1940. Ils ont été vendus en masse en 1941. Ça devait être un des premiers modèles. J'ai changé une partie des circuits. Et tu les casses pas, hein.

J'en avais prêté un à Pons. À mon plus grand regret… Car je n'appréciais pas vraiment Pons.

Ce soir-là, je bouillais de colère contre lui de nous avoir laissé tomber et j'espérais qu'il ait allumé la seconde paire en sa possession pour lui passer un savon.

J'attrapai l'appareil.

Tout à coup, les sabots fous d'une lumière blanche parcoururent les murs de ma chambre et le hurlement du tonnerre se joignit à la cavalcade du spectre orageux.

Dans mes mains gisait ce bloc de machine aux circuits imbriqués les uns dans les autres. Là, dans mes mains dormait cet amas de circuits où courait l'électricité, ces folles étincelles qui animaient le tout par un simple élan poussé par le poussoir. Là, je l'avais là, dans mes mains. Ce bloc d'électricité qui attendait, muet, que quelqu'un fasse fonctionner ses cartes et toute sa carcasse. Et ce gros bloc était éteint.

Le tonnerre éclata.

J'arrondis mon dos apeuré comme un petit agneau venu se réfugier dans le creux chaud de sa mère. Je pressai contre moi la masse gris-vert. Dans la rue, la pluie tombait menaçante comme des lames de couteau émoussées. Un cortège d'illuminations firent flamboyer un cumulus tuméfié par l'orage qui barrait l'horizon nébuleux. L'étrange se produisit alors et me fit sursauter d'un bond en même temps qu'un autre coup de tonnerre rebondissait contre les toitures de la ville.

Des bruits s'élevèrent de l'appareil.

Je le lâchai et il frappa le sol entre mes pieds grésillant, bourdonnant, crachant d'horribles ondes. On eût dit un rassemblement de mouches et de moucherons fous qui chantaient leur chant dégoûtant tout en tournoyant tout près et très loin de l'appareil. À travers les « crachats », un souffle sordide semblait vouloir se faire une place. L'aigu récidivant d'un signal sonore heurtait mes oreilles. Et un claquement, proche d'un claquement des mains, s'octroyait le droit de claquer en dépit de la cacophonie déjà pénible à supporter. Comment une si belle journée ensoleillée pouvait-elle subitement se terminer par une scène aussi effrayante ?

Le souffle grandit et alimenta un peu plus mon effroi. C'est alors qu'il « se mit à se mouvoir » comme une voix indistincte qui tenta d'expirer des mots :

« Vous… SOld ……Aid… »

D'un coup de pied, j'envoyai valdinguer ce hideux concert contre l'angle de mon lit. Le bruit se tut. Et je restai là sans accorder un mouvement de respiration à mes poumons. J'étais terrifié par ce qu'il venait de se produire.

1940
Vices et vissé

Mais ces âmes, qui étaient lasses et nues,
Changèrent de couleur, claquèrent des dents
En entendant des paroles si crues.

Elles blasphémaient Dieu et leurs parents,
Espèce humaine et lieu, temps, cause première
De leur lignée et leur enfantement.

Dante Alighieri, *La Divine Comédie*

1
Les vices cachés

Trois ans avant son entrée dans la résistance, Deniel était encore un homme qui avait la tête sur les épaules. Il était maître de lui-même. Mais la guerre fait ses ravages et lorsque ses images s'enfoncent dans la tête d'un homme, c'est bien pour l'envahir. Et ce Père Tout-Puissant, auquel il s'était tant dévoué, l'avait abandonné sur le champ de bataille et plongé, selon Deniel, dans une démence incurable le punissant de ses irrégularités qu'il s'efforçait de teinter d'un beau sourire jusqu'alors. Le début de sa descente dans les Enfers de la guerre commença en mai 1940…

Auparavant, Deniel avait mené une vie dans laquelle il s'était efforcé de paraître irréprochable. Il avait grandi dans un foyer avec des parents issus d'une condition aisée. Son père et sa mère venaient tous les deux d'une famille de militaires. Son père était, lui aussi, lieutenant dans l'armée. Et Deniel, aîné d'une famille de trois enfants, avait rapidement dû montrer l'exemple que son père et sa mère, sévères, escomptaient. Le père, un homme intraitable, le blâmait pour quelque chose et la mère en rajoutait par-dessus… À la maison, les enfants étaient « vissés » par les parents et ça marchait à la baguette… Alors Deniel se taisait et agissait en fils modèle et en fils aimant.

Petit, il avait été un garçon audacieux et sa persévérance était admirée par tous ses proches. Chaque fois qu'il se rendait à Lauzach, chez son grand-père (un haut gradé retraité lui aussi), les grands-mères du village s'arrachaient ce petit garçon modèle. Il était bon à l'école, poli avec ses parents, il savait se rendre utile (comme aller chercher du pain au village) et il aimait converser avec les villageois, qui d'ailleurs, lui apprenaient des tas de choses et parfois même des choses un peu « immorales » et déplaisantes aux oreilles du garçon. Des histoires d'adultes, quoi. Cela, c'étaient des choses que son cerveau ne comprenait pas, mais qu'il engrangeait et qu'il laissait sommeiller dans un de ses recoins jusqu'à ce que l'enfant redécouvre tout cela un jour.

Dès qu'il avait été assez grand pour s'évader un peu de la maison, tout avait coulé de source pour Deniel.

Comme le lui avait enseigné son père, le travail, surtout celui du corps, était essentiel. C'est le corps qui forge l'esprit et vice-versa. Alors, en été comme en automne, il travaillait dans les champs et dans les vignes pour former ce corps et cet esprit. Plus tard, Deniel se dirait que lui et sa famille auraient pu être un archétype parfait de la devise « Travail, Famille, Patrie » du Régime de Vichy qui serait adoptée en 1940.

Malheureusement pour ce jeune homme plein de bonne volonté, cette apparente exemplarité n'était pas en accord avec les ténèbres de son cœur, car, en vérité, il était devenu un garçon instable sur le plan affectif. En grandissant, il ne s'était pas senti changer. Il s'était seulement dit qu'il devenait un homme. Et un homme doit faire l'apprentissage de diverses choses. C'est ainsi que son père et les autres hommes du village le lui avaient enseigné. D'une manière plus ou moins explicite… En gestes et en paroles…

Il était, en d'autres termes, en train de devenir un adulte. Un peu excentrique, c'est vrai…

Il ne savait pas lui-même d'où lui venait cette petite graine d'excès, mais il savait déjà l'exploiter comme il faut : c'était un homme à femmes et c'était un vice incontrôlable chez lui.

Ainsi, ce fut dans les champs, alors âgé de quinze ans, qu'il rencontra sa première petite-copine et qu'il allia plaisir et travail. Il la quitta convaincu qu'il ne pouvait pas rester avec elle et qu'il fallait qu'il élargisse ses connaissances en la matière. En effet, qui voudrait rester avec une seule et même personne toute sa vie ? Surtout à quinze ans…

Il avait rompu avec la fille en procédant dans les règles, étape par étape : il l'avait consolée quand elle s'était mise à pleurer, il l'avait attrapée par les épaules et l'avait regardée droit dans les yeux pour la persuader que ça ne pouvait plus durer ainsi entre eux, et il lui avait promis qu'ils resteraient amis. Et le lendemain, et toujours dans les règles et avec beaucoup de sérieux, il avait entamé une relation très discrète avec l'amie de cette même fille. Il n'était pas allé plus loin par la suite : fréquenter deux filles dans une même ferme proche de Vannes où les gens le connaissaient, c'était déjà très risqué… Alors, en fréquenter une troisième, cela n'aurait pas été très intelligent de sa part. Il était rentré de ces vacances très instructives, satisfait d'être un homme, satisfait de ne plus être un petit bambin. Il se souvient combien il avait jubilé durant son premier repas en famille depuis deux mois en repensant à ces nouvelles expériences du corps et du cœur.

Comme une drogue, il avait recommencé par la suite. Il pensait vraiment que ce n'était pas sérieux de rester avec ses

« premières petites copines ». Les filles, c'était un peu comme ces chocolats enrobés de « on ne sait quelle saveur » : il les grignotait un peu et quand la fille ne lui plaisait plus, il n'avait qu'à la jeter et à en goûter une autre.

Et puis un jour, il rencontra Maëla... Sa petite princesse... Maëla signifie d'ailleurs « princesse » en vieux breton. Elle ne ressemblait pas aux autres, qui portaient des traits plus paysans sur leur visage. C'était une jeune fille qui en savait long sur sa beauté et qui savait où elle mettait les pieds avec les garçons. C'était une femme, quoi... Une vraie... Bien fardée d'un sourire angélique afin de cacher une intelligente malice et une tendance aux excès du corps qui ne déplaisaient en rien à Deniel. Il était alors passé à un étage supérieur avec les femmes. Il les séduisait de ses yeux perçants, emplis de mystères imperméables aux yeux des autres. Les femmes, qu'il avait fréquentées, avaient vu du charisme dans ce regard mystérieux. Toutefois, sous une autre lumière du jour, on aurait pu admettre qu'il s'agissait d'extravagance.

Deniel n'était pas seulement dans l'excès avec les femmes, il était aussi dans l'excès avec la pratique religieuse.

Deniel, fils d'une bonne famille, était un fervent catholique. Et il se doutait bien que le Seigneur n'allait pas apprécier son excès pour les femmes lors de son jugement. Si jugement il y avait bien... Il agissait dans les règles, certes, mais cela ne suffisait pas. Alors, afin de purger ses faiblesses que tout homme porte en lui (selon lui), il allait régulièrement se confesser à l'église et il discutait longuement avec le curé de la paroisse. Chose d'ailleurs très curieuse si l'on ne connaissait pas son penchant mondain, car Deniel était une personne qui ne conversait pas beaucoup tout le long de la journée : c'était un garçon discret. Vraiment ! Deniel était rempli d'une variété de directions qui n'allaient pas nécessairement dans le bon sens... Peut-être comme tout le monde, qui sait...

Ainsi donc, ses parents et son grand-père, également catholiques et paroissiens zélés du dimanche, étaient ravis de le voir si investi au service du bon Seigneur. Il trouvait toujours cinq minutes pour engager une conversation profonde avec l'homme d'Église pour décharger son âme de tout péché et pour éprouver une complète guérison de son être. S'il avait péché, tout ce qu'il avait à faire, c'était courir à l'église et prier. Et il se complaisait dans cette tâche. Il adorait parler avec le prêtre qui avait toujours le bon mot pour l'aider à se sentir libre de ce vilain vice.

Un « cadre fini » était ce qui plaisait à ce garçon afin de se sentir à l'aise dans son personnage : « Deniel le Vannetais sérieux de Vannes ». Alors, quand il en eut l'âge et à la demande de son père (bien entendu), il s'inscrivit dans une école militaire, car le cadre rigide convenait à la personne qu'il voulait paraître. Une fois moulé à l'intérieur de celui-ci, l'image du « garçon sérieux » qu'il s'efforçait de présenter à tout le monde lui colla à la peau et Deniel en fut pleinement satisfait.

Il avait été un petit garçon sérieux. Il avait grandi, il avait changé, mais il était resté sérieux en apparence. Il était devenu un adulte qui avait perdu toute innocence juvénile. Et il avait gardé l'esprit clair, par-dessus tout.

Mais la brisure fut aussi sèche qu'une branche morte que l'on casse. Et cette cassure, c'est la guerre qui lui apporta. Élevé par son père et par l'institution militaire, il n'avait juré que par ce cadre rigide. Il était bien au courant de la débâcle de la guerre de 14-18 et de ces soldats qui étaient partis « la fleur au fusil ».

L'insouciance ne courait pas en lui et il se sentait d'attaque. C'était d'ailleurs quelqu'un de valeureux. Cependant, les horreurs de la guerre lui démontrèrent combien elles pouvaient bouleverser un homme malgré tous ses efforts pour franchir un si grand cap, qu'est une bataille.

Cet homme au regard propre – celui-là même qui dissimule les désaccords entre son cœur et son corps – était parti à la guerre pour défendre sa Douce France… Il croyait ne plus en revenir : il n'en était revenu qu'à moitié. Son autre moitié l'avait quitté sur le champ de bataille. Il avait perdu le contrôle de lui-même.

Et maintenant, il déviait complètement… Sa foi avait laissé place à la folie. Il était encore jeune et, pourtant, elle le rongeait progressivement en son sein comme s'il avait été un homme sénile atteint de démence… Lui, le fils de militaire dans la fleur de l'âge… Lui, l'homme modèle qui faisait soupirer les Vannetaises… Lui, le soldat qui, par amour pour sa patrie, avait si vaillamment combattu dans la Citadelle… Il avait reçu son jugement bien tôt.

2

Calais

Les Allemands lancèrent le « Plan Jaune » en mai 1940. C'était un plan qui avait pour objectif d'enfermer, comme on piège les poissons dans un filet, les Alliés pour les repousser près de la mer. L'armée allemande, dirigée par le Général Gerd von Rundstedt, perça à Sedan, à Dinant et à Mézière-Charleville, et déploya ses *Panzerdivision* sur plusieurs villes françaises créant ainsi une poche qui se rapetissa en un rien de temps.

En France, de nombreuses villes (Hannut, Montcornet, Lille, Abbeville, Arras, Crécy-sur-Serre, Péronne, Lens, Léthune, Labassée, Aire, St Omer, Watten, Bourbourg) furent encerclées à l'ouest par l'Armée Groupe A. Au nord, les Belges qui avaient refusé une reddition à l'instar des Français, virent notamment les villes d'Ypres, Roulers, Thielt, Bruges assaillies par l'Armée Groupe B.

Dunkerque fut l'apogée des attaques et des dizaines de milliers de personnes perdirent la vie dans ce port ambitionné par les Allemands d'un point de vue stratégique.

Le ministre de l'Information, Ludovic-Oscar Frossard, annonça le vendredi 10 mai 1940, la nouvelle à la radio. Tel un choc, l'ordre de mobilisation fit vibrer Deniel, qui, insouciant, était encore occupé avec une Parisienne, une femme mariée à un riche avocat en vacances sur les côtes du Finistère. Il acheta *L'Ouest Républicain* du dimanche 12 mai 1940 et constata que son grand titre était plus qu'explicite :

« Vendredi à l'aube, les armées allemandes ont envahi la HOLLANDE, la BELGIQUE et le LUXEMBOURG »
« Ces vaillants pays dont les troupes tiennent tête aux envahisseurs ont fait appel à l'aide de la France et de la Grande-Bretagne »

« La guerre est entrée dans sa phase la plus tragique » [...]
« À quatre heures du matin, les troupes allemandes ont franchi la frontière de la Hollande et ont envahi le Luxembourg. »[...]
« Devant cette agression, [...] la Belgique a fait appel aux gouvernements de France et de Grande-Bretagne. »[...]
« M. Frossard, ministre de l'Information, a pris la parole à la radio. »[...]
« "L'heure est passée, a-t-il dit, des mesquines querelles".
"L'heure est venue pour le pays de garder tout son sang-froid". »[4]

Quelques jours s'écoulèrent par la suite et, bientôt, Deniel partirait au front.
Il était déjà avec une autre femme. La Parisienne était rentrée à Paris.

---

[4] « Vendredi à l'aube, les armées allemandes ont envahi la HOLLANDE, la BELGIQUE et le LUXEMBOURG », *in* Républicain, Journal des populations agricoles et maritimes du Morbihan, numéro du dimanche 12 mai 1940

La jeune femme dormait encore dans son lit. Deniel l'embrassa sur la joue. Il se leva sans faire de bruit, s'habilla et arrangea ses courts cheveux châtain clair en arrière. La femme se réveilla :

— Tu t'en vas déjà ? lui demanda-t-elle ensommeillée.

— Oui.

La femme observa les expressions du visage de Deniel. Il était vraiment beau... Elle se demanda ce qu'il pouvait bien avoir en tête au moment où elle l'observait.

— Tu reviendras tout à l'heure ?

— Bien sûr, ma chérie.

Il sortit dehors.

Il ne reviendrait pas. Il s'était déjà lassé d'elle. Il en avait déjà rencontré une autre la veille et elle était rousse. Il préférait les rousses.

Deniel monta sur sa bécane et s'en alla. Il devait se rendre à la maison paternelle et cela pressait plus que de se rendre chez une autre femme même si l'envie lui manquait. Son père l'avait appelé et il était contraint de se présenter. Certainement encore pour lui faire un discours ennuyeux sur le même sujet que les fois précédentes : l'importance de la victoire à la guerre ou quelque chose comme ça...

Ce dernier travaillait depuis son petit domaine dans son bureau décoré de beaux meubles renfermant trophées et médailles à n'en plus finir. Deniel ouvrit la porte du bureau et fit face au regard dur d'un homme aguerri dans le métier de militaire. Il leva la main, les doigts serrés au niveau de la tempe pour le saluer dans une attitude martiale. Ce salut ne lui déplaisait pas en soi. Il ne voulait simplement pas faire cela avec son père, mais il y était forcé. Ils savaient tous deux quel sujet ils allaient aborder. Deniel restait silencieux. Ce n'était jamais lui, qui prenait la parole avant son père.

Son père se leva en s'aidant de sa main droite et lui ordonna de s'asseoir. Il marcha le long des étagères admirant ses trophées dépourvus de toute particule de poussière. Dans le soleil, ses traits ressortaient encore plus durs et son bras coupé à l'épaule ne manqua pas de faire frissonner une fois de plus Deniel comme lorsqu'il était adolescent.

— Alors voilà, dit-il d'une voix solennelle. Voilà ce jour qui est arrivé. Ton jour, Deniel. Moi, ton père, je ne peux plus me battre, mais si j'avais pu, je l'aurais fait de bon cœur. Ce foutu accident de moto ne scie pas à un homme de mon rang. C'est au combat qu'un soldat se fait estropier normalement. Je ne veux pas te perdre ou te voir revenir avec un bras en moins, mais le devoir t'appelle. C'est *cela* le devoir de tout homme. Alors, toi qui as l'opportunité de défendre de notre belle patrie, je te demande de te battre comme un homme, un vrai. C'est pour la France et tous les autres Français que tu pars au front ! M'entends-tu jeune homme ? Je veux savoir que tu t'es battu comme un homme, un vrai ! Et non que tu es mort.

Les discours de son père lui laissaient toujours un goût amer. Cependant, sans rechigner, il acquiesça arborant un air compréhensif. Il jouerait son rôle de militaire jusqu'au bout.

Deniel partit le lendemain pour Calais qui devint le siège de sa débâcle. Et cela, de cette débâcle, il ne s'en doutait pas encore. Dès son arrivée à Calais, tout irait très vite et Deniel n'aurait pas le temps de faire preuve de son habituel sang-froid et de satisfaire les exigences de son père. Tout cela serait contre attente.

Le 20 mai 1940, les Allemands atteignirent la Manche. Abbeville défaite, ils poussèrent vers Calais et Boulogne-sur-Mer. La *2nd Panzerdivision* se dirigea sur Boulogne suivie de près par la *1ère Panzerdivision* en cas de contre-attaque surprise. La *10e Panzerdivision* fut chargée de s'occuper de Calais. Le siège de la ville débuta le 24 mai.

Les Français scellèrent la porte de Neptune et la porte de Boulogne de la Citadelle, assiégée à ses pieds par l'ennemi. Deniel se battait dans le 3e bataillon du Régiment d'infanterie français et il se retrouva coincé derrière les murs de la forteresse. Les Alliés essayèrent de gagner du temps grâce aux avions de la *Royal Air Force* britannique en harcelant les *Junkers Ju 88* entre Boulogne et Calais. Des barrages de fortune, constitués de camions, furent également établis sur les routes autour de la ville. Toutes ces mesures ne s'avérèrent d'aucune aide. Deniel sentit très vite que personne n'était prêt pour une défense de la ville. Il sentit qu'il n'avait, en fait, jamais été prêt lui-même. Les troupes anglaises n'étaient même pas censées avoir été mobilisées à Calais (elles avaient reçu une mission différente dans d'autres régions du nord de la France) et les Français, démunis de munitions nécessaires à une attaque d'une telle ampleur, faisaient pâle figure devant la solide *Panzerdivision* allemande.

Deniel crut que son cœur allait cesser de battre sous les feux des bombardiers en piqué *Ju 87* de la *Luftwaffe*, des rafales des bombardiers de la RAF et des batteries d'artillerie côtières françaises. D'épais nuages de fumées noires recouvrirent progressivement le ciel, les *Stukas* allemands larguant leurs bombes sur la Citadelle et la gare maritime afin de stopper la résistance des Alliés. Très rapidement, ce vacarme infernal perturba les soldats déjà très fatigués et stressés par les manœuvres à court terme que leurs commandants étaient forcés d'adopter. Aucun d'eux ne voyait l'avenir plus loin que quelques minutes, et les tensions au sein des troupes montèrent d'un cran sans tarder le même jour. Toute cette scène bouleversa profondément Deniel, qui était pourtant d'un calme et d'une assurance sans borne.

Et dans ce feu d'artifice rouge, il ne fallut pas plus de deux heures à Deniel pour sentir qu'il allait perdre la tête. Comment l'humain pouvait-il devenir aussi laid de l'intérieur ? Jamais, il n'avait vu pareille boucherie, pareil entêtement venant des hommes à traquer d'autres hommes dans une bataille déjà trop déséquilibrée. C'était la première fois qu'il était mobilisé... Il n'avait jamais vu un homme se faire mitrailler. Et quand il vit les corps calcinés, noirs comme du charbon et figés dans une position atroce, il fut pris de nausées incontrôlables. Il vomit à côté d'un de ses compagnons d'infanterie. Le soldat lui demanda de sa voix rauque :

— Hé, ça va, mon gars ?

Deniel hocha seulement de la tête, car il avait la gorge et la bouche trop sèches pour répondre. Les soldats n'avaient même plus d'eau pour apaiser leur soif. Tout de suite après, l'homme contourna un petit bâtiment et disparut du champ de vision de Deniel. Peut-être disparaîtrait-il ainsi à jamais ?

Un chef d'unité passa à côté du Breton et lui ordonna de monter sur les remparts malgré la menace des avions allemands au-dessus de leur tête. Deniel pria pour que les BF 109 de la RAF les abattent sur-le-champ.

Tout en restant à couvert derrière les fortifications de la Citadelle, Deniel se mit à tirer de temps à autre sur les Allemands à travers les ouvertures du mur.

La fatigue le talonnait, mais il tentait de résister.

Il se cala contre le mur et porta à son épaule son fusil *Lee-Enfield*, qu'il avait ramassé faute de pouvoir être mieux équipé. Le soldat britannique, non loin de lui, utilisait un simple revolver *Enfield*.

Deniel visa et toucha un homme en pleine poitrine. Il était doté d'une bonne adresse. Heureusement qu'il possédait cela. Le soldat s'effondra. Deniel se mit à couvert. Derrière le mur, on entendit les balles allemandes percer les fortifications. Deniel attendit un moment. Il changea de position en rasant le sol autant que possible. Il se plaqua contre le mur opposé et fit pivoter la culasse mobile. La douille s'échappa d'un coup sec du corps du fusil. Deniel haletait très fort. Il était, en fait, terrorisé. Il se leva, pointa le fusil en direction d'un soldat allemand posté à l'angle d'un char et tira. La balle ricocha sur le blindé. Deniel s'accroupit.

— On est à court de munitions ! hurla un soldat sur les remparts à son supérieur.

Le chef fit un signe de la main pour dire qu'il avait compris. À cet instant, le vrombissement des avions vint s'ajouter au vacarme des armes à feu.

Le soldat et son supérieur levèrent les yeux vers le ciel gris. Deniel les leva à son tour : une nuée de *Ju 87* de la *Luftwaffe* s'avançait au-dessus de Calais, méprisant du haut de leur position le petit soldat avec son revolver qui fuyait à travers les débris des bâtiments calaisiens et des voitures pilonnées par les bombes.

Le vrombissement grandit à mesure qu'ils approchaient.

Mais qu'est-ce qu'ils foutent les Anglais ? hurla Deniel en son for intérieur.

À ses côtés, un soldat cria :

— Descendez ! Descendez tous !

Deniel aperçut les *Ju 87* pointant leur nez dans sa direction. Ils étaient très près de la Citadelle et Deniel voyait leur contour avec netteté maintenant. Plusieurs objets se détachèrent d'eux.

— Putain ! Ils vont tout faire exploser ! s'égosilla-t-il.

— Écartez-vous des remparts, écartez-vous des remparts ! répétait un soldat aux autres.

Deniel eut juste le temps de dévaler l'escalier en pierre pour se réfugier près du rempart avec d'autres soldats. Le bruit des bombes siffla dans l'air déjà dense et une série de violentes déflagrations retentit dans la forteresse.

La grande garnison explosa propulsant des milliers de débris en feu autour d'elle. Des voitures s'envolèrent des mètres plus loin devenant de dangereux projectiles. Les étables prirent feu avec les animaux à l'intérieur laissant échapper une épaisse fumée noire qui brûlait les poumons. En face de Deniel, les soldats étaient tous effrayés et un réserviste, recroquevillé sur lui-même, pleurait doucement, les mains autour des genoux et la tête basse.

Une autre bombe tomba.

Cette fois-ci, Deniel se prit son souffle presque en pleine face.

Ses yeux tremblèrent sous ses paupières. Sa peau éprouva la chaleur de l'explosion. L'intérieur de ses narines se chargea de l'épaisse poussière noirâtre. Et ses tympans essuyèrent l'onde de choc. Il releva la tête et constata alors avec horreur qu'il n'entendait plus grand-chose à part des cris lointains, indistincts, sourds de gars qui hurlaient à tout va. Il s'empressa de porter les mains à ses oreilles.

— Merde ! J'entends plus rien ! s'écria-t-il affolé.

Et puis, complètement sonné par le choc, il se releva tandis que les autres soldats étaient cloués de peur sur le sol de terre. Il ne savait plus ce qu'il faisait. Il tourna imperceptiblement les yeux en direction des bâtiments pour rester sidéré devant le spectacle qui s'offrait à ses yeux.

Une large fumée s'échappait des casernes et des étables, et remontait vers le ciel pour l'inonder d'un noir toxique. Au-dessous, les casernes étaient rouges et des flammes léchaient les derniers murs résistant à l'attaque. Des débris – du foin, des bouts de papier, du bois réduit en poussière – flottaient, dansants, autour des bâtiments, des voitures retournées, et des lampadaires à moitié couchés sur la route. Ces escarbilles encore incandescentes flottaient avec douceur dans une atmosphère devenue muette. Des étincelles de feu jaillissaient des fenêtres des écuries et tournoyaient un moment avec insouciance avant de se poser sur le sol défoncé. Au fond, quelque chose entra dans le champ de vision de Deniel. Il bougeait silencieusement, recouvert d'un feu orange. Ça ressemblait à une torche dont les flammes, heureuses d'avoir quelque chose sur quoi danser, s'élevaient haut au-dessus. La torche ambulante, agitant follement bras et pieds, chut finalement d'un côté et s'immobilisa.

Tout était gris et rouge.

C'est l'Enfer, se dit Deniel.

Il fut soudainement tiré de sa contemplation par un coup sec sur sa manche. C'était son chef de bataillon :

— Qu'est-ce que tu fous, soldat ? lui hurla-t-il.

Dans la seconde qui suivit, un avion allemand largua deux autres bombes sur les casernes de la Citadelle. Les murs volèrent en éclats.

Les deux jours suivants marquèrent l'apogée de la bataille. Les combats faisaient rage du côté de la ville et du port. Les autres Forts dans lesquels les Français avaient organisé la défense avaient été abandonnés.

Non, Deniel ne s'en sortirait pas indemne. Au pire, il serait estropié. Comme son père... Lui, il avait perdu son bras dans un accident à moto. Pour Deniel, ce serait différent. Ce serait au combat qu'il perdrait une partie de lui-même...

Il avait partiellement recouvert l'ouïe après l'explosion de la veille. Cependant, il entendait des sifflements étranges à l'intérieur du tympan et cela lui donnait un mal de crâne inconvenant.

Tout le monde se demandait ce que les Anglais faisaient avec le ravitaillement du matériel. Rien ne venait. C'était comme si tout restait bloqué au port. Deniel avait encore son fusil anglais, mais il ne lui restait qu'une dizaine de cartouches qu'il gardait jalousement contre lui. Il avait un couteau aussi. Il s'était dit qu'il l'utiliserait quand les boches entreraient par les portes de la Citadelle.

Le gars à côté de lui avait les yeux injectés de sang. La fatigue et la fumée des maisons, qui cramaient à l'intérieur des remparts de la Citadelle, devaient certainement le consumer. L'agressivité et la terreur lues dans ses yeux et ses mouvements donnèrent la chair de poule à Deniel. Tout était flou : l'esprit des soldats était flou et autour d'eux le paysage dépérissait, voilé par l'obscurité des cendres dont la mystérieuse opiniâtreté laissait entrevoir les premières images de l'au-delà.

Tant qu'il n'y avait pas ordre de retrait des troupes, Deniel continuerait à défendre la Citadelle comme il le pourrait. Mais il n'y aurait jamais de retrait... Les Anglais et les Français refusaient de se soumettre. Au prix de toutes ces vies ?

Et puis, le matin du 26 mai, un deuxième essaim d'avions allemands du 77ᵉ escadron des bombardiers en piqué recouvrirent la ville. Deniel était sur les remparts, encore, quand les bombardiers percèrent les nuages du ciel. L'alerte fut donnée et comme les jours précédents Deniel tenta de se mettre à couvert pour sauver sa peau. Il rabaissa son fusil, canon vers le bas, et dévala l'escalier, ou ce qu'il en restait.

Deux soldats anglais étaient encore affairés dans l'enceinte à rassembler le matériel qu'ils pouvaient sauver.

— Qu'est-ce que vous faites ? À couvert ! Vite ! Vite ! leur cria-t-il.

Il s'arrêta, les aida à transporter deux fusils *Bren* et reprit sa course. Il ne savait pas pour quelles raisons il les aidait, mais il le faisait quand même.

Il restait une cave indemne près des casernes. Des soldats leur faisaient signe de se hâter avant qu'ils ne referment la trappe.

Deniel courut aussi vite qu'il put, haletant de douleur à cause de ses poumons meurtris par la fumée du mazout, et transportant avec lui trois fusils du bout de ses bras.

Soudain, une bombe tomba.

Deniel se pencha en avant.

Les avions anglais n'étaient décidément plus là pour les aider. Au-dessus de leur tête, Deniel ne voyait que les bombardiers allemands.

Une seconde bombe tomba et le sol trembla avec force.

Deniel n'était plus qu'à quelques mètres de la trappe.

— Allez ! Vous pouvez le faire ! les encourageaient ceux qui étaient dans la cave.

Deniel ferma les yeux et dans un dernier effort, poussa sur ses jambes épuisées et projeta son corps en avant pour rouler dans la poussière jusqu'à la trappe.

L'ombre d'un bombardier glissa sur le sol.

Deniel passa les *Bren* et l'*Enfield* aux soldats et se retourna pour constater que les deux autres hommes peinaient pour arriver jusqu'ici.

— Jetez les fusils ! leur cria Deniel.

Plusieurs ombres de *Stukas* se murent sur les ruines des bâtiments et le terrain accidenté.

— *Your weapon* ! s'époumona Deniel.

Les deux gars ne pompaient pas un mot de Deniel.

C'est à cet instant que Deniel prit la décision de revenir sur ses pas.

— Je vais les aider.

— C'est de la folie ! Il faut se mettre à couvert. Ce sont les ordres.

— Ce sont nos alliés et ils transportent notre matériel. On a besoin d'hommes et de munitions !

— Tu vas te faire tuer ! lui cria un Français depuis l'ouverture de la cave.

Deniel était têtu et il repartit sans écouter ce conseil. Mais c'était déjà trop tard. Tout était trop tard. Le soldat français n'eut pas le temps de terminer son sermon. Deniel arriva trop tard pour les aider et personne n'eut le temps de regagner la cave, que les Français refermèrent dès que les bombes s'abattirent dans un vacarme d'une violence inouïe. Deniel se jeta au sol près des soldats anglais. Une poussière noire se déversa sur eux. Et puis, plus rien. L'obscurité complète et imperméable aux sons extérieurs. Les ténèbres venaient finalement d'engloutir Deniel.

3
L'air de la guerre

« *Dieser Soldat lebt.* »

Le soleil transperça les yeux de Deniel. Il eut l'impression qu'il n'avait pas aperçu ses rayons depuis une éternité. Ses poumons se soulevèrent dans un mouvement saccadé. Deniel avala l'air délétère qui pesait au-dessus de son corps. Cet air lourd cingla ses poumons qui se gonflaient sur un rythme entrecoupé et rapide, perturbé par un sifflement inquiétant.

Une silhouette flottait au-dessus de lui. Une autre silhouette apparut aux côtés de la première. Elles échangèrent quelques mots… en allemand.

Du bout du canon de son fusil antichar *Panzerbüchse*, l'Allemand retourna Deniel en soulevant son épaule. Deniel gémit de douleur.

Les deux hommes reprirent leur conversation :

— *Er ist ein französischer Soldat*, dit l'un.

L'autre ne fit que hocher de la tête scrutant le visage de Deniel de haut.

Le premier soldat allemand posa le bout du canon sur la joue ruisselante de sang du Français.

Le second Allemand éclata de rire. L'autre l'accompagna. Il éloigna le canon du visage de Deniel et ils échangèrent encore quelques mots. Le Breton ne comprenait pas bien l'allemand, mais il comprit que c'était stupide de le flinguer avec ce fusil.

Les deux soldats s'éloignèrent.

Soudain, Deniel fut soulevé sans ménagement par un troisième soldat ennemi. Il lui hurla des mots dans sa langue. Et Deniel hurla aussi… de douleur. Il retomba aussitôt sur les genoux. Il était trop épuisé pour se tenir sur ses deux jambes. Le soldat le tira encore une fois vers le haut et pointa sa mitraillette MP40 au milieu de son front.

Chancelant devant le canon de l'ennemi, Deniel tenta tant bien que mal de garder l'esprit clair. La douleur et les vertiges étaient trop intenses pour satisfaire les exigences incompréhensibles de l'Allemand. Ce dernier vociféra le même ordre. Deniel ne comprenait pas : il aurait peut-être pu comprendre les paroles de cet imbécile, si son esprit n'avait pas été aussi altéré qu'il l'était désormais.

Dans le doute, Deniel porta ses deux mains derrière son crâne. Il sentit son sang couler entre ses doigts. Il était blessé sur le flanc.

Le front bas, le regard perdu, il bavait du sang et de la salive comme un bœuf, et peinait à tenir debout semblant être poussé par des vagues qui le ramenaient contre son gré vers le large.

L'Allemand en face de lui perdit patience. Il lui répéta les mêmes mots.

Il fallait que Deniel reste droit s'il voulait vivre. Ça devait être ça… Ce que l'autre voulait dire…

La douleur était atroce. Elle tourmentait insidieusement ses côtes qui devaient être cassées.

Il s'efforça de se redresser. Il avait des vertiges. Sa vision était trouble et double.

Il prit appui fermement sur ses jambes. Sa jambe gauche était blessée. Une grosse tache rouge indiquait que son sang le quittait. Deniel éclata en sanglots, haletant fort. Il leva ses yeux vers le ciel et laissa ruisseler des larmes rouges et amères sur ses joues noires de suie.

L'autre hurla.

Deniel lui fit signe qu'il avait compris et qu'il allait se soustraire.

L'autre attendit.

Deniel fit un pas en avant et chancela.

Le soldat, d'un signe de tête, lui indiqua la porte de Neptune.

— On a perdu, bredouilla Deniel.

Les Alliés avaient perdu. Ils avaient été pris au piège. Forcément. C'était prévisible… Deniel laissa échapper un rire qui ne semblait pas en être un. Il haletait plus qu'il ne riait. Et ce halètement lui transperçait les poumons. Sa vision se troubla et il faillit tomber. Le soldat l'attrapa par le col et le redressa.

Il regarda autour de lui et constata que d'autres soldats alliés se dirigeaient, eux aussi, vers la porte de Neptune, les mains derrière la tête. Des soldats de la Wehrmacht pointaient leur mitraillette sur eux.

Alors, c'était bien cela… Ils avaient perdu la bataille contre l'envahisseur allemand qui ne s'était pas gêné pour les massacrer comme s'ils avaient été de la vulgaire vermine. Et les voilà qui traînaient la patte, couverts d'une défaite attendue, se dirigeant vers des portes qui ne leur offriraient aucun apaisement et aucun espoir, mais qui s'ouvraient plutôt vers un avenir plus incertain encore. Et l'évacuation ? Les Anglais, avaient-ils évacué ? Et les Français ? Ils étaient partis sans lui… Qu'importe… Il mourrait sûrement de gangrène dans une prison.

Deniel sortit par la porte de Neptune, la tête basse, sans vraiment trop savoir où il allait. Un Français le tint par le côté. Il avait dû chanceler. Tout était encore plus flou que la veille même si la bataille était terminée. Et le sol commençait à vaciller sous ses pieds. Il fut poussé dans une fourgonnette allemande et se retrouva entassé parmi une vingtaine d'autres soldats. L'air était étouffant. Il jeta un bref coup d'œil par la fenêtre parée de barreaux. La lumière se mit à danser, puis à tourner dans une cadence folle. Il eut l'impression que tout se resserrait autour de lui : l'air, les hommes, les flancs de la fourgonnette... Les visages fermés des soldats s'éteignirent en même temps qu'il fermait les paupières. Il se sentit alors enveloppé par l'air nauséabond de la guerre.

Ouais... C'est bien ça, se dit Deniel avant de s'évanouir, *nous sommes tous enveloppés par cet air rempli de violence.*

1956
Agitations

On dirait, tant l'enfance a le reflet du temple,
Que la lumière, chose étrange, nous contemple ;
Toute la profondeur du ciel est dans cet œil.
Dans cette pureté sans trouble et sans orgueil
Se révèle on ne sait quelle auguste présence ;
Et la vertu ne craint qu'un juge : l'innocence.

Victor Hugo, *L'Enfant, Les Orientales*

1

La rupture avec Gilles

Pons avait insisté pour que je lui prête la seconde paire de talkie-walkie à lui et pas aux autres (on avait tous pensé que Dennis le méritait plus que Gilles, car il habitait un peu plus loin que nous). Mon père m'avait expliqué que le rayon d'émission d'un talkie-walkie n'allait pas très loin en général : entre un à dix kilomètres. Dans le doute et ennuyé par Gilles, j'avais finalement cédé à sa demande et j'en avais gardé un pour moi. Il était donc devenu l'opérateur de transmission.

Depuis mon lieu d'émission, je l'appelais quand on avait un peu de temps libre. Plus jeune, je jouais vraiment le jeu. Tout en guettant la rue comme un guetteur l'aurait fait, je m'imaginais travailler pour un groupe appelé « Toulouse Résistante » et j'établissais des contacts radio en usant de noms de codes. Le mien était « Chevalier » et celui de Pons, « Loutre ». On faisait tout passer par messages codés avec une sorte de liste de mots dont nous avions modifié le sens : « Ma mère est dans les chaussures » signifiait en fait « Je vais au parc, tu viens ? ». On s'était amusés ainsi pendant un bon bout de temps, jusqu'à ce que Pons dérape complètement. Il ne savait pas s'amuser. Il avait commencé à m'envoyer de nouveaux messages dont je ne comprenais pas le sens et me sermonnait le lendemain à l'école en me disant que j'aurais dû comprendre. Il faisait ça la nuit en plus. Il m'avait forcé à laisser mon talkie-walkie allumé et me proposait de faire des « missions » bidons qui ne tenaient pas la route. Je lui avais intimé l'ordre d'arrêter, mais il recommençait sans arrêt. Puis, en prenant de l'âge, on avait tous trouvé stupide de se donner des noms de code et d'utiliser des messages codés, et, désormais, on utilisait seulement l'appareil pour se donner rendez-vous dans une de nos cachettes dans Toulouse.

À présent, je pourrais me le remémorer un millier de fois, je penserai toujours que Gilles Pons n'était pas un garçon sympathique. Il portait les mauvais traits de son père, un gros maçon ariégeois, et le mesquin caractère de sa mère, ariégeoise elle aussi. Et comme quand on dit qu'on ne choisit pas sa famille, je me disais parfois qu'il est difficile de choisir ses amis, surtout dans une structure scolaire qui vous remet dans la même classe que le même garçon chaque année. On restait ensemble plus par défaut que par amitié profonde.

Pons était chargé d'appeler Jules qui habitait dans la même rue que lui, la rue Antoine Deville dans le quartier Arnaud-Bernard. Et Jules prenait sa bicyclette pour aller retrouver Robin qui habitait rue de la Chaîne, près de Saint-Sernin. De mon côté, j'allais retrouver Bastien du côté de l'Arsenal. Je partais à vive allure avec ma bicyclette pour l'inviter à venir jouer. Et nous repartions aussi sec à notre lieu de rendez-vous en attrapant Dennis en plein vol du côté de Saint-Michel dans son immeuble vétuste, s'il n'était pas occupé à faire des livraisons de pains en Citroën Acadiane avec son père (handicapé d'une jambe après l'explosion d'une grenade dans une usine de munitions d'après ce qu'il nous en a dit) ou à regarder les trains à vapeur partir depuis la gare Matabiau, un passe-temps qui lui prenait la bonne majorité de son temps…

La tempête s'était dissipée pour laisser place à un dôme azur parsemé de magnifiques nuages qui s'étalaient telles des boules de cotons blanc immaculé. De ma fenêtre entrouverte, je pouvais apercevoir la cour intérieure d'une autre maison agrémentée d'une belle végétation. Je pris une grande inspiration et humai les vapeurs printanières qu'exhalaient les arbres parés de leur manteau vert. Une voiture passa dans la rue laissant un sillage de fumée noire puante et âcre qui me força à retourner dans ma chambre.

Mes yeux tombèrent alors sur le talkie-walkie. L'émetteur-récepteur reposait, sage, sur le parquet de ma chambre. Le simple souvenir des bruits, qu'il avait émis la veille, me fit frissonner de peur. C'était bien la première fois qu'une telle anomalie se produisait. Martial l'avait réparé comme il faut et il marchait comme il faut jusqu'à présent.

Je n'osais pas l'attraper, mais l'envie de savoir ce qu'il s'était passé me pressait et m'oppressait.

J'hésitai deux secondes puis je l'empoignai fermement. Je savais qu'il n'allait pas s'enfuir en courant, néanmoins, le saisir ainsi me donna l'impression de pouvoir dominer ma peur.

— Bon, appareil de malheur, j'attends ton concert de mouches puantes, dis-je à voix haute.

J'attendis et rien ne se produisit. Aucune anomalie à signaler.

Je décidai finalement d'en toucher un mot à mes copains de classe. Seulement, pour se rassembler, je devais appeler Gilles via cet appareil et l'envie de l'allumer me manquait. Pons savait qu'il devait le garder sous la main le dimanche après-midi.

Je tirai l'antenne, hésitant.

De toute façon, que pouvait-il arriver de plus mis à part ces grésillements ?

Je l'allumai.

Une série régulière de « clics » fit monter en moi une appréhension nouvelle. L'alarme de ces signaux sonnait froide dans un lointain inaccessible et un lointain irréel. Je n'avais jamais entendu cela auparavant…

Je gonflai de courage mes poumons et j'appelai Gilles.

— Pons, tu me reçois ?

Pas de réponse.

— Pons, me reçois-tu ?

Toujours rien. Au fond de moi, je priai pour qu'il réponde au plus vite. Les clics s'accéléraient au fil de mes appels et me plongeaient dans une agitation qui souleva une chair de poule sur mes bras.

Gilles répondit enfin de sa voix épaisse et désagréable.

« Je te reçois cinq sur cinq, Fleur Rouge des Tropiques. T'as une idée en tête aujourd'hui ? »

— Écrase, Pons. On a dit qu'on n'utilisait plus les noms de code.

« Ouais, ouais. Ça m'est égal ce qu'on dit. Surtout si c'est rigolo, Fleur Rouge. »

J'expirai un long soupir d'exaspération. Il fallait que je change vite de sujet ou il allait être lourdaud.

— Appelle Jules et Robin. Et attrape Dennis à Saint-Michel. Rejoignez-nous au Jardin des Plantes. Et apporte ton talkie.

Je ne lui laissai pas le temps de répliquer un mot et éteignis l'émetteur-récepteur par crainte d'une récidive importante de ces étranges sons de la veille. Je le glissai bien au fond d'un sac et je dévalai les escaliers de notre maison mitoyenne. Ma mère, en tablier, s'affairait dans la cuisine. Elle m'aperçut et me stoppa net.

— Et où vas-tu si vite ? demanda-t-elle les mains sur les hanches.

— Je sors voir Pons et les autres. On se rejoint au Jardin des Plantes.

— Au Jardin ? C'est loin d'ici. Tu n'aurais pas pu donner rendez-vous plus près ?

— Pas l'temps d'expliquer, Maman. À toute.

Je l'embrassai sur la joue et détalai vite fait sans lui laisser, à elle aussi, le temps de placer un autre mot.

J'attrapai sans plus tarder la vieille bicyclette Peugeot de mon père sous la cage de l'escalier.

— D'accord. Ne rentre pas trop tard quand même, m'envoya-t-elle au bout du couloir alors que je passais déjà la porte d'entrée.

Je remontai la rue vers le quartier de l'Arsenal. Tout autour de moi, les passants, déconcertés, s'écartaient alors que je fonçais trop vite sur le trottoir en faisant retentir la sonnette grinçante du vélo. Je laissais mes jambes énergiques me porter à travers la Ville rose, dans ses rues aux odeurs urbaines mêlées à celles des rôtisseries pleines leurs articles gras. Ici, les feuilles des platanes frétillaient au-dessus des terrasses remplies de clients accoudés sur des petites tables rondes buvant un café et, là-bas, la Garonne boueuse roulait sous les vieux ponts. Le temps était radieux et me portait à travers cette ville qui m'avait vu grandir. Il était radieux et pourtant, je pressentais que quelque d'étrange baignait dans ces tas de bruits derrière les écouteurs de l'appareil électronique. Il fallait que je fasse vite surtout si les phénomènes pointaient à nouveau leur bout du nez.

Je m'arrêtai devant un vieil immeuble à deux étages aux allures toulousaines. Comme la mienne, la chambre de Bastien était située au second étage et donnait sur la rue, ce qui était très pratique pour l'inviter à venir jouer. Je criai son prénom d'en bas et de l'angle de sa fenêtre, un visage rond encadré par des cheveux châtain foncé apparut timidement. C'était Bastien.

— Carrère, tu descends ?

— Ouaip ! cria-t-il.

À mon appel, il ne se fit pas attendre. En quelques secondes, il était sur le perron de la porte. Mais aujourd'hui, une rencontre inattendue coupa mon élan effervescent : Pierre Poussin était là.

Sa silhouette craintive flottait dans le dos de mon ami, et je ne pus m'empêcher de souffler d'exaspération devant eux. Le manège de Poussin avec les surnoms m'avait déplu, et je n'avais aucune envie de le laisser venir avec nous.

— Qu'est-ce que tu fais là, Poussin ? demandai-je d'un ton abrupt.

Un peu gêné, Bastien répondit à sa place d'une voix conciliante afin d'apaiser ma mauvaise humeur.

— Il est venu me montrer les maquettes d'avion qu'il a fait avec son père. Où est-ce que tu veux aller ? Poussin a apporté de gros pétards. On pourrait les faire exploser.

— J'ai dit à Pons qu'on le rejoindrait au Jardin.

— Il peut venir avec nous ? me demanda-t-il en désignant Pierre. Tu sais, il est pas si nul, en fait…

Je fis mine d'hésiter.

— Hmm… Ch'ai pas, tu sais. C'est plutôt secret ce qu'on fait ensemble et ça doit le rester.

— S'il te plaît, quoi, insista-t-il, juste pour cette fois.

Décidément, Bastien était un pataud, mais c'était un copain que j'appréciais beaucoup. Et du coup, j'avais du mal à lui dire non.

Je cédai à sa demande.

On se mit en route tous les trois sans attendre.

Au fil des distances parcourues, j'accélérai la cadence ennuyant délibérément Pierre, qui, avec ses jambes frêles, avait déjà du mal à suivre.

Je lançai un coup d'œil par-dessus mon épaule. Poussin était toujours derrière nous. Il était à la traîne. Cela me donna une idée.

— Bastien, celui qui arrive en dernier est une poule mouillée, défiai-je mon ami.

Celui-ci était un peu mou, mais il aimait se mesurer entre camarades lors de défis qu'on se lançait.

— C'est déjà toi la poule mouillée, Amarante ! dit-il avec entrain.

On arriva au Jardin comme des bombes. On dépassa la porte de Virebent et on atterrit dans le décor des longues allées de terre battue.

— T'es un *fada* mon ami, me jeta-t-il en relevant son vélo renversé.

— C'est toi le *fada*, Bastien. Alors ? Qui a gagné ?

— Ch'ai pas moi. On est arrivé en même temps.

Je remis mon vélo sur pieds.

Nous étions en train de nous départager quand, à l'angle de la porte, Poussin apparut. Toujours avec cet air fantomatique qui m'agaçait. Il n'avait décidément pas compris que je ne voulais pas de lui. Je bouillais de lui dire ses quatre vérités que je ruminais maintenant, mais c'était impossible, car, à sa vue, Bastien alla tout de suite le rejoindre.

Les autres nous attendaient sur l'herbe au bout de l'allée des Justes. Comme à notre habitude, on cacha nos bicyclettes derrière une épaisse haie du parc en espérant que le garde n'y mette pas la main dessus.

Lorsqu'il vit Poussin, Gilles plissa le nez. Jules, Robin et Dennis ne firent aucun commentaire. Ils semblaient gênés de le voir débarquer avec nous. Bastien ne fit pas attention à notre désapprobation et invita son nouveau copain à nous faire voir ses pétards. J'aurais préféré montrer à mes amis les troubles du talkie-walkie, mais c'était trop tard, ils étaient déjà tous sur ces petites bombes. Et puis, je n'avais pas trop envie de parler de ces phénomènes bizarres avec un « Poussin spectral » dans les parages...

Poussin avait au moins une dizaine de pétards dans ses poches. Ils devaient bien faire dix-huit millimètres de diamètre. On s'empara chacun d'une de ces petites bombes. Et avec des allumettes que Robin avait chipées à son père, Pons alluma la mèche de son explosif et le lança à travers les feuilles d'un grand noyer noir d'Amérique. On entendit un « pssht », puis un bref claquement qui effraya les moineaux sur les branches.

Aujourd'hui, les promeneurs étaient de sortie. Et le pétard ne manqua pas d'attirer leur attention.

On s'éloigna vite pour ne pas être repérés.

Cette première explosion en appela d'autres. À tour de rôle, on fit cramer les mèches des pétards de Poussin un peu partout dans le parc. Jules jeta le sien parmi une horde de pigeons, déjà très mal en point, qui roucoulaient sous un majestueux cèdre du Liban. Gilles plaça son pétard sur le piédestal de la statue d'Apollon, que Bastien jeta tout de suite sur la pelouse. Décidément, Gilles était un véritable casseur d'ambiance...

On en fit péter d'autres près de la cascade et au niveau des allées près d'un Thuya de Chine. Pons s'entêtait à les jeter ou à les poser sur les statues d'Hippomène et d'Atalante. On n'arrivait plus à l'arrêter. Chaque fois qu'il tentait son coup,

Robin, Jules et Bastien faisaient tomber le pétard avec une branche morte loin de sa cible.

Il y avait sur les allées, près de la porte Nicolas Bachelier, des bancs aux tons vert forêt sur lesquels se reposaient les promeneurs. Là, des flâneurs s'asseyaient cinq minutes pour admirer la végétation luxuriante du parc, une femme avec un landau lisait un bouquin, un homme à l'épaisse moustache guidon feuilletait la Dépêche de Toulouse fumant sa pipe, un étudiant avec des lunettes San Diego à verres épais s'était allongé de tout son long laissant reposer sa tête sur des tracts emmaillotés d'une ficelle. Plus loin sur un autre banc, deux jeunes amoureux se bécotaient avec tendresse.

Gilles me poussa dans le dos.

— Vas-y, toi, Amarante. Ou t'es pas chiche.

Sa provocation était cruelle.

— J'te cède ma place, Gilles.

Je refusais de faire ce que Pons m'ordonnait de faire.

— J'ai pas envie de les ennuyer.

En effet, je n'étais pas enclin à m'approcher de ces deux jeunes gens pour les effrayer avec nos pétards. C'était une idée stupide.

Pons me provoqua alors en retour.

— T'es qu'un dégonflé, La Farge. La dernière fois, t'as même pas piqué ces bonbons à la vieille à Saint-Aubin. C'est moi qui l'ai fait.

Pons était un menteur. Il n'avait pas volé les bonbons lui-même : Robin l'avait fait contre son gré sous ses « menaces ».

— D'accord, maintenant, on sort les vieilles histoires du placard ?

— C'est pas à cause de moi. C'était toi, là, Amarante. Tu m'forces à t'le dire.

— Bon, file-le-moi ton foutu pétard.

Je cédai à sa provocation. Pons savait comment s'y prendre avec moi. Je lui arrachai le pétard de la main. Je me faufilai derrière une haie et fis rouler l'explosif enflammé sous le banc.

Il atterrit à côté du sac en cuir beige rockabilly de la femme et explosa, soulevant une poussière de lambeaux de papier rouge et des particules de poussière grise à travers une fumée condensée. Il avait teinté de traces noires le beau sac parsemé de pois.

Les deux amants se levèrent, surpris.

Je détalai sans demander mon reste.

L'homme eut juste le temps de nous voir déguerpir et de nous affliger d'insultes.

On se cacha à l'abri des regards derrière un banc vide en attendant que les lieux reposent dans leur quiétude habituelle. Toutefois, ce jeu avait éveillé chez Pons sa soif de brutalité. Cela le rendit plus nerveux et tapageur. Dans ses paroles, des mots acerbes commencèrent à faire irruption. Et aujourd'hui, notre jeu était parti pour mal finir.

Il exhorta Poussin à lui donner le restant de ses pétards. Pons agissait, comme à son habitude, sur un transport de caprice que même son cerveau ne devait pas avoir le temps d'apprécier.

— Poussin, file-moi tes pétards.

Poussin glissa la main dans sa poche, puis il hésita. Pons était sur le point de se jeter sur lui.

Bastien s'interposa tentant de calmer le jeu :

— On arrête maintenant, Gilles. Ne l'embête plus.

— Alors, donne-les-moi pour la maison. Je les utiliserai mieux que toi, insista l'autre.

Son ton était bourru. On aurait cru avoir affaire à Michel Pons, son père.

Il attrapa Poussin par le bras si fort que je me demandai alors s'il n'allait pas le lui casser. Poussin couina à la force de cette prise. Pons faisait deux fois sa taille et Pierre était impuissant face à lui.

Le visage de Poussin vira au rouge. Gilles serrait fort. Bastien le somma fermement d'arrêter.

— Tu vois pas que tu lui fais mal, Gilles. Arrête ça tout de suite.

Pons ne l'écouta pas. Il se fichait royalement de ce que pouvaient dire les autres.

Poussin était au bord des larmes. Il essaya de se dégager de son emprise, mais cela ne fit qu'aggraver les choses.

J'avais envie de m'en aller. Je ne voulais prendre position ni pour Poussin ni pour Pons. Ce dernier m'exaspérait et Poussin restait une ombre floue à mes yeux. Un fantôme. Le genre de camarade dont je n'aurais pas su retenir le nom et m'en souvenir des années plus tard. On m'aurait demandé « C'est qui lui sur la photo de classe ? », je n'aurais pas su répondre.

À leur tour, Jules et Robin intervinrent, mais seulement pour recevoir en retour la rudesse de Pons.

— Pons, t'es un gros lourdaud, lui dit Jules. À quoi ça te sert d'embêter ce nabot ?

Cependant, ses mots n'atteignirent guère la volonté de notre camarade. Et peu disposé à se mêler à une dispute, Jules s'écarta très vite de l'échange rude.

Robin tenta également d'apaiser les tensions en balançant une blague :

— Houla, Gilles. Avec toi, c'est « amitié à moitié » ou quoi ?

Cela n'eut aucun effet. Bien évidemment…

La dispute s'éternisait. Comprenant que la situation n'évoluerait pas entre eux, je me décidai cette fois-ci d'intervenir :

— C'est bon, Pons. Il a compris la leçon.

— Dégage, La Farge, me lança-t-il.

Je fus repoussé sans ménagement par cette brute, qui d'un coup de poing à la poitrine me remit à ma place. Je ne m'attendais pas à être rabroué de la sorte et ma fierté en prit un coup.

— Pons, excuse-toi tout de suite.

Il tourna vers moi son visage gras et me postillonna des mots insultants :

— Lâche-moi la grappe, espèce de con.

Robin recula, pressentant que la situation tournait sérieusement au vinaigre.

J'étais plus petit et moins épais que Gilles, mais je n'appréciais pas me faire désarçonner par un autre. Je rassemblai alors mes forces, et convaincu que je ne ferai pas le poids, je lui rendis la pareille. D'un coup manquant d'adresse porté à son épaule, je réussis à le faire chanceler en arrière. Je n'avais pas imaginé que l'impact serait si ramassé. Pons desserra son emprise sur Pierre et il se retrouva sur les fesses. Il resta interdit un instant. Bastien, Robin, Jules et Dennis retinrent leur souffle.

Pons se remit sur pieds et s'avança vers moi. Je crus que mon heure était arrivée. Il rapprocha son visage vulgaire heurté par des sentiments de haine à mon égard. Ils étaient intenses. Je compris qu'il n'allait pas lâcher l'affaire comme ça.

— OK, OK, ça suffit maintenant les gars, s'interposa sérieusement Jules (chose qu'il n'avait pas faite pour Pierre).

Robin, Bastien et Dennis l'imitèrent, et Gilles, pressentant que sa minorité le perdrait, se détacha de moi d'un geste brusque.

2
Manifestations

On se cala pour le restant de la journée dans un renfoncement à travers des buissons, qui formaient une sorte de voûte avec leurs branchages nous dissimulant ainsi de la vue des promeneurs. Gilles nous avait quittés en emportant son talkie-walkie avec lui. Lui demander de me le rendre maintenant était une peine perdue. Cela n'aurait fait qu'accroître son agressivité. Ce n'était vraiment pas de chance...

Pierre était également parti à la suite de Gilles.

Malgré tout, j'étais plutôt satisfait que Gilles et Pierre ne prennent pas part à cette étrange réunion, car je ne les appréciais pas tous les deux.

Je sortais mon talkie-walkie du sac. Je sentis ma nervosité réapparaître comme ce matin.

J'observai l'appareil électronique et jetai un regard circulaire à mes amis. Ceux-ci me renvoyèrent un regard perplexe.

— Que se passe-t-il, Amarante ? m'interrogea Bastien de ce ton si compréhensif qui faisait de lui un garçon bienveillant.

Je pointai du doigt le talkie-walkie.

— C'est ça, leur montrai-je.

— Quoi, « ça » ? répéta Jules.

— Le talkie-walkie ? intervint Robin, rieur.

— Ouais, ce talkie-walkie. Je vous assure que je ne vous mens pas.

Mes amis écoutèrent alors mon histoire.

— Hier, dans la soirée, il s'est mis à faire des bruits bizarres. J'vous jure. J'avais jamais entendu ça avant. C'était vraiment flippant. Et puis, il faisait « clic », « clic » et des bruits de mouches trop bizarres.

— Au point de t'chier dessus, comme dirait mon *paire* ? demanda Robin.

— Tais-toi un peu, le sermonna Jules.

Dennis croisa les bras sur son torse, pas très rassuré.

— Comment ça flippant ? dit-il.

— C'est difficile à expliquer. Ça faisait des bruits aigus et répétitifs comme si quelqu'un essayait de rentrer en communication.

Bastien fronça les sourcils.

— Il est peut-être défectueux ton machin, dit Jules.

— J'en sais rien. Mais je sais qu'il était éteint. Et il s'est allumé tout seul. Comme ça. Boum !

Je fis claquer mes mains. Mes camarades sursautèrent.

Bastien se mit à m'observer avec de grands yeux inquiets. Dennis, qui était de nature superstitieuse, tira une tête exprimant une angoisse naissante. Jules, plus sceptique que nous autres, attrapa l'objet.

— Houla ! s'exclama Dennis. Qu'est-ce que tu fais là ?

Jules le tourna et l'examina sous tous les angles. Il l'alluma. Aucun bruit parasite ne s'en échappa. Tout était calme. Il l'éteignit.

— J'sais pas. Moi, j'y crois pas trop aux mauvais esprits dans une boîte électronique.

Il reposa l'appareil et c'est à ce moment-là qu'il se mit à grésiller faiblement. On fit tous un bond en même temps pour se retrouver sur nos genoux.

— Vous voyez ! Vous voyez ! J'vous l'avais bien dit ! m'exclamai-je. Il faisait pas ça avant ! Y a un truc louche avec ce machin. Il est comme devenu fou.

La stupeur parcourut notre assemblée en même temps qu'une trouille dont moi-même j'avais fait l'expérience la veille. On entendit avec une clarté effrayante les mêmes sons aigus, les mêmes crachements dégoûtants accompagnés de cette horde de mouches qui allaient et venaient derrière les écouteurs. La fréquence s'intensifia au point de nous faire reculer de frayeur. Elle baissa ensuite brusquement pour revenir plus forte encore.

— Essaie de faire quelque chose. Éteins-le ! Éteins-le ! s'agita Robin.

J'étais effrayé, mais je l'attrapai quand même. Le tumulte s'intensifia et retomba aussitôt.

Un calme alarmant prit place dans le boîtier. Seul un léger crachotement poursuivit sa rengaine. Et derrière ce léger crachotement, on entendit, tous, cette voix, à peine audible et pourtant si limpide :

« Un, DEUX, un, deux, me recevez-vOUS. ICI, le commandant Pélissier, me recevez-vous Yves ? Répondez si vous êtes viVANT. UnitÉ perdue aux abords de BOUlogne. Les Belges sont dispersÉS. Plus de munitIONS côté anglais. L'opérAtion de sAUvetage anglais, DynamO, en cours à DUNkerque. À VOUS. »

C'était la voix d'un homme. Et cette voix semblait venir des tréfonds d'une autre réalité.

1940
L'hospice

Les berceaux ont leurs destinées !
Et vous ne les avez pas vus,
Les fronts de mères inclinées
Comme la Vierge sur Jésus.

François Coppée, *Enfants trouvées, Poèmes Modernes*

1
Se réveiller dans un cauchemar

Deniel se réveilla, engourdi, dans une longue salle. De petites fenêtres, surmontées d'une arche semblable à celles des églises, laissaient passer l'air moelleux du printemps. Le ciel était clair. Pas un nuage ne le troublait. Pour l'instant...

Les vieilles vitres découpées en losanges lançaient des bluettes aux teintes grises. C'était un gris vraiment doux entouré de la blancheur frappante de la salle.

Cette blancheur bouleversa Deniel qui se crut pendant un court instant dans un autre monde. Il cligna plusieurs fois des yeux (son visage était boursouflé au niveau de la tempe gauche) et tourna la tête sur le côté. Son sang, jusqu'alors chaud, se glaça. Autour de lui, une quarantaine de lits blancs étaient occupés par des soldats mourants. Il était au beau milieu d'hommes sur le point de devenir des âmes... Ils étaient à la fin de leur vie entourés de ces murs, qui, de par leur blancheur, tentaient de dissimuler la terrible vérité : rien n'était blanc dans cet hospice ; les hommes mouraient comme des chiens.

Le jeune homme tenta de prendre une courte inspiration malgré ses difficultés respiratoires. L'odeur des désinfectants s'accrocha dans ses narines. Il était bel et bien cloué dans un lit d'hôpital.

Deniel ne parvenait pas à recouvrer une mémoire totale du cours des évènements depuis son départ de Vannes jusqu'à son arrivée dans ce lit. Beaucoup de détails lui échappaient. Il ne savait même pas combien d'heures il était resté inerte au fond de ses rêves sans images. Il avait l'impression que sa tête vibrait comme si on avait sonné une cloche d'église dans sa boîte crânienne et il éprouvait des difficultés à remettre sa réflexion dans l'ordre.

Et cette odeur stagnante d'eau de Javel et d'éthanol dans l'étroite salle garnie de soldats, dont la vie déclinait peu à peu, ne l'aidait pas. Au contraire, elle l'assaillait et le perturbait comme un serpent qui se serait insidieusement glissé dans ses voies nasales.

Il prit peur.

Il souleva son thorax, mais ce mouvement l'obligea à bouger ses autres membres et de vives douleurs lancinantes traversèrent son corps. Une d'elles irradia toute sa jambe gauche, en particulier son genou (peut-être était-il ouvert ?). Une autre douleur au niveau des côtes lui fit comprendre qu'elles étaient cassées.

Deniel se demanda si les infirmières lui avaient administré de la morphine. Peut-être que non… Il n'aurait pas refusé de l'absinthe ou du laudanum si on lui en avait proposé.

Il referma les yeux pour contenir l'anxiété qui se mit à monter en lui comme un flot déchaîné. Mais c'était plus fort que tout : son cœur battait à tout rompre et le contrôle de sa respiration se perdait dans un tumulte d'hyperventilation qui lui donnait palpitations et nausées. Il sentit le drap sombre de l'état anxieux parcourir son corps, l'enveloppant comme l'aurait enveloppé le linceul du mort avant le dépôt du corps dans l'épaisseur de la terre, et le serrant tout à coup comme on aurait essoré un vieux torchon abîmé. Il faisait une crise d'angoisse. Non seulement les corps troués et brisés de ses camarades revenaient en une vision effrénée et insupportable, mais le souffle de la bombe avait traversé son corps et son esprit, et l'avait jeté dans les bras d'un traumatisme qu'il n'avait pas prévu d'abriter dans sa vie si bien modelée. Il laissa son corps s'affaisser complètement dans le lit. Perfides et rongeuses, les images cauchemardesques de son inconscient poursuivirent, tel un film portant sur les mauvais rêves, leur déroulement sous forme d'hallucinations alors même qu'il était conscient. Elles réapparaissaient chaotiques, mêlées, trop entremêlées, les unes aux autres et Deniel sentait qu'il perdait le contrôle sur lui-même. La guerre lui avait bourré les yeux d'atrocités.

Il ferma les yeux.

Un vent humide chargé de particules électriques s'engouffra à travers une fenêtre aux allures de vitrail et effleura le visage meurtri du jeune homme. Il rouvrit ses paupières qui étaient restées closes plusieurs heures croulant sous le poids de la fatigue. Derrière elles, la dure réalité l'avait suivi jusque dans ses rêves.

Les blessures criaient encore sur son corps. Il s'efforça de les ignorer.

Il regarda à gauche.

Un homme, allongé dans un lit voisin, gardait les yeux mi-clos. Ils étaient perdus dans le vague, fixés sur un des vitraux gris. Pas un battement de cil ne laissait entrevoir la vie dans cet homme. Était-il mort ?

Deniel tenta malgré tout. Il ouvrit la bouche pour laisser échapper une voix qui était devenue caverneuse semblant émerger des entrailles de la Terre.

— Hé…

Pas de réaction. La mort l'avait peut-être bien emporté… Deniel essaya une seconde et dernière fois :

— Hé… ! appela-t-il plus fort.

L'homme cligna des yeux teintés par une légère surprise. Il tourna à peine la tête pour observer Deniel. Son regard était vitreux.

L'homme grogna.

— Hmm ?

Deniel tira un peu plus sur son cou.

— Où sommes-nous ?

L'homme baissa ses yeux dans une soudaine expression d'indescriptible mélancolique. Il rumina d'abord, comme lorsque les vaches mâchent de l'herbe, et répondit :

— T'es à Wavrans-sur-Ternoise, mon gars… Enfin, dans son périmètre, à l'hospice Notre-Dame du Beauval.

L'homme était heureusement assez près de Deniel pour que celui-ci puisse l'entendre, car il avait les tympans défaits. Les sons qui venaient de loin demeuraient encore inaudibles à ses oreilles. En revanche, ceux qui étaient assez proches étaient entendus par lui.

— Près de quelle grande ville ?

L'homme réfléchit.

— Au sud de Saint-Omer.

Saint-Omer était au sud de Calais et à l'est de Boulogne-sur-Mer. Deniel s'était donc retrouvé à une soixantaine de kilomètres de Calais. Boulogne-sur-Mer et Saint-Omer, avaient-elles été prises par l'armée allemande ?

Soudain, par-delà l'homme au regard noyé dans le vague, Deniel aperçut des silhouettes qui marchaient à travers les allées de lits et dont il n'avait pas remarqué la présence plus tôt à cause de l'état de confusion dans lequel son esprit était plongé. Il en fut saisi d'horreur. En effet, deux Allemands surveillaient les patients dans la salle, les armes à la main. Bien sûr... Deniel avait été fait prisonnier avec les autres soldats et les Allemands n'avaient jamais eu l'intention de jouer aux ambulanciers pour les déposer dans un hôpital.

Les Vert-de-gris ont eu Boulogne ! Ils nous ont tous eus ! Sainte-Marie, Jésus, je ne suis pas sauvé, je suis aux portes de l'Enfer... s'agita Deniel.

Toujours par-delà l'homme aux yeux vitreux, une porte en bois de chêne démesurée, qui ressemblait à cette immense porte de l'Enfer d'Auguste Rodin, s'ouvrit sur une bonne sœur.

Elle tenait un plateau en étain. Par chance, de là où il était, Deniel pouvait voir ce qu'il y avait dessus : une cuvette en forme de haricot, une cupule basse, et un bécher en verre rempli de seringues.

Le visage de la nonne était fermé. Elle semblait être occupée... ou préoccupée.

Elle s'écarta de l'entrebâillement de la porte et s'avança vers le premier patient. Elle prépara une injection de quelque chose. Était-ce de la morphine ? Deniel aussi aurait peut-être son milligramme de ce produit.

À sa suite, un autre Allemand entra dans la salle des malades. Il portait une casquette à visière et un uniforme vert sombre orné d'une croix de fer, de décorations et d'un brassard rouge arborant la croix gammée. Les bras derrière le dos dans une attitude martiale, il toisa d'un long regard les hommes alités.

— Faites vite, ordonna-t-il à la nonne dans un accent aux intonations très germaniques.

Deniel n'était pas trop éloigné de la porte et put clairement percevoir ses mots.

La nonne s'empressa d'administrer ses doses. Pas à tous. À certains. Elle adressa un gentil mot à un soldat pour lui redonner du courage et fut sévèrement réprimandée par le gradé allemand.

— Je vous ai dit de vous bouger plus vite.

La nonne sursauta.

La tension monta d'un cran.

Elle finit d'injecter le produit et s'éloigna du pauvre homme.

À ce moment-là, un autre officier se présenta dans l'ouverture de la porte. Le gradé se retourna et ils entamèrent une discussion qui fut courte, mais qui semblait être d'une importance cruciale.

La nonne tourna légèrement la tête vers eux, puis elle jeta ensuite un coup d'œil discret aux deux soldats qui montaient la garde. Ils la surveillaient sans vraiment la surveiller. Il faut dire qu'elle avait réussi à acquérir leur confiance au fil des derniers jours. Quand elle fut assurée qu'ils ne la soupçonnaient pas de manigancer quelque chose, elle reprit sa tournée avec plus d'entrain.

Elle se rapprochait de plus en plus du lit de Deniel. Allait-il recevoir une dose, lui aussi ?

Elle se pencha sur un septième patient dont le lit se trouvait juste à droite du sien. Elle tournait à peine le dos à Deniel et il pouvait apercevoir son visage rond qui dépassait de la guimpe. Elle se pencha un peu plus tandis qu'elle plantait la seringue sur l'avant-bras de l'homme. Là, l'action fut brève : le visage empreint de gravité, elle entrouvrit la bouche et murmura quelques mots au soldat qui ne parvinrent pas au chevet de Deniel. L'homme secoua la tête pour montrer qu'il avait compris. Elle se redressa, satisfaite. Ni les officiers ni les gardes ne remarquèrent son manège.

Soudain, Deniel se dit que ce que faisait la nonne était important et qu'elle ne le referait peut-être plus avant des jours, voire des semaines.

Elle contourna promptement le lit de Deniel et se pencha au-dessus du lit du patient qui se trouvait derrière lui.

Les deux officiers continuaient à discuter. L'un donnait des ordres et l'autre acquiesçait. Parlaient-ils de la défaite des Alliés ? Et Dunkerque ? Où en étaient-ils là-bas ? Est-ce que les Alliés avaient réussi à maintenir leur défense sur le port ? Rien n'était sûr. Rien n'était plus du tout sûr. Surtout pour Deniel… Il ne croyait pas une seule seconde qu'ils allaient le garder dans cet hospice, lui donner la soupette du soir, le promener en fauteuil roulant à travers des jardins fleuris par de beaux rosiers… Au bout de quelques jours, ils l'amèneraient certainement dans une prison, voire pire, dans un camp d'internement comme celui de Jargeau dans le Loiret. Il fallait que Deniel fasse à nouveau tourner son cerveau, et vite… Avant d'être totalement emporté par ses crises d'anxiété. Comprendre la situation devenait crucial pour sa survie. Sinon, il serait traîné de prison en prison contre son gré jusqu'à la fin de ses jours, et peut-être bien que la fin de ses jours serait très proche de son jeune âge.

Deniel tendit le plus possible l'oreille. La voix des officiers résonnait dans la salle et faisait écho dans celle qui la jouxtait. Et la nonne avait l'air plutôt aguerrie dans son métier de nonne. Comme une prière qui s'évadait de sa bouche pour s'évanouir à l'instant, il était difficile de percevoir ce qu'elle disait. Deniel fit un effort.

Allez, tu peux le faire, mon coco. Tu peux entendre. T'es pas sourd comme ton grand-père, s'encouragea-t-il.

Il tendit un peu plus l'oreille et entendit un murmure. Mais cet échange ne lui appartenait pas… comme lorsqu'il était assis à la gare de Quimper devant les trains fumants de vapeur près de jeunes femmes à qu'il aurait souhaité soutirer un mot pour pouvoir édifier une conversation qui leur plairait tout de suite. Ça lui était déjà arrivé de dérober une partie de conversation entre deux jeunes Vannetaises, d'entreprendre une discussion avec l'une d'elles et de dormir quelques nuits dans son lit.

Ici, dans cette salle, avec deux Allemands, qui gueulaient presque dans leur langue des mots incompréhensibles, une nonne à la voix monocorde et feutrée, et la distance entre les lits… Ce fut peine perdue. Deniel ne ramassa aucune information.

Elle contourna une fois de plus le lit de Deniel vers la gauche, sans un regard pour lui.

Deniel essaya de ne pas perdre une miette de ce qu'il épiait malgré son hématome au niveau de l'œil gauche. Heureusement, son œil droit était encore intact et vif. Il concentra son attention sur les mouvements de la religieuse.

Elle se posta au chevet de l'homme aux yeux vitreux, faisant complètement face cette fois-ci à Deniel. Elle déposa son plateau aux pieds de l'homme et attrapa une seringue dans le bécher. Le cœur de Deniel rebondit à cet instant, car il s'agissait apparemment de la dernière seringue. Deniel n'en voyait pas d'autres. Il était presque certain à ce moment-là que sa vue ne lui jouait pas des tours. Il se sentit tout à coup frustré. La colère et la déception commencèrent à lui serrer la gorge. Il ne saurait donc jamais ce que tramait la sœur. Il se sentit perdu.

À l'entrée, les deux officiers éclatèrent de rire. Leur voix se répercuta sur les quatre murs de la salle.

La sœur se hâta.

Avec la seringue, elle aspira le produit dans le petit flacon, tapa deux coups sur le tube avec l'ongle de son index et s'apprêta à injecter le tout quand l'homme objecta, secouant la tête d'une lenteur chargée d'abattement.

— Merci bien, ma Sœur. Je n'ai nullement besoin de soin.

La voix de l'homme résonna. Et les deux officiers interrompirent leur conversation. La sœur se raidit, ses instruments de soin à la main. L'officier s'approcha d'elle de quelques pas.

— Tout va bien, Sœur Clothilde ? demanda-t-il.

Il fronçait le sourcil et une expression dure barrait son visage. Il n'allait pas la lâcher comme ça.

Elle se tourna vers l'homme.

— Tout va bien, Commandant Weber. Je me suis trompée de patient.

Deniel décela un peu d'affolement dans sa voix.

— Faites vite, la gronda-t-il encore une fois, je n'ai pas toute la journée, voyez-vous.

— Oui, Commandant Weber.

Le commandant rejoignit son collègue pour lui donner les dernières instructions.

Tout se déroula encore plus vite par la suite.

La nonne se tourna, elle aussi, et laissa échapper un discret soupir de soulagement. Elle regarda avec déception le plateau aux pieds de l'homme qui venait de refuser son offre. Celui-ci se moquait apparemment de ce qui l'entourait : il regardait par-delà la fenêtre affichant l'expression d'un homme déjà anéanti.

Alors que la sœur s'apprêtait à tout remballer, son regard se posa par hasard sur Deniel.

Une ridule apparut au milieu de son front. Elle était stupéfaite de le voir éveillé. Elle plongea son regard dans celui du jeune homme. Deniel l'observait aussi, le visage placide. La ridule sur le front de la moniale s'effaça. Elle venait de trouver l'homme dans lequel elle injecterait la dernière dose. Elle lui fit signe de se taire. Deniel acquiesça très discrètement.

Sans prendre son plateau, elle changea de lit. Elle pinça le bras gauche de Deniel et injecta vite fait le produit.

— Regardez-moi, lui dit-elle avec gentillesse presque au creux de son oreille.

Sa voix était douce.

Il leva ses yeux vers elle. Il remarqua qu'elle avait des yeux bleu turquoise très jolis.

— Si vous êtes encore parmi nous le 4 juin, attendez les instructions derrière la fenêtre.

Elle se leva promptement.

Elle était sur le point de le quitter quand Deniel la retint.

— Attendez.

La sœur le fixa d'un regard inquiet. C'était risqué.

— Quel jour sommes-nous ? demanda-t-il de sa voix la plus basse.

Il était perdu et avait besoin d'ordonner un peu mieux son esprit.

— Le 28 mai, répondit-elle après avoir vérifié que les Allemands n'avaient pas remarqué leur manège.

Elle pinça ses lèvres, pleine de compassion, et lança un dernier regard bienfaisant à Deniel.

Elle remballa son matériel aussi vite qu'elle put et appela l'officier qui venait de finir à l'instant sa conversation avec son interlocuteur.

— J'ai terminé, Commandant.

— Bien, alors, sortez d'ici, lui dit-il avec une froideur qui frôlait l'irrespect.

La tête penchée sur le côté, Deniel regarda la sœur s'éloigner. Il eut l'impression de la voir en double. Sa tête tournait.

Elle sortit de la salle accompagnée de Weber. Les gardes armés se postèrent devant la grande porte qui se referma dans un claquement sourd.

Deniel ressentit à nouveau cette profonde angoisse le gagner, entouré d'une quarantaine de soldats alliés et pourtant si seul face à cette terrifiante réalité.

Au-delà de la fenêtre aux vitres grises, un *flash* blanc éclaira un bref instant les nuages sombres réunis pour un rassemblement menaçant. Le doux vent avait apporté l'orage dans le ciel jusqu'alors tapissé d'un azur complet.

C'était donc ça... L'orage gronde. Il gronde pour moi, songea Deniel.

Soudain, il vit Maëla avec ses cheveux de feu près du mur nivéen. Il ne voyait qu'elle, car sur un mur si blanc, les cheveux de cette femme n'en ressortaient plus que rouges. Elle dansait devant lui, un verre rempli de vin faisant tournoyer sa jupe à fleurs autour d'elle. Et ses cheveux de feu caressaient follement ses épaules fines et son visage malicieux. Elle découvrait ses dents blanches comme l'ivoire et riait à n'en plus finir. Elle avait un fou rire. Elle dansait et riait juste sous nez comme un démon féminin au pelage bigarré de différentes teintes écarlates.

Il redressa un peu plus sa tête tant bien que mal, abasourdi par la scène qui se déroulait sous ses yeux. Il avait envie de se blottir au creux de ses bras, contre sa peau opalescente. Une lueur étincelante barra les yeux du jeune homme un instant très bref. Maëla disparut. L'hallucination venait de disparaître. L'orage vrombit dans l'air. La pluie commença à tomber de biais. Elle rentrait à l'intérieur et frappait les carreaux gris.

Un sanglot étouffé jaillit de la bouche de Deniel. Des tremblements inattendus gagnèrent son corps : il avait peur ; il avait très peur. L'effroi sillonnait son visage comme un serpent aurait glissé sur les pentes des Enfers et cette expression de douleur serait pratiquement une des rares expressions qui saisiraient son regard, car ce dernier conserverait une impassibilité en dépit de tous les maux que ce corps endurerait.

2
Au compte-gouttes

Depuis les instructions de Sœur Clothilde, Deniel avait l'impression de végéter comme un légume pourri dans son lit. Son corps ne parvenait plus à s'apaiser et l'insomnie le forçait à garder les yeux ouverts sur ses visions cauchemardesques. Derrière ses yeux injectés de sang, il regardait le jour le saluer et l'abandonner pour un bref crépuscule et une longue nuit.

Par la suite, accompagnée de deux autres religieuses, Sœur Clothilde était revenue pour prodiguer des soins aux nouveaux arrivants et pour passer rapidement à travers les allées bordées de lits. Elle servait alors un repas médiocre à ceux qui pouvaient manger, elle changeait les carafes d'eau sur les chevets et elle récupérait les cuvettes remplies de déjections et d'urines. Elle n'osait, toutefois, jamais relever son regard sur tous ces hommes. Car, tandis qu'elle s'affairait à leur chevet, les deux Allemands marchaient dans les allées, armés de MP40, un pistolet-mitrailleur. Sœur Clothilde était trop occupée et trop surveillée pour pouvoir faire passer un mot aux patients. Les hallucinations terrifiaient Deniel. Il se sentait perdu et il avait besoin de quelqu'un à son chevet, mais il était désormais traité comme un être qui existait à peine en ce monde.

Néanmoins, Deniel était resté un homme têtu. Et quand il eut retourné la situation dans sa tête défaite toute une journée et compris que rester ici le rendrait plus malade qu'il ne l'était, il se jura de sortir d'ici indemne ou pas. C'était un soldat après tout, instruit par les militaires et par son père de la même trempe.

Il était à l'affût de toute information qui pourrait lui épargner un destin difficile à supporter. Il avait besoin d'être au courant des faits qui se déroulaient sous son nez. Il pouvait bouger difficilement. Mais dresser l'oreille chaque fois que quelqu'un était assez près de lui, cela il pouvait le tenter.

Bien entendu, les renseignements furent rares et il ne réussit à entendre qu'une seule chose : Sœur Clothilde s'était plainte de la mauvaise odeur qui stagnait dans la salle. Elle ramassait déjà les cuves dans lesquelles les hommes pouvaient faire leurs besoins, mais certains ne pouvaient soulager ce besoin primaire de la sorte et se faisaient dessus. Cette mauvaise hygiène et le risque de gangrène pour certains augmentaient les chances de maladies dans l'hospice. Il fallait que le Commandant Weber la laisse faire son travail comme il faut. Ce dernier avait éludé ses propos.

— Ne vous inquiétez pas, ma Sœur. Nous allons nous occuper de tout comme je vous l'ai déjà dit.

Deniel avait soulevé son drap. Son matelas était jauni par l'urine. Il ne s'en était même pas rendu compte.

Quelques heures après leur discussion, Deniel comprit pourquoi le Commandant ne se souciait guère de l'hygiène des patients.

Un soldat français, qui venait à peine d'arriver ici, se mit à geindre.

Les infirmières lui avaient prodigué les soins qu'elles étaient en mesure d'apporter et s'étaient absentées, interdites de rester auprès des soldats. Au bout d'une trentaine de minutes, le patient s'était mis à brailler.

— J'ai mal, bon sang ! J'ai mal !

Les deux soldats allemands, qui surveillaient les hommes alités, lui intimèrent l'ordre de se taire. Il se tut, puis, comme le mal le rongeait, il reprit ses éclats de voix à faire tressaillir un diable. Comprenant que la situation allait très vite déraper, d'autres Français lui demandèrent de faire silence :

— Chut, pas si fort... Tais-toi...

L'homme continua cependant à geindre dans la salle de l'hospice.

Deniel observa le bonhomme d'un œil à la fois curieux et terrorisé. Il espérait lui aussi qu'il se soumette aux règles du silence très vite.

Les soldats allemands ne badinaient pas. L'un d'eux glissa un mot à son collègue et sortit. Cinq minutes plus tard, il revint accompagné de deux autres Allemands munis d'un brancard. Ils l'emportèrent de l'autre côté de ces murs et le calme reprit du volume dans la pièce. Seul le bruissement des feuilles des chênes à l'extérieur vint troubler cette inquiétante tranquillité. Les deux soldats montant la garde reprirent tout naturellement leur place devant les deux grandes portes en bois. Plusieurs heures passèrent et l'homme ne réapparut pas.

Par la suite, tout s'enchaîna très vite.

Au compte-gouttes, les lits commencèrent à se vider. Au fil des heures, qui s'égrenaient avec mollesse – des heures, témoins proches de la terreur muette des patients – des soldats vinrent les chercher pour les amener loin d'ici. Certains patients n'arrivaient pas à tenir debout.

Deniel s'enfonça dans son lit autant qu'il le put, effrayé par ce qu'il se déroulait sous ses yeux. Il avait bien eu raison de penser que cet hospice ne serait pas leur dernière prison.

Deniel fut épargné ce jour-là. Dix hommes venaient de partir.

Le lendemain, en début d'après-midi (ou peut-être était-ce le matin ? Deniel commençait à se noyer dans l'écoulement des heures), d'autres hommes furent emmenés par les soldats allemands. Au total, cinq hommes quittèrent leur lit.

La présence de Sœur Clothilde et des autres sœurs se fit rare à mesure que les hommes étaient appelés.

Le jour d'après, en début de soirée, Weber se présenta lui-même. Un homme à ses côtés pointa du doigt plusieurs patients. Cinq patients disparurent derrière les murs blancs. Le dernier qui sortit s'évanouit dans l'entrebâillement de la porte, heurtant le châssis. Il fut amené comme les autres, bras ballants, tête penchée sur le côté, pieds traînants sur le parquet.

Deniel ne se faisait pas d'illusion. Elle n'était pas là sa porte de sortie, car elle signifiait soit la prison, soit un camp d'internement. Il avait vu juste. Il n'avait décidément pas d'autre choix : il devait s'évader, partir loin de ce piège qui se refermait lentement sur lui. Et sa seule lumière résidait dans les mots de Sœur Clothilde.

Et puis, il y eut les suivants. Trois hommes furent emmenés en pleine nuit dans une pluie battante. Et le lendemain matin, l'homme au regard perdu se fit emporter à son tour. Il se leva et fixa longuement le soldat allemand. Il rumina d'abord puis lui demanda :

— Et je pourrais savoir où vous m'emmenez ?

L'Allemand hésita à lui répondre. Il tourna la tête vers un de ses collègues. Celui-ci haussa les épaules. L'Allemand répondit alors :

— À Prison Arras, réquisition armée allemande.

L'homme acquiesça. Et d'un pied lourd, il quitta la salle.

Deniel se rappela à cet instant des mots de la sœur et en comprit le sens.

« Si vous êtes encore parmi nous. »

Elle avait certainement dû avoir vent des plans de transfert des prisonniers par hasard ou par la bouche d'un des soldats allemands et s'était attelée à un plan d'évasion aussi vite qu'elle avait pu. La bonté de la sœur ne manqua pas d'émouvoir Deniel. Elle était maintenant le seul et, peut-être, le dernier refuge dans lequel Deniel et son âme blessée pouvaient trouver une lumière d'espoir et de réconfort.

Ce jour-là, sept à dix hommes quittèrent la salle. Deniel n'arrivait même plus à les compter sans se perdre dans le gouffre de son inconscient blessé.

L'étau se resserrait.

Deniel fut tout à coup pris de panique. Et s'il était incapable de bouger ? Et si son genou ne répondait pas à son désir de se lever ?

Sa jambe lui faisait un mal de chien.

Il souleva discrètement le drap. Sa jambe était tuméfiée. Au centre de la protubérance violacée, il aperçut des fils zigzagant sur sa peau. La plaie ne se situait pas sur le genou même, mais sur le côté. Assez large, elle allait du bas de la cuisse jusqu'au milieu du tibia. Les sœurs avaient tout simplement fermé la plaie qui saignait. Elles ne s'étaient pas vraiment occupées du reste. À savoir, éviter l'infection.

Deniel avait une peur bleue du pied des tranchées, cette maladie qui touche les extrémités du pied en se manifestant par une nécrose des tissus. Il n'avait jamais suivi de cours de médecine. Il lisait des livres. Certes, ils ne combleraient pas son diagnostic improvisé. En revanche, il connaissait les symptômes de la gangrène pour en avoir discuté avec un retraité militaire qui avait fait la guerre de 14-18. Il savait qu'elle s'attrapait facilement au niveau des extrémités (les mains et les pieds), mais que d'autres parties du corps (y compris les organes internes comme les intestins) pouvaient être touchées par ce mal. Il avait bien des symptômes comme des vertiges, mais étaient-ils causés par un quelconque début de gangrène ? Cela aurait pu être l'œuvre de son œil gauche meurtri. Il n'y avait pas de cloques autour de la plaie. Sa jambe n'était pas froide. Aucune artère n'avait donc été touchée. Son sang circulait bien. Son genou était quand même enflé comme si du sang s'était accumulé sous la peau. Était-ce cela ce que l'on appelait une hémorragie ? Si c'était le cas, peut-être serait-il déjà mort ? Deniel ne pouvait pas complètement le plier. À cause de la blessure sur le côté ? Un problème avec le cartilage ? En tout cas, il ne s'agissait pas d'une fracture ouverte.

Deniel passa légèrement la main sur ses côtes. La douleur était moins vive qu'à son réveil. Mais il toussait et il avait des difficultés respiratoires. Il avait bien des côtes cassées et il eut peur que ses poumons soient perforés.

Il s'efforça de se redonner du courage malgré sa situation précaire et ses troubles psychiatriques naissants. En dépit de tous ces obstacles qui soutenaient leur joug sur lui, il essayait de garder la tête froide. Il ne voulait pas abandonner. Il était encore vivant : c'est ce qui lui donnait de l'espoir. Il fallait qu'il sorte d'ici, aidé de Sœur Clothilde. Il le fallait à tout prix. Entre deux crises d'anxiété, il avait pensé rejoindre l'Angleterre et s'engager dans une faction libre, française ou anglaise, s'il y en avait. Il s'entraînerait outre-Manche et se ferait parachuter sur le sol français afin de libérer le territoire de l'invasion des Nazis.

Son genou cassé et son état psychiatrique ne l'arrêteraient pas. Il devait se concentrer sur le moment présent, mener à bien les actions qui se présentaient à lui et qu'il était en mesure de mener rapidement.

Deniel tenta de rassembler ses esprits. Il n'avait jamais entendu parler d'une architecture spécifique aux hospices – peut-être qu'il n'en existait pas ou qu'elle différait selon les régions – et ses pauvres connaissances en la matière ne lui permettaient pas de tirer une quelconque conclusion sur la spécificité du lieu. Il savait seulement deux choses sur les hospices. Premièrement, un hospice était créé dans le but d'aider les malades et les pèlerins et il se situait donc en bordure d'une voie de communication, et deuxièmement, il était fort possible qu'il se trouvât près d'un cours d'eau afin de pouvoir évacuer les eaux usées.

Il observa une fois de plus la fenêtre aux carreaux gris. Elle était fermée aujourd'hui. Et il régnait une odeur écœurante mêlée de déjection et de vomi dans la pièce. Une rangée de cinq de ces vitraux longeait les murs gouttereaux est et ouest de la salle. Celle-ci se terminait au fond par un mur porteur blanc dépourvu de fenêtres, décoré seulement d'un crucifix en son milieu. Allongé, Deniel ne parvenait pas à apercevoir l'extérieur. Seulement le ciel et les branches des chênes. Les fenêtres étaient trop étroites pour voir le restant du paysage et trop hautes pour être escaladées à même le sol. Et il se demanda sur quoi pouvaient bien donner ces étroites sorties. Une cour ? Un jardin ? Un cloître ?

Est-ce que l'hospice ressemblait à l'abbaye de Rhuys près de la pointe du Grand Mont, au sud de Vannes, sa ville natale ? Il imagina des bâtiments collés les uns aux autres formant un carré fermé ou un U. Il devait y avoir une église, un logis abbatial, un cloître, une salle de chapitre, un réfectoire. Mais à part cela, il n'y connaissait pas grand-chose à l'architecture des hospices. Il pensa également à un bâtiment haut de plusieurs étages, très large et massif, façonné sur toute sa longueur ; un bâtiment qui formerait un I. Mais il y avait peu de chance pour que la salle, dans laquelle il était piégé, soit surmontée d'étages au-dessus d'elle, car Deniel apercevait d'ici des piliers soutenant des ogives et il devait certainement y avoir les charpentes et un toit au-dessus de la clé de voûte. Tous ces éléments architecturaux étaient peints en blanc comme si le bâtiment avait été récemment restauré. Son intuition s'arrêtait là. Et il s'en voulut d'être aussi bête par les temps qui couraient.

Il souffla :

— À quoi bon… ? Je suis peut-être fait comme un rat…

Il sentit son cœur se voiler et l'angoisse de l'enfermement reprendre le pas sur lui sans l'avertir. Chaque fois que quelque chose le stressait, l'angoisse, qui semblait être un fleuve bombé par des averses diluviennes, inondait tout son corps, et alors, sa réflexion s'amenuisait.

La déception l'ensevelit. Il se sentait déjà vaincu et pourtant, il ne baisserait pas les bras.

Dehors, les oiseaux chantaient sous le soleil qui semblait décliner, et en bruit de fond, les bruissements des pneus sur des graviers remontaient jusqu'ici.

Soudain, un coup retentit de l'autre côté de la pièce. La porte en bois massif s'ouvrit en produisant un bruit sec. Deniel sursauta.

Un soldat allemand apparut au seuil de la porte. Il adressa un mot aux deux autres et s'avança plus en avant. Il balaya la salle d'un regard consciencieux qui effraya Deniel.

Qu'est-ce qu'il se passe ? se demanda-t-il.

De toute évidence, l'Allemand cherchait quelque chose.

Son regard partit à droite, puis à gauche, et se fixa sur Deniel. Il le pointa du doigt et s'adressa une seconde fois à ses collègues. Le Français fut saisi par un surcroît d'angoisse. Il allait se faire emporter, lui aussi, à coup sûr, et tout serait perdu.

L'Allemand s'avança faisant craquer lourdement le parquet sous ses bottes.

C'en est fini de moi, se lamenta Deniel, *il faut que je trouve une solution pour sortir d'ici quoi qu'il en soit.*

Il tenta à nouveau de faire travailler ses méninges malgré la peur qui l'envahissait. Il se dit que s'il était envoyé ailleurs, au moins il pourrait voir au-delà de ces quatre murs et qu'il pourrait échafauder un plan d'évasion sur le moment. Il ferait n'importe quoi. Même sauter d'un fourgon en marche.

Le soldat était presque à hauteur de son lit.

Non, décidément, il avait peine à réfléchir avec son cerveau qui commençait à tomber malade et finalement il se mit à prier à voix basse, s'en remettant à Dieu comme à son habitude.

— Seigneur, Marie, Jésus…

Contre toute attente, l'Allemand dépassa le lit et pointa le canon de son arme sur le voisin à la droite de Deniel. Ce n'était donc pas Deniel qu'il montrait du doigt.

Le huitième patient de la journée – s'il s'agissait bien du huitième – s'en alla un canon de pistolet pointé derrière son crâne. Deniel n'avait plus de voisin.

Quelques heures plus tard, un des gardes vint ouvrir la fenêtre juste en face de Deniel. Un autre alluma les faibles lumières de la salle, car le soleil abandonnait la pièce blanche qui s'assombrissait petit à petit. Deniel se dit d'ailleurs que les teintes plus sombres convenaient mieux au lieu. Dehors, les voix des étrangers montaient jusqu'aux vitraux. Ils devaient être attablés. Deniel était exténué par la fatigue qui exerçait un poids sur son corps fragilisé, tandis que l'insomnie agissait sur son cerveau pour l'abattre un peu plus. Les ombres des nuages dansaient devant la lune dont les rayons s'absentaient et revenaient par intermittence régulière. La pièce s'attrista un peu plus lorsqu'un autre voile s'égara devant l'astre, et c'est alors que Deniel aperçut devant ses yeux Gaëlle, la femme du faïencier de Vannes. Elle l'observait silencieuse et arrangeait en même temps ses cheveux derrière ses oreilles en mordant ses lèvres rubis. Il se souvenait de la manière dont il l'avait quittée à elle aussi : il était parti avec une autre femme suivant son habitude et c'était peut-être bien la bourgeoise parisienne.

Gaëlle le regardait de ses grands yeux de biche. Il lui fit signe de partir. Ce geste n'avait, bien sûr, aucun sens. C'était le geste d'un fou puisqu'un autre n'aurait vu qu'un mur blanc. Cependant, elle persistait à l'observer avec, sur son visage, cette « étrange envie de quelque chose venant de lui ».

— Va-t'en, lui ordonna Deniel sans se rendre compte qu'il parlait à voix haute à une ombre.

Elle s'approcha imperceptiblement de lui comme un fantôme sur les dalles d'une maison possédée et se pencha légèrement en avant. Elle articula des mots trop inaudibles à l'oreille de Deniel.

— J't'entends pas. Barre-toi, répéta-t-il.

Mais elle restait plantée là en essayant d'articuler ses mots qui ne firent qu'accroître l'horrible angoisse déjà ancrée dans l'esprit du jeune homme.

— Barre-toi, murmura-t-il entre ses dents.

Elle le regardait de son air candide dépourvu, à ses yeux, du charme qu'il avait apprécié les premières fois, et dont il s'était rapidement lassé pour un charme plus vibrant. De cela aussi, il s'en souvenait maintenant.

Elle s'avança d'un autre pas et prononça une fois de plus sa phrase. Son murmure n'atteignait pas encore les oreilles de Deniel. L'ombre de la femme s'étalait de la tête au buste, mais plus bas il n'y avait que le vide. Silhouette effrayante, drapée de ce costume invisible qu'est la fantasmagorie, la femme s'approcha progressivement de Deniel répétant toujours les mêmes gestes et quand elle fut assez près de lui, des mots ébréchés jaillirent de sa bouche dont les commissures rappelèrent à l'homme celles d'un serpent. Ses lèvres effleurant les siennes, elle fourra ses mots empoisonnés dans son gosier :

— Dieu a puni tes déviations, chien égaré.

Deniel tressaillit. Le nuage courut sur le côté et les faibles rayons lunaires émergèrent à nouveau. L'ombre de Gaëlle n'était plus là et Deniel se sentait au plus bas de sa forme. Il se sentait vraiment seul et perdu... Déjà Maëla, puis Gaëlle... Et ensuite ?

Il regarda autour de lui. Il ne restait qu'une poignée de patients à sauver dans la salle. Le plan d'évasion de Sœur Clothilde ne serait peut-être pas mené à bien. Combien d'hommes seraient à l'appel le 4 juin ? Est-ce que le 4 juin était déjà passé ?

Une nouvelle forme d'angoisse s'immisça en lui : et si Sœur Clothilde l'abandonnait ici ? Pourquoi, après tout, s'engagerait-elle dans une action si risquée ? Par altruisme ? Était-elle en fait de mèche avec l'envahisseur ?

Les interrogations de Deniel étaient incohérentes. Il le savait. Mais il pouvait à peine contrôler ce déséquilibre qui le mangeait.

Il sentit qu'il avait vraiment besoin d'une âme qui écouterait sa tourmente... Mais, il était dans un hospice, pas dans une église. Les sœurs n'étaient pas là pour l'écouter. Ici, personne ne l'écouterait, surtout que le lieu était, qui plus est, sous la surveillance des Nazis.

Il leva les yeux vers le ciel. Au-dessus du croissant de Lune, le dôme céleste était noir.

— Mon Seigneur, aidez-moi…, pria-t-il à voix haute.

Au-delà de l'astre, le ciel était d'un noir profond. Et dans ce noir, il n'y avait rien. Les chênes ne bougeaient pas non plus. Pas un brin de vent ne souhaitait les troubler. Deniel sentit avec horreur que son esprit était enchaîné à une solitude à laquelle le Seigneur ne prêtait pas attention.

Peut-être n'avait-il jamais été là… pour lui ?

3
L'éternité du temps

Les jours suivants, les heures semblèrent revêtir une toute nouvelle allure aux yeux de Deniel. Ce n'étaient plus les heures passées à ne rien faire sur un tas de foin d'une prairie verdoyante ou à regarder l'écume de l'océan se perdre en une empreinte mousseuse sur le sable de Bretagne. Non. Les heures, qui s'égrenaient, étaient lentes et perfides. Se laissant entraîner dans un alanguissement redoutable inspiré par la paresse, elles détruisaient le restant d'énergie de l'homme. Il entendait presque leur murmure alors qu'elles s'échappaient dans l'espace. Chaque minute avait sa propre voix, son propre son et Deniel était le spectateur de leur étrange palabre.

Voilà la *folle langueur des heures, c'est la folle langueur des heures*, se répétait-il sans même s'en rendre compte.

Non seulement l'attente était en train de le rendre fou, mais la peur d'être emporté vers l'inconnu comme ces soldats français tournait sans cesse dans son cerveau comme un cycliste sur un vélodrome qui n'auraient pas su s'arrêter.

Son avenir était aux prises du mystère. Il allait disparaître comme les autres. Il savait qu'il n'y avait plus qu'une dizaine d'hommes. Combien partiraient aujourd'hui ? Et si leur nombre devenait trop dérisoire pour une évasion ? Alors, personne ne se déplacerait pour venir les sauver. Et puis, pourquoi eux, de toute façon ? Deniel, n'était après tout, qu'un homme, affaibli et alité.

Sa jambe lui faisait encore mal, bien que la plaie ne semblât pas attirer d'infection sur elle. Il ne savait même pas s'il pourrait se lever le moment venu. Il essaya de soulever sa jambe droite. Elle répondait assez bien à son appel. Par contre, la jambe gauche, sur laquelle la blessure avait élu domicile, était décidément meurtrie. Par chance, son œil commençait à dégonfler. Mais ce n'était pas encore suffisant pour observer l'environnement avec aisance.

Il continuait à être assailli par la toux. Heureusement, la douleur dans l'ensemble commençait à s'estomper. C'était une aubaine dans son malheur, et ceci était le résultat de sa ténacité. Son corps et son esprit, deux sujets sur lesquels son père l'avait tant tancé, étaient meurtris et n'obtiendraient peut-être jamais guérison complète, mais au moins il résistait.

Les Allemands, qui ne pouvaient plus supporter eux-mêmes les odeurs nauséabondes, avaient ouvert plusieurs fenêtres dont celle de Deniel.

Deniel observait de ces yeux étranges, qui faisaient maintenant penser à des yeux d'un homme fou, un ciel tendre qui laissait glisser sur sa toile une myriade de teintes orangées. Orange comme le feu… C'était une couleur qui s'était collée à sa rétine avec tant de violence qu'il ne pouvait plus la faire partir. Cette couleur le fit replonger dans ses pensées obscures. Dans les branches des chênes, les oiseaux faisaient pétiller leur mélodie et leurs légers piaillements entraient par la fenêtre. Alors qu'il recommençait à partir dans ce maelström de rêves éveillés, il se redressa dans sa couche pour réaliser qu'il entendait bien les bruits de l'extérieur. Et maintenant qu'il s'en rendait compte, la veille aussi il les avait entendus. Le désordre de son esprit l'avait empêché de le réaliser pleinement. Il tendit l'oreille. Au-delà, des piaillements des oiseaux, il perçut des voix d'hommes et le grésillement sur les graviers de plusieurs pneus allant et venant dans l'enceinte de l'établissement. Son audition était relativement bien revenue et il s'en félicitait. Au moins – il se faisait encore une fois la réflexion –, ses blessures s'effaçaient d'elles-mêmes et c'était ça de gagné. Ce miracle, était-il l'œuvre de Dieu ?

Le vent se leva, comme le vent du littoral qui plie les silènes enflés et les lagures ovales perchées sur les dunes au blanc pâle. Peut-être était-il 13 h ? Peut-être… Deniel n'en était pas certain. Il n'avait pas réussi à tuer le temps en faisant autre chose que songer *au temps* et à Calais. C'était le temps qui le tuait. Il persistait à s'étaler et se faisait accompagner de cet inconscient meurtri bouillant dans son cerveau. Et chose très paradoxale : il avait complètement perdu la notion du temps. Deniel aurait pu faire une déduction des heures à partir du lever et du coucher du soleil, mais aussi des effluves de viandes et de potages qui venaient imprégner la salle des patients. Il en fut parfaitement incapable. Un binôme de gardes procédait à un roulement très souvent. Deniel aurait voulu compter les heures pour connaître le moment de la relève. Ce fut impossible à réaliser. Deniel était absolument perdu dans sa tête et les heures s'échappaient sans qu'il sache vraiment vers quel moment de la journée elles le menaient.

Une bourrasque souffla. Les fenêtres claquèrent.

Il les observa encore une fois. Elles lui semblaient vraiment étroites… Il les observa bien… Pas tant que ça peut-être… ? Si un homme d'un poids plutôt léger passait les bras en premier. Il pourrait peut-être passer… Peut-être… Peut-être… Une femme

petite ou un enfant passeraient… Sans doute… Mais lui…?
Musclé et estropié comme il était, elle ne le laisserait jamais
passer entre ses châssis.

Il abandonna cette réflexion très vite. Il avait vraiment des
difficultés à évaluer l'environnement et à réfléchir
correctement…

Finalement, les heures s'écoulèrent et ne virent aucun autre
patient partir.

À chaque pas, à chaque bruit de porte, il s'était raidi et avait
attendu le moment fatidique où on lui dirait de se lever. Mais les
Allemands ne s'étaient pas pointés.

Vers une heure tardive de la journée, un soldat allemand se
présenta avec des assiettes. Cela faisait une semaine qu'ils leur
servaient cette même purée immonde. Il les distribua au chevet
des patients restants. Deniel mangea peu. Son estomac était
noué.

Le vent soufflait. Son intensité avait doublé et portait
jusqu'ici tous les bruits de l'extérieur. Des Allemands longeaient
les murs de l'enceinte, un ballet incessant de voitures se
produisait dans une sorte de cour, des claquements de porte de
véhicules étaient portés par le vent, et à l'intérieur un groupe de
personnes passait dans le couloir et puis plus rien. Les grillons
commencèrent à chanter dans la nuit tombante. Quelle heure
était-il exactement ? Deniel n'en avait aucune idée. Il se laissait
aller. Comme si la réalité n'avait plus de prise sur lui, il se
laissait absorber par les images incohérentes que son être
façonnait à sa guise sans pouvoir interagir avec elles.

Deniel finit par s'assoupir écrasé par l'épuisement. Il restait
cependant dans un état de somnolence qui l'appelait
constamment à se réveiller par petits sursauts. Ses paupières
s'alourdirent et il commença à rêver à moitié éveillé. Il vit la

braise du feu de chez son grand-père dans cette vieille cheminée. Les flammèches consumaient doucement le bois dans l'âtre au centre du mur pignon de la maison, avec ses jambages, ses contrecœurs rustiques et ses corbelets en bois sur lesquels des visages noircis par le temps étaient sculptés. C'était le visage de ses aïeuls. Ah Dieu ! Qu'il aimait cette maison et cette chaude ambiance. Et il en était vraiment loin… Très loin… Il se voyait assis sur le sol carrelé réchauffé par le feu. Et enfin ! Il faisait un doux rêve… Au départ, l'odeur était apaisante, mais plus le feu prenait vie dans l'âtre plus elle devenait prégnante, étouffante…

Deniel ouvrit les yeux. Il se redressa. Quelque chose ne tournait pas rond.

Tout à coup, le son d'une cloche retentit dans la cour. Les soldats étaient alors en train de prendre leur relève. Deux d'entre eux se précipitèrent au fond du couloir. Les deux autres étaient déconcertés, l'un, le cou tendu vers le couloir, et l'autre épiant le moindre geste des patients. Une lueur au ton de Mars se profila à l'angle du paysage nocturne encadré par la fenêtre. Des cris de femmes affolées percèrent la nuit et les voix des Allemands s'élevèrent en même temps que le son de la cloche. Ça sentait le brûlé à plein nez. Un bâtiment était en feu. Les patients s'étaient mis à remuer dans leur lit, se demandant ce qu'il pouvait bien se tramer et les deux soldats allemands, pas du tout rassurés, leur lançaient un regard hostile, prêts à tirer sur eux avec leur mitraillette.

Le vent soufflait et l'incendie devait être violent, car une fumée dense accompagnait maintenant les lueurs. Elle commençait à infiltrer la salle et Deniel bondit dans son lit effrayé par l'épaisseur grise qui faisait son chemin contre les murs du bâtiment comme un meurtrier aurait longé la clôture jusqu'à sa victime.

— Hé ! Hé ! Y a un des bâtiments en feu ! Hé ! hurla Deniel sans même s'en rendre compte lui-même. Putain ! Faites quelque chose là ! Y a un bâtiment qui crame, quoi !

Ses hurlements, la fumée et ses côtes cassées provoquèrent chez lui une quinte de toux qu'il eut du mal à maîtriser. Quand il réussit à reprendre son souffle, il réalisa qu'il avait réagi avec impulsivité et il tenta de se raisonner. Et il se rappela les mots de Sœur Clothilde :

Si vous êtes encore parmi nous le 4 juin…

Elle est peut-être là ma porte de sortie, se dit-il tout en tentant de se calmer.

À cet instant, des bruits de pas précipités remontèrent jusqu'ici et une sœur se présenta aux soldats criant au feu. Elle était accompagnée de Sœur Clothilde.

— Aidez-nous, les supplia-t-elle larmoyante, les cuisines sont en feu ! Le brasier va se propager sur notre Sainte Église !

Les soldats refusèrent. Ils avaient ordre de monter la garde ici. Tant qu'un officier ne leur ordonnerait pas de bouger, ils ne bougeraient pas.

Elles se doutaient bien qu'ils ne céderaient pas à leurs suppliques et la scène qui suivit fut l'une des plus étranges que Deniel vit dans sa vie. Munies chacune d'un couteau de cuisine, les deux bonnes sœurs les enfoncèrent autant de fois qu'elles purent dans le corps des soldats qui tombaient déjà au sol. Ils n'eurent pas même le temps de riposter. L'effroi rayait leur visage et elles paraissaient tout aussi meurtries que ses deux hommes gisant à terre. Un des soldats gémit très fort et Sœur Clothilde, inquiète que quelqu'un puisse l'entendre malgré le vacarme des cloches, des flammes et des hommes affairés, laissa glisser la lame sur la carotide sur l'un puis sur l'autre dont l'âme l'avait déjà quitté. Le gazouillement qui bouillonna dans la gorge du soldat était pétrifiant. La sœur qui l'accompagnait porta ses mains à sa bouche et laissa échapper un petit cri mêlé de sanglots. Le visage de Sœur Clothilde blêmit à son tour et elle se mit à pleurer. Certains des patients étaient si effarés devant ce spectacle mortuaire qu'ils restèrent cloués dans leur lit sans prononcer un seul mot.

— Oh, ma bien bonne Sœur Paule, comme je suis désolée, lui dit-elle.

Elle sécha doucement ses larmes du revers de sa main.

— Jusqu'où va nous mener cette guerre ? demanda Sœur Paule.

— Je ne sais pas, mais la mort ira à l'un ou à l'autre malheureusement, répondit Sœur Clothilde en conservant une perpétuelle douceur dans sa voix.

Sœur Clothilde laissa tomber le couteau au sol.

Toutes deux cachèrent les corps dans la salle des patients. Sœur Clothilde demanda ensuite à sa congénère de la quitter sur-le-champ.

— Allez vous changer. Faites brûler votre scapulaire et votre guimpe dans l'âtre et allez rejoindre les autres avec un grand seau d'eau. Partez maintenant. Si vous restez ici une minute de plus, vous risquez d'être attrapée s'ils viennent par ici.

Sœur Paule l'attrapa par la main.

— Et vous, Sœur Clothilde ?

— Ne vous inquiétez pas pour moi. Rien ne peut m'arriver tant que Dieu est à mes côtés.

Sœur Paule s'en alla.

Sœur Clothilde referma derrière elle la porte usant d'un vieux trousseau de clés. Elle resta devant la grande porte quelques secondes observant les deux hommes face contre terre, des trous sur leur corps. Puis, elle s'efforça de se reprendre en dépit de la peur qui marquait son visage.

— Messieurs, levez-vous, vite, dépêchez-vous, ils vont revenir d'un instant à un autre, les pressa-t-elle en parcourant les rangées de lits.

Il ne restait que très peu d'hommes au bout du compte et le nombre de ceux qui se présentèrent, en fait, à l'appel fut dérisoire : deux hommes d'une quarantaine d'années et un jeune homme dans la vingtaine. Les autres ne bougeaient pas.

La nonne s'approcha du lit de Deniel :

— Pouvez-vous vous relever ?

— Aidez-moi, je vais essayer.

Elle l'attrapa par le bras et l'aida à se redresser. La douleur traversa son corps et il gronda lorsqu'il fut sur ses deux jambes.

Avec déception, Sœur Clothilde regarda autour d'elle. Les autres patients étaient si fébriles qu'ils pouvaient à peine ouvrir l'œil. Ceux-là ne sortiraient pas de l'hospice.

Un mouvement derrière un des vitraux attira l'attention de la sœur. Un homme aux allures paysannes passa la tête à travers l'encadrement. C'était un Français.

— Éloignez-vous de la fenêtre. Ça va exploser, leur ordonna-t-il.

Tous se mirent à l'abri à l'autre bout de la salle. Sœur Clothilde aida Deniel à se mouvoir. Quarante mètres de distance étaient nécessaires pour être protégé de la déflagration, mais la salle n'allait pas au-delà. La tête de l'homme réapparut dans le cadre de la fenêtre. Il installa un petit bâton de dynamite sur son appui. Le mur n'était pas si épais que ça et exploserait aisément. Il alluma la mèche et s'écarta aussitôt. Les autres se blottirent tous dans l'angle se protégeant mutuellement des débris du mur.

La dynamite explosa.

Lorsque la poussière se dissipa peu à peu un pan du mur se présenta béant à tous. Trois hommes enjambèrent le restant du mur. Deux hommes adultes et un jeune garçon d'une quinzaine d'années environ.

— Où est mon frère ? Sylvain ? appela le plus jeune cherchant son aîné parmi les rescapés.

— Je suis là, répondit Sylvain qui se jeta dans les bras de son frère.

Ils pouvaient entendre les voix des Allemands dans les couloirs adjacents : le bruit de la détonation avait éveillé de lourds soupçons sur cette aile de l'hospice.

— Grouillez-vous, on n'a pas le temps, ça a fait un gros boum qui les a alertés, lancèrent les autres Français.

De son bras, la sœur entoura fermement les épaules de Deniel. Après toutes ces heures passées à se ressasser les images de Calais, il sentit enfin un soutien plus proche comme il l'avait tant espéré. Ils s'avancèrent tous deux suivis des autres. La sœur confia ensuite Deniel aux deux Français qui lui prêtèrent main-forte pour enjamber le morceau de façade.

Avant de quitter la pièce, un des Français fit le tour des lits. Les autres ne pouvaient pas bouger. Une expression de tristesse parcourut son visage. Il revint vers ses compagnons.

Lorsque Deniel fut libéré de sa « prison », il put goûter au vent frais de la nuit. Il aspira de ses poumons l'air nocturne. Bien qu'il fût saturé par la fumée accablante du brasier, c'était agréable de pouvoir être enfin dehors. Il put également constater que l'hospice était un vieux cloître.

Très vite, son état de santé lui rappela combien il était fragilisé et à la vue de l'incendie qui s'élevait au-dessus des cuisines, l'angoisse étreignit son cœur même si une expression neutre persistait à voiler son visage.

Une silhouette assombrie par les réflexions du brasier émergea devant lui :

— Remue-toi ! lui cria cette forme.

Il sortit alors de son moment d'absence, de cet espèce d'état de stupeur dans lequel il s'était immergé pour revenir à la réalité. Un des hommes, qui était venu les faire évader, l'appelait depuis plusieurs secondes et, n'obtenant pas de réponses de sa part, il était venu se camper entre le Breton et le brasier pour l'enjoindre à se magner s'il ne voulait pas se faire attraper.

Un troisième homme qui faisait le guet à l'angle du mur extérieur, un fusil à la main, vint les rejoindre.

— C'est pas tout Fred, mais je commençais à m'ennuyer ici.

— Ferme-la, Richard. Et crache-moi ce tabac que tu chiques. C'est dégueulasse et tes dents vont jaunir.

Richard s'exécuta.

— Hé, j'croyais qu'il y en aurait une dizaine de vos gars, dit-il à Sœur Clothilde.

Le visage de la nonne se ferma.

Richard cracha un dernier bout de tabac en examinant avec insistance la sœur.

— Ch'ui pas venu ici que pour quatre pèlerins, moi. Ne me dites pas qu'on a utilisé une dynamite pour seulement quatre hommes infirmes ? Ils sont où les autres ?

Fred s'interposa lui faisant signe de se taire.

— Richard, le gosse..., dit-il en désignant du regard le jeune prisonnier. Ceux qui sont restés sont incapables de marcher de toute façon. Ça te ferait une belle jambe, tiens, de porter des types à moitié morts.

Richard se tut.

Fred tint Deniel par l'épaule et ils s'enfuirent profitant de l'agitation qui régnait dans l'abbaye.

Au moment de quitter les lieux, un bruit effroyable s'éleva parmi celui des hommes, et une fumée plus dense jaillit du bâtiment en feu. Le toit des cuisines venait de s'effondrer. Bientôt, l'église adjacente à cette dépendance verrait les flammes monter vers son clocher, qui était trop près du sol, et il irait également envahir les autres salles du cloître.

Deniel se sentait désolé de voir un lieu sacré être ravagé par les flammes, mais prisonnier dans ces murs comme il l'avait été, son emprisonnement avait dispersé en lui un sentiment amer qui l'avait amené à le détester. Et de savoir que ses bourreaux allemands étaient à l'intérieur, affolés devant les flammes, cela lui apportait satisfaction et même apaisement.

Avant de quitter la scène mangée par le brasier, Sœur Clothilde se retourna en direction de l'église et se signa plusieurs fois de la croix. Elle détourna son regard, sans oser le porter sur un des hommes présents.

Ils contournèrent rapidement l'angle du bâtiment. À son pied, un Allemand égorgé gisait, la bouche et les yeux ouverts. Ils les observaient eux ou peut-être le noir du ciel, les yeux exorbités et fixes, l'expression figée de terreur. Deniel était vraiment heureux que ce soit terminé ainsi pour tout le monde.

Tous enjambèrent le corps et ensemble ils déguerpirent de l'hospice sans tarder.

Ils traversèrent une allée qui menait autrefois aux écuries et se retrouvèrent très vite dans un petit fourré d'arbres jeunes. Derrière eux, les cris des Allemands fusaient à travers le bruit des flammes et des structures des bâtiments tombant lourdement sur le sol.

Les fuyards quittèrent le petit bois pour faire face à un champ. Deux nouvelles silhouettes flottaient au-dessus d'un talus. Ils pointèrent leur canon dans la direction des arrivants dont ils ne voyaient pas le visage dans la nuit noire.

— Oh là, c'est nous les gars, leur dit Fred.

Les deux ombres se détachèrent de la nuit et Deniel aperçut deux jeunes visages qui ne devaient pas être plus âgés que le frère cadet de Sylvain. Ils fixèrent les malades sans mot dire de leur visage si juvénile et si dur à la fois. C'était presque effrayant pour Deniel de voir des gamins avec les fusils de leur père dans les mains, venus jusque dans le nid de l'ennemi pour les sauver.

L'alerte était donnée et il fallait à tout prix éviter les routes. Et l'hospice était bel et bien à côté de voies de circulation.

Heureusement, Fred, Richard, et les autres connaissaient bien la région. Ils en étaient originaires. Ils leur firent traverser plusieurs forêts sombres, des plaines au relief très bas et des bocages vallonnés dont les silhouettes ombragées rappelaient les houles des tempêtes en mer. Autour d'eux, il y avait de nombreuses terres cultivées et des zones d'élevage de bovins encerclées par des arbres, des arbustes et de hauts talus engloutis par la noirceur de la nuit. Un vent frais faisait pencher la cime des arbres et l'air sinistre des branches des forêts craquant les unes contre les autres parvenait jusqu'aux fuyards. Sur maints champs, la brume étalait l'illusion de l'au-delà. Il ne semblait plus y avoir de limites aux ténèbres. Cette ambiance abyssale alourdissait un peu plus le cœur de Deniel. D'apparence, il ne laissait rien ressortir. Mais au fond de lui bouillait toujours un trouble qu'il n'avait jamais connu jusqu'à présent. Tout cela ne fit qu'inspirer chez lui une plus forte angoisse. Perdu devant ce déploiement de courbes, de reliefs et de plans noirs, la nuit ne portait plus cette métaphore du « refuge secret », mais plutôt celle de ténèbres prédatrices prêtes à engloutir leur proie pour la faire gémir de douleur dans leur opacité.

Pendant la marche, Deniel apprit que le Commandant Weber avait été invité ce soir-là à dîner chez un notaire français du côté de Saint-Omer. Deniel ne posa pas de questions. Il n'avait pas besoin de réponses. Son évasion était un simple coup de chance qu'il n'allait pas laisser passer. Il en tirerait parti. Il allait se remettre de ses blessures physiques, et psychiques peut-être, et il ferait tout son possible pour réparer les crimes perpétrés par les Allemands sur le sol français.

Il avait échappé de justesse à l'emprisonnement, mais l'obscurité émanant de cette nuit, que la Lune daignait à peine éclairer, n'était-elle le signe qu'il mettait délibérément le pied au fond d'un cachot ? Comme ces immortels damnés que l'Éternel rejetait et laissait prisonniers sous terre aux prises de Satan, Deniel sentait qu'il s'enlisait dans un bourbier digne des Enfers pour ne plus pouvoir en ressortir et il ne pouvait rien y faire. C'était devenu plus fort que tout : il avait ce besoin irrépressible de vengeance et elle le rongeait déjà comme une maladie incurable.

4

Le handie-talkie

Le groupe de fuyards se reposait à l'orée d'un bois aussi sinistre que les autres. Ils avaient crapahuté une trentaine de minutes, s'enfonçant à travers les champs, pénétrant dans des bois au visage endormi. Autour d'eux, le silence étalait ses bras discrets et il était effrayant.

Sœur Clothilde n'était pas rassurée. Elle sursautait à chaque bruit qui dérangeait la quiétude de l'univers nocturne. Elle avait l'angoisse qu'un soldat allemand sorte par hasard de l'ombre d'un arbre ou que de vives lumières soient braquées sur eux alors qu'ils étaient en pleine traversée d'un champ. Elle avait quitté l'hospice, meurtrière de deux hommes, et elle était inquiète à l'idée que quelqu'un pût la traquer à cause de son geste.

Elle s'assit aux côtés de Deniel, qui était appuyé contre un arbre. Depuis leur évasion, il n'avait eu de cesse de penser à ce qu'il venait de lui arriver. Tout cela l'écrasait d'un poids sur sa mince existence. Sous le regard fin et distant de la lune, il gardait la tête basse se laissant aller à ses nouvelles pensées tortueuses et arrachant machinalement des brindilles d'herbes, expression de son état anxieux.

— Comment vous sentez-vous ?

— Ma jambe me rappelle combien la souffrance est abominable, répondit l'homme.

— Vous avez réussi à vous lever et à marcher avec nous tout de même, tenta-t-elle de le réconforter.

— Aidé des autres hommes, ma Sœur.

— *Ne refuse pas un bienfait à celui qui y a droit, quand tu as le pouvoir de l'accorder*, Proverbes 3, Verset 27 de l'Ancien Testament, cita la sœur.

Son visage placide le quitta un bref instant et il la regarda d'un air surpris. Même lui ne s'était pas rendu compte de son propre étonnement…

La sœur le comprit et sourit :

— Êtes-vous croyant, Deniel ?

Il hocha de la tête.

— C'est que… J'ai l'impression que ça fait une éternité que je n'ai pas entendu de Proverbe. Il me semble même n'en avoir jamais entendu un seul… Avoir été cloué dans ce lit toutes ces heures et immergé dans cette solitude et cette angoisse m'a fait comprendre qu'on ne peut toujours pas s'en remettre à Dieu… Pas toujours. Pensez-vous qu'Il est avec vous, ma Sœur ?

— Je ne douterai jamais de Sa Présence et de Sa Bienveillance, répondit-elle doucement.

Deniel laissa échapper un rire qui fit frissonner Sœur Clothilde malgré elle. Elle n'arrivait pas à « traduire », à comprendre ce rire et cet homme. De l'extérieur, il semblait être « sage », mais dès qu'elle plongeait son regard dans le sien, elle sentait qu'à l'intérieur de cet homme logeait *un tout autre homme*.

— Je n'en doute pas non plus, finit-il par répondre.

Il l'observa de ses yeux perçants. Sœur Clothilde vit alors une fois de plus ce « décalage » sur cet homme. Elle baissa les yeux.

Fred s'approcha d'eux.

— On va reprendre la marche. Cinq minutes de pause, c'est déjà trop. Vous voyez ce petit bois là-bas ? C'est notre ticket pour la maison et un repas chaud.

Sœur Clothilde se leva, épousseta son scapulaire et aida Deniel à se relever.

Ils se remirent à marcher une autre trentaine de minutes à travers des broussailles et des bocages qui semblaient s'étaler sur une éternité. Ils gravirent un petit chemin qui menait dans l'obscurité d'un fourré. Il n'y avait que les étoiles pour l'éclairer. Deniel se demanda un bref instant si suivre ces inconnus avait été judicieux. À mesure que son anxiété gagnait en force, elle s'accompagnait d'une paranoïa naissante. De toute façon, il était déjà trop tard pour rebrousser chemin et sa jambe ne lui permettrait jamais de s'aventurer seul à travers champs et petits bois qu'il ignorait parfaitement, surtout avec les Allemands à leur trousse.

Ici, un gros type très rond, affublé d'un vieux débardeur taché de vin les attendait avec un camion tracteur Renault qui dormait sous une arche de branchages que les arbres étendaient. Il regarda les hommes et eut une expression désolée pour eux.

— Il n'y en a que quatre ? Les Allemands ont tué les autres ?

— Ils ne pouvaient pas venir avec nous et Weber a été plus rapide. Il en a fait partir plus d'une vingtaine avant le jour de l'évasion, dit Fred.

— Bon, ben puisque tu l'dis, Fred. Allez, ben… En voiture Simone. Faut pas trop tarder avant que le jour ne se pointe. Les Allemands sont partout ici.

Tout le monde prit place dans la remorque attachée au camion. L'homme alluma les faibles phares et ils roulèrent au milieu des ténèbres de la campagne sur lesquelles les ombres des sapins pointus, des maisons vidées en apparence de toute âme qui vive et des vallons aux rondeurs ondulant sous un ciel d'un bleu noir épais, s'agglutinaient les unes aux autres pour ne former qu'une masse qui s'harmonisait lugubrement avec l'épaisseur de ces heures fraîches.

Deniel se sentait fébrile. Des douleurs tiraillaient sa jambe et ses côtes. Il toussait beaucoup. Sœur Clothilde se pencha vers lui et examina la plaie. Par chance, elle ne s'était pas infectée.

— Il vous faudra prendre des médicaments.

Deniel hocha de la tête et bercé par les secousses du camion, il s'endormit tout aussitôt. Ses paupières se fermèrent sur cette nuit mélancolique et derrière ces lourds rideaux appesantis par la fatigue, il n'y avait aussi que du noir. Un affaissement de son être, comme lorsque les pentes de ces vallons s'affaissent vers le bas, tourmentait son esprit et cet affaissement n'était autre que la dépression.

Le bruit des graviers réveilla Deniel en sursaut d'un sommeil plus plat que profond. Une fine écharpe rose commençait à colorer le ciel au niveau de l'horizon engourdi. Autour du camion, deux chiens de chasse aboyaient comme des fous. Le camion venait d'arriver dans une grande ferme pourvue d'une cour, qui faisait face à de longs champs s'étirant très loin devant la bâtisse pour attraper la ligne d'horizon carnée. Par-dessus les terres cultivées, des pies et des corbeaux s'élevaient comme autant de points noirs étranges ruinant ainsi la poésie que la voûte astrale d'un matin calme était censée inspirer aux cœurs. Leurs croassements et bavardages recelaient quelque chose d'inquiétant : ils semblaient être les annonciateurs d'évènements désastreux.

Les évadés descendirent un à un.

Leur transporteur les salua et reprit tout de suite le chemin en sens inverse. Au loin, les phares de son camion naviguaient sur les collines vers le nord, accompagné d'un ciel étrange plongé dans le chaos de coloris à la fois chatoyants et bistrés, et d'une armada de nébulosités lourdes qui paraissaient être sur le point de s'écraser sur les vallons encore endormis dans le contre-jour.

Dans la ferme, un groupe de personnes les attendait autour d'une table éclairée seulement d'une lampe à huile. Un à un et en silence, les soldats malades furent pris en charge par un docteur. Celui-ci administra une dose de morphine à Deniel et lui fit avaler des médicaments pour accélérer sa guérison. Il n'avait pas les poumons percés, mais ses côtes étaient cassées et il resterait peut-être boiteux toute sa vie. Voilà quel fut le diagnostic du médecin.

Deniel s'allongea ensuite dans un lit et somnola sans pour autant pouvoir dormir d'un sommeil profond. Il se leva vers 11 h du matin et se restaura. Richard lui donna une béquille ainsi que de nouveaux vêtements (depuis le siège de Calais, il était resté habillé en uniforme de militaire et l'odeur de l'urine était collée à lui).

Lorsque Richard lui tendit les vêtements, Deniel ne put s'empêcher de lui demander :

— Pourquoi moi ? Pourquoi nous ?

— Va demander à Antonin pourquoi, se contenta de répondre l'autre.

Richard sortit de la pièce. Deniel renifla. Il tourna son regard en direction de la fenêtre. L'étendue des champs, baignés dans la douce lumière du matin, s'ouvrait devant lui comme une allégorie de la liberté. Cependant, il sentait que son esprit était pris au piège dans une tempête noire qui le faisait rouler un peu n'importe où. Il avait la sensation d'être une feuille morte balayée là où le vent la menait à son gré.

En fin d'après-midi, il alla discuter avec ce fameux Antonin.

C'était un vieil homme, chenu. Il était assis sur une chaise à bascule exposant son gros ventre au soleil. Lorsque Deniel se rapprocha, il ouvrit un œil et sourit.

Au fond de la cour, les jeunes garçons de la veille discutaient tout en fumant une cigarette, assis sur des cageots vidés de leurs légumes. Sylvain, le jeune soldat rescapé, et son frère cadet étaient là eux aussi. Ils levèrent la tête également pour observer Deniel qui venait de se lever. Derrière les vapeurs des cigarettes, il vit encore une fois ces visages si juvéniles et pourtant si durs.

Sans laisser Deniel le temps d'ouvrir la bouche, le vieil Antonin parla.

— Ouais, c'en est fini de nous tous. Mon fils est parti en Belgique. Il n'en est jamais revenu.

Il se retourna en direction de la porte d'entrée grande ouverte.

— Richard, apporte-nous une chaise, beugla-t-il.

Richard revint chargé d'une chaise en osier sur laquelle Deniel s'assit. Il n'avait pas vraiment envie de se prélasser plus longtemps ici. Antonin le lit dans l'expression de sa mine. Il fit signe à Deniel de se décontracter un peu de, l'air de dire « Je sais ce que tu vas me balancer, attends un peu ». Il reprit son monologue.

— Il a laissé deux enfants. Sylvain et Laurent. Ils étaient déjà orphelins de leur mère, ma fille. Alors vous comprenez bien que j'pouvais pas en laisser un autre se faire emporter par les Nazis. Quand j'ai appris grâce à notre bonne Sœur Clothilde que mon petit-fils avait été envoyé à l'hospice Notre-Dame du Beauval, j'ai demandé à des amis d'aller le chercher ou sinon il était bon pour la prison d'Arras et les travaux forcés que les boches ont réquisitionnés depuis le 10 mai. Sœur Clothilde, ben, heureusement qu'elle connaissait mon petit-fils depuis sa plus tendre enfance. Elle s'est assurée qu'il ne serait pas amené autre part que l'hospice. Mais il a quand même bien failli y passer. À cause de ce... Weber... Ouais... Et puis, on s'est dit que déplacer autant de gars pour une personne c'était un peu ridicule. Alors on a essayé de sauver plus de gars, quoi. Moi, j'suis trop vieux et je peux plus marcher comme avant. Alors, courir... C'était impossible. Ou j'y serai allé.

Il fixa du regard Deniel. Comme la sœur, il y décela une pointe d'étrangeté à l'intérieur.

— Voilà pour la petite histoire... Une chance que tu sois encore vivant, pas comme d'autres jeunes gens... T'es quoi ? Un communiste comme moi ?

Deniel répondit par la négative.

L'autre haussa des épaules.

— Et tu viens d'où ?

— De Vannes. Toute ma famille vient de là-bas.

Deniel repensa à son père. La simple pensée de cet homme raviva l'amertume qu'il avait, en fait, toujours ressentie à son égard.

Antonin l'observa à nouveau. Il trouvait qu'il y avait décidément quelque chose « d'agressif » dans les yeux de Deniel, quelque chose qui pouvait faire froid dans le dos.

Antonin renifla et cracha une glaire au sol.

— Les Allemands vont s'y remettre. Si tu veux venir avec nous, y a pas de problème. C'est gratis. On préfère décamper avant qu'ils ne soient juste derrière nous. Comme bon nombre de pauvres gens, d'ailleurs. On t'a sauvé de cette prison pour que tu sois libre avant tout. Bon, après, t'en fais ce que tu veux de ta liberté. J'te force pas à venir avec nous. Bien sûr que non. Et tu sais, petit. Tu devrais te sentir inquiet pour tes proches. T'es inquiet, hein, pas vrai ? Ben, j'te comprends... Ils vont pas simplement y aller pour les vacances, les Allemands, dans ton beau pays. Entourée par le littoral comme elle l'est, la Bretagne est une zone stratégique qui a toutes les chances d'être la prochaine cible des Nazis comme ils ont fait à Dunkerque. Ils vivent de quoi vos gars là-bas ?

Entendre cette histoire d'invasion irrita un peu plus Deniel qui avait déjà les nerfs à fleur de peau.

— De l'agriculture, de la pêche..., répondit-il sans vouloir répondre à sa question.

L'homme renifla.

— Votre industrie est pas si dynamique, non ? Pff, moi j'te parie que ce qui les intéresse ce sont vos côtes pour leurs bases sous-marines et vos aérodromes. Et puis, ils vont passer des commandes dans les usines de métallurgie. Ça, ça les intéresse, pour leurs foutus blindés. Ça et nos trains. Pour transporter leurs marchandises. Hé, Richard, qu'est-ce que t'as entendu la dernière fois de la bouche de ton informateur de Rouen ?

Richard, qui fumait avec les adolescents, se tourna vers eux :

— Les boches recensent les entreprises qui les intéressent. T'es pas dans leur corde, tu mets la clé sous la porte. Fini les durs réveils du matin.

— T'es con ou quoi, Richard. Ce sont pas des vacances qu'ils passent ces pauvr' gars. J'te raconte pas le chômage. Et puis, les artisans alors...

— On les embauche, nous, le coupa Richard. Ils seraient utiles, surtout les graveurs.

— Enfin bref... le recoupa Antonin. Ça me fait mal, petit, de savoir que ton beau pays est sur le point d'être envahi. Nous, c'est passé. Comme une grippe. Mais, elle a laissé de ces putains de séquelles. J'te dis pas comment… Ouais…

Il marqua une autre pause.

— … Et tes parents, ils font quoi dans la vie ?

— Mon père est lieutenant dans l'Armée de terre.

— Ton père a été appelé ?

Deniel repensa au bras manquant de son père et à ses mots avant qu'il soit envoyé à Calais.

— Non, il est resté à Vannes.

— Et il a envoyé son fils à sa place ? dit Antonin en scrutant Deniel du regard.

Le jeune homme l'observa en silence, toujours de son regard placide et illisible. Derrière ce visage, il y avait pourtant un tumulte de questionnements et de déceptions, mais il ne les exprimerait jamais à voix haute.

Dès que leur discussion s'acheva, Deniel remercia Antonin et retourna dans la ferme. Il passa à côté de Fred qui avait étalé sur la table du salon des pièces électroniques, un ampèremètre et un voltmètre encastrés dans une mallette en métal. Il pestait devant la carcasse électronique.

Pris de curiosité, Deniel le regardait faire. Fred releva le nez :

— Eh ouais, on a dégoté une paire de *handie-walkie*. Un des premiers modèles très récemment en développement. On en a trouvé un la dernière fois dans une maison saccagée par l'armée allemande à côté d'un pauvre type, un commandant, qui devait se battre aux côtés des Anglais. Et l'autre un peu plus loin, au bord d'une route sillonnée par des voitures carbonisées. On a eu de la chance. Par contre, pour ceux qui sont morts… (Il marqua une pause)… Ce sont des denrées rares ça, j'te le dis. Portables et, à mon avis, avec ça t'as un rayon de deux kilomètres de communication. Le désassembler était facile, mais j'ai du mal à le réparer. Mais j'suis pratiquement sûr qu'ils peuvent fonctionner ces deux gaillards.

Deniel s'assit à la table et attrapa un des appareils. Il connaissait les modèles sac à dos d'une quinzaine de kilos, mais pas ceux-là.

Il le tourna et le retourna plusieurs fois dans ses mains essayant de comprendre le mécanisme. Fred le regardait faire.

Finalement, Deniel reposa le *handie-talkie*.

— T'es passionné par ce genre de technologie ?

— Pas vraiment. Je suis juste curieux.

— Regarde, j'te montre. Peut-être que ça te servira un jour, qui sait.

Il attrapa la paire déjà démontée.

— Tu ouvres le couvercle du bas après avoir dévissé l'écrou moleté, et... Tu enlèves les batteries... Hop là ! Tu débranches les fiches de connexion du micro et des écouteurs... Tu dévisses ensuite la vis sur le couvercle supérieur, et puis là, tu fais glisser le contenu électronique comme ceci de son boîtier par en bas...

Deniel admira les circuits électroniques apposés sur une plaque dorée.

— Y a pas de tension dans celui-là, lui expliqua Fred, les piles sont pourtant neuves. Je crois bien que les cartes sont bousillées. Et celui-ci, il marche, mais sans l'autre il ne sert à rien.

Il remonta l'appareil.

La nuit, berceau à la fois du repos et des frayeurs, produits de sa noirceur, fut troublée par les chuchotements des hommes se préparant à l'exode pour fuir ces contrées envahies. Déjà, de nombreuses familles fuyaient le nord de la France et les pays limitrophes.

Fred vint réveiller Deniel presque assoupi dans le lit :

— Faut partir maintenant. On a entendu dire que les boches réorganisaient leurs troupes. C'est mauvais signe. On pense qu'ils vont reprendre leur avancée. On sait pas quand, alors faut faire vite. Une autre rumeur court comme quoi ils nous auraient déjà dépassés.

Antonin, homme généreux et bienveillant, avait décidé d'embarquer tout le monde avec lui. Les deux autres soldats français, qui avaient réussi à s'enfuir de l'hospice, avaient accepté son offre et avaient décidé qu'ils se sépareraient d'Antonin et de son groupe en chemin pour aller retrouver leur famille. Deniel également s'efforcerait de retrouver la sienne, si Dieu le voulait.

5

L'exode bombardé

La période de mai-juin 1940 n'a jamais été aussi déterminante dans cette deuxième guerre mondiale. Personne n'avait réalisé combien l'avancée allemande serait aussi puissante et aussi rapide. Les militaires français n'avaient pas su appréhender les manœuvres de l'ennemi et les civils, surpris dans leur vie quotidienne et paisible, se mirent à fuir le nord de la France. Aux civils français, s'ajoutait une multitude de Juifs, de Néerlandais, de Luxembourgeois, et de Belges. Tous, abandonnaient leur foyer et leur cave qu'ils considéraient ne plus être efficace, direction l'ouest et le sud-ouest de la France.

Après les horreurs qu'il avait vues à Calais, Deniel n'était pas non plus étonné de croiser alors sur la route des files de personnes cherchant asile dans une nouvelle région. La nuit entière, assis dans la remorque d'une camionnette, il avait aperçu, lui et les autres, au moins quatre groupes d'une dizaine de personnes se reposant au clair de Lune en bord de chemin. Et le lendemain, alors qu'ils s'approchaient de Rouen, qui n'était pas encore tombée entre les mains des Allemands, ils croisèrent toujours autant de réfugiés fuyant les Nazis. Tous avaient fui Amiens, Abbeville, Dunkerque, Lille et toutes ces autres villes qui avaient été prises dans la nasse. Ils arriveraient bientôt en masse dans les régions de l'Ouest, rejoints par les habitants de la région parisienne.

Les Allemands avaient bel et bien décidé de poursuivre leur avancée le 5 juin et les *Stukas* s'en prenaient maintenant à ces gens marchant vers l'inconnu, épuisés et à moitié perdus. Les avions allemands les mitraillaient à l'aveuglette et beaucoup d'enfants furent ainsi privés de leur parent.

Deniel et les autres virent des gamins, seuls, qui jouaient au bord de la route. Ils jouaient à la guerre, les parents absents de l'horizon. Plusieurs kilomètres plus loin, un garçon d'un peu moins de dix ans attendait patiemment sur une charrette retournée, regardant dans le lointain, les jambes repliées contre son torse. Une jeune fille âgée d'une quinzaine d'années tenait par la main deux petites filles portant les mêmes traits de visage. Elles marchaient toutes trois sur la route, sans parents à leurs côtés. Chaque fois qu'ils passaient devant des enfants isolés, Sœur Clothilde se signait de la croix, le cœur pincé.

Antonin fut touché par ces scènes.

— C'est ça. Les enfants sont notre avenir et voilà que nous les abandonnons contre notre gré sur ces routes pernicieuses sans logis à regagner, dit-il.

Il leur proposa, en excellent bienfaiteur, de leur faire une petite place dans le camion. Certains acceptèrent.

Tout cela, c'était le signe que tout partait en vrille. Innocents, des enfants s'amusaient ne prenant garde à l'heure, et d'autres se reposaient sur des lits de fortune composés simplement de couvertures en laine. Il y avait bien sûr des enfants accompagnés de parents, mais tous ces gens semblaient être livrés à eux-mêmes. L'atmosphère était étrange et pesante à la fois : ça hurlait et ça braillait dans les groupes de réfugiés, et le regard voilé des parents formait un tel contraste avec ceux des enfants qu'ils ne semblaient plus appartenir aux mêmes réalités.

Au bout de quelques kilomètres, le camion d'Antonin se retrouva bloqué derrière un groupe de l'exode. Ils s'arrêtèrent derrière une voiture qui stationnait en plein milieu d'une route étroite. Elle était recouverte d'un matelas sur son toit. Ses deux portières avant étaient ouvertes. Au bord la route, un prêtre discutait avec des paysans à voix basse, l'air grave.

Lorsque Deniel et les autres descendirent du véhicule pour vérifier ce qu'il se passait, ils aperçurent des traces de sang de part et d'autre de l'automobile. L'attention de Deniel se porta alors sur une ombre dans le contre-jour de l'après-midi naissante. Deniel s'approcha de cette petite figure confondue entre les jeux d'ombres et de lumière. C'était un gamin qui devait avoir huit ou neuf ans. Il pleurait doucement devant trois talus de terre qui s'élevaient dans un champ. Deniel s'assit à ses côtés. Le silence du recueillement les encercla. L'homme ne souffla mot à l'enfant, mais il comprenait. Puis, le gamin déclara entre deux sanglots :

— C'est le Père qui m'a aidé à les enterrer. Il a récité un dernier *Pater* pour eux.

Deniel écouta le garçon, sans tourner un regard vers lui. Il se sentait vide, las et peiné. Il était peiné de voir tant d'atrocités survenir en si peu de temps. D'abord lui, à Calais et dans l'hospice et puis maintenant ces pauvres gens déracinés de leurs terres pour se retrouver enterrés dans les champs d'un bourg voisin. Il avait l'impression que ses paroles n'auraient fait qu'empirer la peine infligée arbitrairement à cet enfant. Ses larmes séchaient déjà sur ses joues joufflues laissant des traces blanches et salées dans leur sillage. Devant Deniel et le petit garçon, l'étendue des champs et des plaines désertiques s'étalait toujours et encore jusqu'à un horizon infini et insaisissable. Il semblait à l'homme qu'il y avait quelque chose qu'il n'arrivait pas à saisir, quelque chose qui allait plus loin que son entendement. Cette situation semblait tant irréelle. Pour Deniel, tout ce que ces hommes et ces femmes faisaient, c'étaient marcher sur des chemins plats. Ils avaient tous glissé vers des abysses aux profondeurs méconnues et essayaient désormais de gravir une pente qui demeurait pour l'instant inexistante. Le petit garçon essuya ses narines ruisselantes du revers de sa main pâle et il redressa son dos courbé tout en adoptant une attitude grave :

— J'ai dit à ma grande-sœur, Amélie, que je serai raisonnable avant de quitter la maison. Mais je n'ai pas pu m'empêcher de jouer dans la voiture avec mes figurines en plomb. J'aurais dû regarder par la fenêtre. Peut-être que j'aurais pu les prévenir. Les Allemands nous ont attaqués avec leurs avions. Il y en avait trois dans le ciel. Ils ont mitraillé la voiture par le toit. Et maintenant, ils sont tous morts. Je me sens coupable d'avoir emporté ces figurines. Elles peuvent aller au diable. Je jouerai plus jamais avec elles.

Il chercha dans ses poches ses figurines et les jeta loin dans le champ. Deniel le regarda faire peu surpris par son geste de colère. Le gamin ne pleurait plus.

— Je veux devenir quelqu'un de raisonnable à partir de maintenant. C'est par ma faute que mes parents et ma sœur sont morts.

À peine eut-il fini de parler qu'un bruit, connu des oreilles de Deniel, s'installa dans le ciel. Il emplit le paysage sonore avec une rapidité effroyable telle une rumeur qui court plus vite que son énonciation et qui remplit les esprits de confusion. Deniel se tourna et vit les gens de l'exode se mettre à crier en tirant leurs enfants loin de la route. Au fond de la scène, des *Stukas* allemands revenaient, prêts à décharger leurs balles sur les civils. Tous devinrent indifférents aux cris de tous ; simplement effrayés par la vision pétrifiante qui se profilait devant leurs yeux. Des vieux se cachèrent sous un vieux noyer aux branchages plus épais que le tronc qui le soutenait, des familles tentèrent de dissimuler leur silhouette dans les bas-côtés concaves entre la route et les champs. Une femme, et son mari s'accroupirent près de leur voiture protégeant de leurs bras leur petite fille. Elle, elle était effrayée et enfonçait son visage contre ses parents. Le prêtre tenta de trouver refuge sous le camion, mais Fred, Richard et les autres étaient déjà dessous. Ils tentèrent de le faire glisser entre eux, mais son corps était encore trop à découvert. Il courut sous une charrette et put alors se mettre à l'abri parmi d'autres paysans, recroquevillés sur eux-mêmes s'efforçant de se rapetisser le plus possible afin de s'éloigner du flanc de la charrette trop exposée aux tirs. D'autres hommes, femmes et enfants plongèrent à travers les mauvaises herbes des plaines, et s'allongèrent espérant que les avions ne remarqueraient pas leur présence. Mais personne n'avait eu le temps de bien se disperser si bien que, vus d'en haut, ils paraissaient plus regroupés qu'autre chose. Antonin et ses deux petits-fils ne trouvèrent refuge qu'à l'ombre d'une motte de terre.

Deniel et le garçon n'eurent pas le temps de se relever pour chercher un abri. Le garçon l'attrapa par la main. Deniel sentit qu'il fallait agir vite. Il était pris de crises d'angoisse, mais il savait encore se contrôler quand un danger se présentait à lui. Les avions allemands – cet élément stratégique souvent utilisé depuis le début de l'attaque éclair des Nazis sur la France et les pays limitrophes – les harcelaient déjà comme ils avaient harcelé les soldats à Calais. Deniel fit le seul mouvement qui lui passa par la tête : il se jeta sur le garçon pour le protéger des balles.

Le bruit des balles résonna entre les nuages et celles-ci s'abattirent à tout va sur le sol jonché de personnes terrorisées. Les ailes des *Stukas* firent glisser leurs maudites ombres plusieurs fois : on eût dit des vautours qui tournoyaient au-dessous du soleil. Ils laissaient mouvoir leur carcasse sombre sur des terres qui ne pouvaient plus s'appeler *terres*, car elles étaient plongées dans l'obscurité d'un cauchemar sans fin.

1956
La tannée, mon père et moi

La famille tue énormément,
c'est dans toutes les statistiques.

Robert Doisneau, Daniel Pennac, *La Vie de Famille*

1

Une correction

Pons ne s'était pas exprimé sur notre dispute du dimanche. On était lundi et j'ai très vite senti que quelque chose ne tournait pas rond de son côté. J'avais cette vague impression qu'il mijotait quelque chose. Il avait toujours eu des réactions anormales et je préférais peut-être me dire qu'une nouvelle réaction déplacée de sa part allait perturber ma journée.

Jules, Dennis, Bastien et Robin paraissaient attendre ce moment fatidique où il m'enverrait valser de l'autre côté de la cour de récréation. Moi-même, je restais prudent ouvrant une distance raisonnable entre nous afin de m'éviter un tacle.

Fort heureusement, il m'ignora tout le long de la journée et se trouva d'autres copains à côtoyer.

Il poursuivit tout de même ses méfaits contre d'autres camarades de classe, notamment Pierre. Il se rendait coupable toutes les heures d'une petite méchanceté (pour ça, on trouvait qu'il ressemblait vraiment à sa mère). Et sa vilaine mesquinerie dépassa les bornes après deux jours de harcèlement. « Pierre le fantôme », pris dans l'engrenage de la méchanceté de Gilles et manipulé comme un faiblard, devint ainsi complètement son souffre-douleur attitré. Personne n'osait rien dire, bien sûr. Moi-même, je me taisais même si j'étais dégoûté par son attitude.

Bastien tenta de s'interposer et il fut très vite remis à sa place. Jules et les autres furent d'accord pour dire qu'il ne valait pas grand-chose.

Ce mercredi fut, en dépit de tout, une journée porteuse d'espoir : je pus entrevoir Madeleine dans l'embrasement de la porte « Aile Filles » et elle me fit même un signe de la main.

Avec mes copains, on se sépara ensuite en se disant qu'il fallait vite se réunir pour reparler des phénomènes étranges liés au talkie-walkie, qui n'avait d'ailleurs plus fait des siennes depuis le week-end. Ses manifestations devaient être le simple fruit du hasard et le hasard avait voulu qu'elles surviennent pendant une fin d'après-midi orageuse alors que j'étais seul dans ma chambre obscurcie par les ombres des nuages, puis pendant un court rassemblement avec mes amis à l'intérieur de notre cachette branchue.

Mais pour l'instant, je rentrai à la maison, heureux d'avoir dérobé un sourire à Madeleine.

En passant le perron de la porte de la maison, l'ambiance fut tout à coup différente. Un lourd silence flottait dans l'air. Depuis la cuisine, ma mère posa sur moi son doux regard perturbé par une expression peinée. Et quand je vis mon père assis dans son fauteuil en cuir, je compris ce qu'il se tramait. Du bout de ses doigts, il faisait rouler sa moustache. C'était une manie qu'il avait avant de me coller une taloche. Il restait assis, « calme », l'air un peu renfrogné dans son fauteuil, et puis, il se levait et il m'infligeait une gifle à m'en faire perdre l'équilibre.

Il m'appela.

— Viens dans le salon, Amarante.

Je m'exécutai.

— Avance ici, m'ordonna Martial.

Je m'avançai vers le salon. J'avais déjà les jambes en coton.

Contre toute attente, Gilles Pons et sa mère attendaient dans le salon. Ils étaient là, silencieux, assis sur le canapé face à mon père.

La mère Pons, cette femme corpulente aux allures de dindon, fit la moue en m'apercevant dans l'entrebâillement de la double porte vitrée. Elle me toisa de haut en bas avec dédain. Gilles me dévisageait, le regard victorieux. Son petit rictus au coin de ses lèvres me donna envie de le cogner.

Mon père secoua un morceau de papier sous mon nez.

— Qu'est-ce que ça signifie, Amarante ? me gronda-t-il en me crachant des postillons au visage.

Il m'attrapa par le lobe de l'oreille.

Il me secouait sous le nez une lettre du directeur l'informant de notre punition.

— Et encore, c'est pas un renvoi qu'ils t'ont foutu. On aurait été bien beaux, tiens ! Et juste avant la fin de l'année scolaire ! Tu crois qu'on a le temps pour te chercher une autre école ? Et là-bas aussi, et s'ils te veulent pas parce que tu es un âne ? Ou chez les curés, tiens ! Eux, ils te diraient pas non. Ils te feraient marcher à la baguette toute la journée. C'est ce qu'il te ferait du bien à toi. Et le fils de Mme Pons ? Qu'est-ce que ça veut dire ? Et ne me regarde pas comme ça, ou je t'en colle une. Ah ! Ce petit vaurien.

Il leva la main et s'apprêta à l'abattre sur moi.

Je le suppliai d'arrêter levant les bras au-dessus de ma tête.

— J'ai rien fait ! C'est pas moi ! Je sais pas de quoi tu parles !

Ma mère, qui avait quitté la cuisine, s'interposa. Elle était très contrariée.

— C'est que Mme Pons nous a fait savoir que tu avais mal parlé à son fils. Tu l'aurais insulté devant tes autres petits copains et tu l'aurais frappé.

— C'est pas moi qui ai commencé ! C'est lui !

— Non, c'est pas vrai ! C'est Amarante qui a commencé ! s'écria Gilles le visage exagérément crispé.

La bouche tordue et les sourcils relevés à l'excès, il se mit à simuler des larmes de crocodile.

J'insistai.

— C'est pas moi ! J'te jure !

Mon père resserra un peu plus son poing sur mon oreille.

— Oh, ce petit menteur ! me coupa-t-il d'un air outré. Arrête de faire l'innocent !

— Nous demandons seulement à votre fils de s'excuser, lui fit savoir la mère Pons condescendante.

Je tentai de me défendre une dernière fois.

— Mais j'ai rien fait ! C'est pas moi qui ai commencé. C'est Gilles !

— Tu vas fermer ton grand clapet ? cria mon père. La dame te demande des excuses.

Il serrait tellement fort que j'eus la sensation que mon oreille était sur le point de se décoller.

— D'accord, je m'excuse ! Je m'excuse ! Pardon ! Pardon !

Il lâcha mon oreille et je m'étalai contre le coude du fauteuil, le souffle court.

Mon père était furieux. Il se leva pour faire les cent pas dans le salon.

Mme Pons prit congé de nous. Ma mère la raccompagna jusqu'à la porte d'entrée. Elles se saluèrent.

— Sale truie, lui lançai-je assez fort pour qu'elle m'entende du salon.

Assaillie d'indignation, elle devint aussitôt rouge comme une écrevisse. Mon père m'assigna un coup de pied pour m'obliger à monter dans ma chambre.

Gilles avait réussi à m'humilier. Il avait réussi son coup. Il avait utilisé sa tête pour me faire tomber.

Toute la soirée, je ruminai dans un coin de mon lit. J'avais les fesses engourdies et le lobe de mon oreille me lançait. Je décidai que Gilles me le paierait un jour. Je lui casserais les dents s'il fallait le faire. Ma mère rentra dans ma chambre. Elle s'avança doucement et s'assit sur mon lit pour me consoler. Je me fichais presque de ses mots consolateurs. Je préférais être un dur à cuire plutôt qu'une mauviette comme Pierre Poussin...

2
Les récits de mon père quand j'étais petit

Ce soir-là, je m'étais pris la tannée de ma vie.

J'étais triste. Je me sentais un peu perdu, un peu abandonné.

À cette époque, faire subir « un châtiment corporel » à un enfant était un acte banal, une méthode éducative ancrée dans les mœurs et les traditions éducatives aussi bien à l'école qu'à la maison. En 1958, la Suède avait déjà aboli toute forme de punition corporelle dans les écoles. Plus tard, en 1979, ce même pays interdisait l'usage de la fessée dans la famille sous peine de prison. La France était encore loin de tout cela. Quand mon père me giflait, il pensait très sincèrement que sa correction aurait un effet positif sur mon comportement. Et moi, je ne voyais pas mon père comme un « criminel » qui frappait son enfant, mais comme un chef de famille qui travaillait pour le bien-être et la prospérité de sa famille et, qui, donc s'autorisait le droit de mettre une gifle ou deux de temps en temps. Martial était un homme droit qui redressait avec la fessée. Voilà tout.

D'ailleurs, cet instrument éducatif ne semblait déranger personne. Mes copains d'école se faisaient corriger de la même manière. Et de nombreux instituteurs approuvaient ces méthodes bien que les punitions physiques fussent censées avoir été interdites en 1887 en France. La Bible par ailleurs, n'a jamais été dépourvue de mots incitant les parents à redresser leurs enfants à coup de fouet :

« Celui qui ménage sa verge hait son fils, mais celui qui l'aime cherche à le corriger ».[5]

En 1956, je n'étais pas contre ces méthodes : une petite fessée pour corriger n'a jamais fait de mal à personne. Je pense, en fait, que je ne me rendais pas compte du véritable problème social qui enveloppait la question de la punition corporelle. En revanche, cela ne m'empêchait pas de me sentir vexé et humilié.

Mon père était mon père. Il était unique. Il était comme il était. Droit et sévère. Et pour cela, je ne pouvais pas lui en vouloir. Je restais alors simplement prostré dans ma chambre à me demander s'il viendrait me voir pour m'amener à la pêche ou faire une balade dans le Jardin des Plantes.

Seul, dans ma chambre, je ruminais mon attitude et ma solitude. Dans ces moments-là, je me remémorais nos instants complices, tous deux assis sur son vieux fauteuil. Je sais… C'est étrange… Mais j'étais en adoration devant lui.

Lorsque j'étais plus petit et qu'il était enclin à sortir de son silence, il me racontait souvent des histoires de son passé. Je les attendais avec impatience, car même si je lui demandais de me raconter une histoire sur la guerre, il ne me répondait jamais : c'était lui qui abordait ce sujet de lui-même, et pas le contraire.

Il bourrait sa pipe de tabac, je me calais sur l'accoudoir du fauteuil dans le creux de son bras. Dehors les persiennes étaient tirées et les dernières ombres des passants se mouvaient en toute hâte dans la froide soirée qui s'annonçait. Un merle chantait sur un toit toulousain. Maman ramassait les assiettes sur la table.

---

[5] Louis Segond, *Ancien Testament*, Proverbe 13, Verset 24. Je tire cette référence de « Pourquoi pas une bonne fessée ? Une recherche sur le châtiment corporel à l'école », article rédigé par Éric Debarbieux dans la revue Spirale numéro 37 (2006).

Elle me déposait un baiser sur le front. Et quand elle était partie, Martial me contait de véritables histoires d'action, et pas des contes de fées. Je m'en régalais : je me sentais fier, assis contre lui, autorisé comme un privilégié à savourer sa pause cigarette alors que les autres enfants de la ville devaient certainement être au lit à cette heure-ci.

Bien qu'il me racontât souvent les mêmes histoires de son passé, c'étaient des histoires secrètes que nous partagions ensemble, seulement lui et moi.

Ce soir, je vais te raconter l'histoire d'un ami... Écoute-moi bien, Amarante, commençait-il.

C'était il y a quelques années avant ma naissance. Maman connaissait déjà Martial, et ils fréquentaient un groupe d'amis inséparables. À cette époque, Papa n'avait pas encore osé avouer sa flamme à Maman. Elle était très belle (elle l'est toujours, bien sûr) et Papa était impressionné par cette beauté rare.

Martial avait éclaté de rire.

— Tu sais, si je ne lui avais pas dit que j'étais amoureux, elle serait partie avec un autre ! Beaucoup d'autres la trouvaient très attirante.

Ils étaient donc un groupe d'amis inséparables. Ils étaient jeunes, et au mépris de la guerre, ils aimaient se retrouver ensemble dans un café pour y discuter de longues heures ou au bord de l'Ariège, allongés avec insouciance dans l'herbe fraîche. À bicyclette, ils prenaient les coteaux depuis Venerque et roulaient jusqu'au petit village perché de Clermont-le-Fort. De là, ils admiraient le soleil orange du crépuscule qui étendait ses feux au-dessus des tournesols, ils regardaient les fermiers passer lentement avec les bœufs tirant une charrue, ils arrachaient des pieds de tournesol et se les lançaient à la figure. Et tout cela avait été immortalisé grâce à l'appareil photo d'un ami, qu'ils appelaient Le Clou (il s'agissait en fait de Georges Cloutier, dont la famille était originaire de la Meuse). Quand j'avais demandé à Martial si je pouvais voir ces photos, il m'avait répondu qu'il ne savait pas où il les avait rangées.

Bref... C'était un groupe de bons copains. Un peu comme moi avec mes amis...

Ensemble, ils faisaient des tas de choses : ils aidaient les paysans à ramasser le foin, ils préparaient les fêtes des villages de Venerque, Le Vernet et Grépiac, ils s'amusaient à bricoler de vieilles bécanes abandonnées...

Florette, quant à elle, venait profiter des étés, hors de la chaleur urbaine, dans la maison de ses grands-parents maternels et au début septembre, elle retournait à Saint-Simon, à la pépinière de son père, un homme aisé. C'était comme cela que Martial et Florette s'étaient connus. Après tout, dans le périmètre des villages « Grépiac, Venerque et Le Vernet », on croisait souvent les mêmes têtes et cela n'avait pas été difficile pour Martial de repérer la belle Florette.

Déposée par son père, Florette allait tout de suite rejoindre ses copains à Venerque en contrebas de l'église fortifiée, là où la Hyse, un ruisseau, courait avec langueur pour rejoindre l'Ariège du côté du Vernet. Les garçons, abrités sous l'épaisse frondaison d'une petite forêt alluviale composée d'aulnes glutineux, de saules blancs et autre buisson recouvrant toute la berge, se roulaient des cigarettes ici. Derrière eux, Venerque élevait ses vieilles maisons et son épaisse église, et devant eux, c'est-à-dire au-delà de la Hyse, Le Vernet étendait jusqu'à la gare le début de son accroissement de petits pavillons.

C'était le début de l'été 1943. Les Allemands avaient envahi la zone libre en novembre 1942. Il faisait une chaleur de plomb et, déjà, de nombreux orages s'étaient abattus sur la région laissant pourfendus des arbres et tuant des chevaux dans leurs enclos de verdure.

— Alors, on était là avec Michel, son frère, Gauthier et le Clou. On attendait Florette sur les berges à l'ombre de la verdure. On était bien là. Je te dis pas comment. Et là, comme à notre habitude, qui est-ce qu'on voit ? Florette remontant le pont qui surmonte la Hyse, ses cheveux roux comme les rayons du soleil bien peignés avec un beau chignon. Je pouvais déjà apercevoir les mèches rebelles qui s'en échappaient et qui ondulaient au-dessus de son cou extraordinairement blanc. Elle ressemblait vraiment à une fille de la ville. Ça, c'étaient nos retrouvailles. Rien de particulier en soi. On est restés ensemble jusqu'en début de soirée. Elle était belle d'ailleurs, cette soirée. Y avait pas un pet de nuage, la lune commençait à illuminer le ciel avec tant de poésie que je me suis demandé si je devais pas demander à Florette d'être mon petit tournesol des champs. En rentrant, le soleil commençait à se coucher et j'ai proposé à Florette de la raccompagner. Comme tu le sais, Florette logeait sur la route qui mène à Grépiac et moi, un peu plus loin, chez Pépé. Je l'ai fait monter à l'arrière de ma bicyclette et on est parti ensemble. On traverse une partie de Venerque et on se retrouve sur la route de Venerque, celle qui mène au centre de Grépiac et qui longe l'Ariège. *Miladiu*… ![6] J'ai eu la frousse de ma vie. Un mec, grand, émacié, sort du bas-côté de la route, sans avertir. J'ai failli le percuter avec ma bicyclette. J'ai cru que c'était un revenant. Il portait un air hagard sur son visage… Ça veut dire un peu perdu… Je sais pas, tu vois… Un peu comme ça… La

[6] Mille dieux, en occitan

bicyclette s'est à moitié renversée sur le goudron et on a perdu notre équilibre. La petite valise de Florette s'est ouverte. *Bouducon*[7], j'te raconte pas la scène. Le bonhomme, il restait là, au milieu du chemin comme un fantôme errant. Quand je me suis tourné pour le voir un peu, j'ai tout de suite compris qu'il n'était pas d'ici. Il avait pas le même faciès que nous autres. Il ressemblait à un de ces Allemands qui venaient d'envahir notre belle région. Ça m'a fait froid dans le dos. Et il restait planté, là, devant nous. OH… Il n'était pas si vieux que ça, hein… Je lui aurais donné la trentaine. Il nous fixait et il bougeait pas. À mon avis, il savait qu'il était débusqué et que si nous le signalions aux gendarmes, il se ferait embarquer *illico*. Il cherchait plutôt à discuter avec nous.

À ce stade de son récit, Martial rembourrait sa pipe et éteignait la flammèche qui consumait l'allumette.

— J'ai cru que c'était un clochard, avait-il pouffé.

Il tirait deux, trois fois sur le bec faisant grésiller le tabac et déversait autour de nous une fumée âcre.

— Il est venu me tendre la main, tu te rends compte ? Pour faire cela, ça a dû lui demander du courage. J'ai hésité et je la lui ai serrée. En m'approchant, je me suis rendu compte qu'il sentait vraiment mauvais. Il devait pas s'être lavé depuis des jours. Tu veux savoir ce que j'ai ressenti à ce moment ? Eh ben j'ai ressenti de la pitié… Tu comprends bien que j'allais pas le dénoncer. Un pauvre mec comme lui… Je lui ai demandé ce qu'il faisait ici. Et, il m'a répondu avec un accent qui n'avait rien d'ariégeois ou de marseillais – j'ai cru à un Breton – il m'a dit qu'il n'était pas Allemand, mais Alsacien et qu'il cherchait depuis quelque temps à regagner l'Espagne. Depuis peu, il était sans papiers, il avait tout perdu et il était perdu, affamé, et

---

[7] Bon Dieu con, en occitan

assoiffé. S'il se faisait prendre sans pièce d'identité sur lui, il serait foutu. Je savais pas quoi faire pour ce pauvre type, le soleil tombait, peut-être même que la pluie s'annonçait parce qu'on pouvait sentir cette odeur typique de la pluie qui s'apprête à tomber… Florette était inquiète, alors j'ai décidé de faire ce qui me passait à cet instant dans la tête : je lui ai proposé de le cacher dans l'étable de Pépé… Avec Florette, on s'en est occupé quelques jours. Michel, Gauthier et le Clou nous ont aussi prêté main-forte. On n'a rien dit à personne sauf au père du Clou et à Pépé ou on se serait fait amener au poste de la Gendarmerie de mèche avec les Nazis à cette époque. Surtout depuis la signature de l'Armistice, il y avait beaucoup de passages d'Allemands même dans le coin. L'Alsacien nous a raconté son histoire. On l'a tous écouté avec des yeux gros comme ça. Il nous a parlé de l'invasion de la Belgique et de la France. Il nous a dit comment, selon lui, la Hollande avait inondé ses terres pour ralentir l'avancée allemande. On a passé des heures à côté de lui à écouter ses histoires. Tu comprends, à la radio, on entendait des choses… Mais pas comme celles-là. C'était authentique et pas trafiqué par le Régime de Vichy. Il nous a parlé de l'opération Dynamo à Dunkerque dont il était bien au courant, nous avait-il dit. Beaucoup d'hommes s'étaient fait tuer sur place ou s'étaient noyés lors de cette opération alors qu'ils tentaient de regagner les *destroyers* anglais. J'étais subjugué d'entendre une histoire pareille. Je t'assure. Sidéré. On savait que les Allemands s'en prenaient à la zone libre désormais. Mais on était insouciants, à mon avis.

Il avalait une nouvelle bouffée de fumée.

— Ouais… C'était la guerre, mon petit. La France était en guerre. L'Armistice… L'Armistice de quoi, hein ! De rien ! Alors, pour faire court, j'en ai eu marre. J'étais bon bricoleur et j'ai commencé à proposer mes services à des gars qui en avait besoin et qui... Ben... qui ne voulaient rien entendre des Allemands. Le père du Clou, qui était déçu par l'invasion de la Meuse, avait commencé à construire quelques-unes de ce *genre* de relations par-ci par-là. Et puis, quelques jours plus tard, au beau milieu de la nuit, son père, du Clou, il est venu nous attendre en bas du chemin Loupsaut avec sa voiture, et il a embarqué l'Alsacien avec lui, une couverture sur la tête. Tu comprends, mon petit. C'était dangereux. On était obligés de se cacher. Il paraît qu'ils allaient lui préparer de nouveaux papiers. Et puis, grâce au père du Clou, j'ai commencé à réparer divers objets, mais j'te dis pas les objets parfois : des voitures grandes comme ça. J'aidais la France. La vraie France, tu vois. J'étais fier de moi...

Je finissais toujours par m'endormir bercé par ces récits au pouvoir tellement nostalgique. J'avais l'impression de voir à travers les yeux de Martial, de voir ce que lui avait réellement vu. Martial me réveillait et m'ordonnait d'aller me brosser les dents. Je m'exécutai. Et à chaque fois, qu'une de ces histoires m'était racontée et que je me brossais ensuite les dents debout devant le miroir du lavabo, j'avais le sentiment de pouvoir être un soldat moi-même, de pouvoir me battre, d'être un homme fort, un vrai. Comme si j'avais toujours été fait pour ce type de métier. Alors quand il m'a offert cette paire de talkie-walkie, j'étais fier comme Artaban. Je pouvais jouer à la guerre. Je devenais un soldat ; je devenais un résistant.

Maintenant, mon père ne me racontait plus ces histoires. Mais elles m'avaient marqué et je m'en souvenais bien encore aujourd'hui. Et maintenant que j'y repensais...

Seul, dans la chambre plongée dans une mi-obscurité paisible qui était troublée de temps à autre par le bruit d'un pot d'échappement remontant de la rue au gris de la nuit, j'observais le talkie-walkie qui ne grésillait plus depuis la dernière fois. La voix que nous avions tous entendue résonnait encore dans mes oreilles et je me demandai ce que cette voix avait bien pu vouloir dire par « Dunkerque » et par « Dynamo ». La phrase prononcée dans son ensemble par l'homme mystérieux avait fait vibrer tout mon être. Mais, « Dunkerque » et « Dynamo » persistaient à tourner dans ma tête et ils persisteraient pendant encore quelques jours pour s'évanouir dans les parties les plus profondes de mon cerveau. Et maintenant que je repensais aux histoires de Martial seul à ressasser ma peine...

Et si les voix dans le talkie-walkie venaient de très loin... ? m'interrogeai-je.

Je réfléchis, mais l'idée me parut invraisemblable. Je chassai d'un geste tout ce qui me tournait dans la tête et m'assoupis.

Le talkie grésilla légèrement. Puis il s'éteignit pour le restant de la nuit.

3
« Ferme-là ! »

Puni pour une semaine, je passai tout un dimanche enfermé à la maison avec mes parents. Ma mère était dans le salon en train de se vernir les ongles, une revue posée sur la table devant elle. Et mon père était dans le sous-sol occupé à bricoler.

Pour changer...

Pour ma part, j'avais besoin de retrouver mes amis. Nous avions reparlé des phénomènes étranges à l'école, mais nous ne pouvions pas nous rassembler le soir pour écouter ensemble leurs manifestations. Et je ne pouvais pas non plus ramener mon énorme talkie à l'école. Ma mère venait me chercher à la sortie des classes (après ma corvée de nettoyage) et j'étais assigné à domicile pour le restant de la soirée. J'avais le sentiment que les adultes, enserrés dans une sorte d'étau d'une morne quotidienneté, ne semblaient pas comprendre combien il est important pour un enfant de pouvoir toucher aux mystères de la vie, s'intéresser à toutes curiosités et à toutes merveilles qui se présentent à eux.

Dimanche, à midi pétante, nous étions à table devant notre assiette de petits pois. Je regardais ma tranche de veau trop cuite sans l'intention de l'enfourner dans ma bouche. J'étais trop préoccupé par le talkie-walkie et cette histoire avec Pons qui m'avait fait passer pour un idiot aux yeux de mes parents, en particulier ceux de mon père. La correction avait été injuste. Je reconnaissais mes actes pour le cahier des sobriquets, mais je n'avais pas démarré la dispute avec Gilles. Je n'étais pas un lâche.

La correction, que Martial m'avait infligée, avait provoqué des tensions au sein du foyer. Ma mère avait dû discuter avec lui, car il avait perdu cette méchante manie de m'ignorer en rentrant du garage. Il restait quand même froid. Il avait accordé sa foi aux Pons et j'avais l'oreille basse. Déjà qu'à la maison, c'était plutôt la marche paternelle à suivre… Pour le coup, il avait désormais encore plus de mal à me laisser de la liberté.

Martial était dur à la maison. J'avais, selon lui, commis un écart de conduite, qu'il « réparerait » comme il réparait ses bécanes. Il allait tout remettre en bon état comme quand il règle les phares et le radiateur d'une Simca Vedette, qu'il mesure le niveau de l'huile moteur d'une Samson Randonnée, qu'il contrôle le freinage des roues d'une sublime Delahaye 135, et qu'il vérifie consciencieusement le pivot de fusée et le pédalier d'une Citroën 2 CV.

Mais là, je suis bon pour la casse…

Il était là, assis en face de moi, en train de couper des tranches de pain pour tout le monde avec son opinel aiguisé.

C'était lui qui coupait le pain. Tout le temps.

Il le calait sous son bras et il le faisait tourner pour couper des tranches.

Martial était bel et bien le maître de table. Et d'ailleurs, comme dans le reste de la maison, c'était le maître du salon, de la radio, du sous-sol, de la salle de bain, des *Waters*, des chambres (de leur rangement et de la disposition des meubles), bref il déterminait, fixait, tranchait les règles selon son propre jugement. Il n'y avait qu'un endroit auquel il ne touchait pas, c'était la cuisine. Et à part ses bouteilles de pinard, rangées au fond d'un placard, et son matériel de pêche caché tout en haut de ce même placard, il connaissait très peu l'emplacement des condiments et des assiettes en porcelaine.

En même temps, j'avais le sentiment de le comprendre, de sympathiser avec lui. Je me disais qu'être père de famille était une tâche à responsabilités. Avoir le profil d'un chef devait certainement demander des efforts et des sacrifices. Alors je me résignais très vite. Une fois qu'il m'avait collé une claque, je me taisais. Et le jour d'après, tout ce que je cherchais à recevoir de lui, c'était son pardon. Et pour acquérir son pardon, tout ce que j'avais à faire c'était me taire.

Pourquoi ?

Parce que j'avais besoin d'être dans ses rangs. J'avais besoin qu'il m'accepte près de lui. J'avais besoin de l'admirer. Il y avait quelque chose de viril et de charismatique chez Martial qui forçait mon admiration de gosse. Il faut dire que dans mon entourage, personne ne dégageait cette même force de caractère. À part Pépé de Grépiac... Mais, lui, je l'admirais parce que c'était un vrai paysan, un dur à cuir, un peu comme moi. Lui, c'était les champs et la *béchigue*[8].

Martial était beau, musclé, éloquent et affublé d'un côté ingénieux qui le rendait utile à chaque instant. Il avait un profil un peu « passe-partout ». Il aurait très bien pu être un magistrat, un banquier ou un poissonnier. Ça n'aurait choqué personne. Dans tous les cas, c'était un battant, un chef, le genre de mec qui réussit dans la vie. Et ça me plaisait.

Mais là, j'étais bon pour la casse...

---

[8] Ballon de rugby, en occitan

Pendant le déjeuner d'aujourd'hui, l'ambiance était terne. Très lourde. Mon père n'avait pas apprécié ce que j'avais fait à l'école, et peut-être aux Pons, même si au fond de lui, il se fichait royalement de ces gens-là. Il ne daignait me jeter un seul regard. Et ça me faisait mal. Il le savait.

Ma mère mit un terme à cette atmosphère… pitoyable. Elle racla sa gorge. Martial leva les yeux vers elle. Elle lui fit un signe de la tête comme pour dire « Allez, un peu de bonne volonté ».

Martial posa les mains, occupées par la fourchette et le couteau, de chaque côté de son assiette.

Il souffla et fit rouler ses yeux vers le plafond.

— Amarante, quand tu auras fini ton assiette, on fait une partie de Dames, me lança-t-il.

Je sentis une chaleur monter dans mon ventre. Elle envahit tout mon corps et j'eus du mal à réprimer un sourire de soulagement.

Ma mère m'envoya un rictus qui exprimait son contentement.

Notre réconciliation tacite dissipa l'atmosphère pourrie dans la pièce.

J'avalais mes petits pois, ma tranche de veau sèche, et je buvais un grand verre d'eau pour faire passer tout ça.

Après le repas, mon père se vautra dans son fauteuil en cuir et alluma une cigarette. La partie de Dames se déroula en silence. Comme toujours, comme j'aimais. Je gagnai la partie. J'eus l'impression que Martial avait volontairement perdu pour me laisser gagner. Pour me faire plaisir, quoi.

— La prochaine fois, dit-il, je prends ma revanche.

Il se leva. Le cuir craqua. Et comme s'il s'était assis sur un tas de poussière, il épousseta son derrière.

— Florette, jeta-t-il vers la cuisine, je vais en bas. Porte-moi une limonade avec une tranche de citron, je te prie, tu seras gentille.

Dès la minute qui suivit la fin de notre partie, le temps défila avec mollesse. L'horloge sur pieds n'affichait que 13 h 30.

Je regagnai ma chambre et m'affalai sur le lit.

Je tuai le temps en jetant un ballon de foot au-dessus de ma tête.

Je jetai un coup d'œil au talkie.

Ce matin, le talkie-walkie crachait une longue et lente expiration à peine audible. Je l'avais pourtant laissé éteint. On n'entendait plus ces espèces de mouches qui tournoyaient au-dessus du micro, mais il soufflait sans s'arrêter transportant avec lui des petits bruits parasites qui étaient, me semblait-il, prêts à se déchaîner.

Toute la semaine, on s'était demandé mes copains et moi, comment un tel phénomène pouvait subvenir. On s'était même demandé si ce n'était pas encore un mauvais coup de Gilles. Mais j'avais besoin de les retrouver, d'apporter mon talkie et d'examiner ce mystère avec eux pour en être certain. Et puis, s'il s'agissait bien d'une mauvaise blague de Gilles Pons, je m'arrangerais pour lui faire payer ce qu'il nous a fait…

Je me levai du lit pour tenter ma chance.

Ma mère était là, devant la fenêtre entrouverte. Elle reprisait une de ses robes. Elle pinçait ses lèvres roses, concentrée sur une tâche qui lui demandait une habileté particulière. Avec ses doigts fins – des doigts de fée –, elle piquait l'aiguille dans le tissu satiné, la poussait de son pouce blanc et la faisait ressortir de l'autre côté.

Tout cela, tout doucement. Très doucement.

Son corps baignait dans la lumière radieuse du soleil qui lui conférait un aspect angélique. Elle était belle avec ses cheveux de rouquine qui brûlaient dans les rayons dorés. Au-dessus d'elle, des particules de poussière flottaient doucement.

Doucement, elles aussi. Dans un surplace paisible.

Le halo de lumière dans son dos voilait son visage d'un clair-obscur délicat. Sur une partie de son visage, le clair présentait des nuances de couleurs tendres gentiment peintes par touches sur des traits harmonieux, comme le rose opale de ses lèvres, le jaune ocre sur ses paupières blanc porcelaine et le vert de cobalt de ses yeux. L'obscur avalait, en revanche, les teintes lumineuses sur l'autre versant de son visage et les faisait ressortir plus noires, plus sombres, plus mélancoliques.

Sa silhouette apparaissait comme dans un tableau de Caravaggio.

Trop mise en retrait, trop mise en avant...

Florette était comme ça : une femme à la beauté renversante, mais une femme teintée d'une pointe de tristesse. Son visage était perdu dans le vague de pensées mystérieuses. Et il y avait quelque chose qui ne correspondait pas avec le cadre qui l'entourait. Elle était assise sur le fauteuil en cuir marron de Martial dans cette ambiance terne. Mais je l'aurais plutôt vue dans le tableau impressionniste de Monet, *Camille Monet et un enfant au jardin*. Une peinture aux teintes lumineuses lui convenait mieux. Et d'ailleurs, sa beauté ressortait encore plus lorsqu'elle était dehors sous le soleil. Parfois, je me demandais si ma mère ne servait qu'à cela : être seulement belle dans la lumière qui se brisait sur la fenêtre du salon...

Quand elle sentit ma présence dans le salon, elle releva un regard interrogateur.

— Qu'y a-t-il Amarante ? demanda-t-elle lisant l'ennui sur mon visage.

— Je m'ennuie…

Elle m'adressa un sourire plein de compassion.

— Tu le sais bien : une semaine de punition, c'est une semaine de punition…

Je soufflai. Elle ajouta, compréhensive :

— Pourquoi n'irais-tu pas demander à Papa un laissez-passer pour aujourd'hui ? Pour une heure, par exemple ?

— D'accord…

J'ouvris la porte de la cave au fond du couloir.

Ma mère se pencha dans le fauteuil.

— Et donne-lui un autre verre. Il a sali le sien.

Je me dirigeai dans la cuisine.

Sur la pointe des pieds, j'attrapai un nouveau verre dans le placard. La limonade était posée sur un petit buffet d'appoint. Je versai le liquide dans le verre.

Sur le buffet, ma mère et mon père posaient des tas de choses. C'était un peu le fourre-tout avant qu'elles ne soient rangées ailleurs, dans des dossiers ou des étagères. Il y avait trois Dépêches de Toulouse, une assiette avec des perles pour la couture, des sortes de tracts, les cahiers de recettes et dépenses de mon père, des magazines de recettes de ma mère, des pense-bêtes, de vieux devis du garage et des reçus de magasins en tous genres. Dans tout ce fouillis de vieille paperasse, j'aperçus la lettre du directeur.

Je la parcourus rapidement.

C'était un avertissement d'expulsion…

Je n'en croyais pas mes yeux.

Je lisais…

« *La présente lettre a pour but de vous aviser que votre fils Amarante La Farge a reçu des sanctions à la suite de son comportement inapproprié au sein de notre établissement scolaire. Il a été décidé avec le Conseil des instituteurs, qu'Amarante serait retenu après tous les cours (par roulement avec les camarades impliqués) afin de nettoyer la classe, et ce, jusqu'à la fin de l'année scolaire.*

Amarante a fait preuve d'impertinence en falsifiant l'identité de tout le personnel de l'école dans le but de se moquer des adultes auxquels il est censé porter un respect que la famille et l'institution scolaire s'exercent à lui enseigner. Il a, avec ses camarades de classe, dessiné des graffitis grossiers, allant jusqu'à dépeindre des images de "mauvais goût" qu'aucun adulte ne devrait jamais enseigner à un enfant.

Il semblerait, en outre, qu'Amarante ait des difficultés à appréhender son entourage et exprime son mécontentement dans des altercations médiocres qu'il orchestre lui-même, jusqu'à en arriver aux poings.

Si ces faits se réitèrent, nous nous verrons, le conseil de classe et moi-même, directeur de l'école Marcel Langer, dans l'obligation d'expulser de façon immédiate et définitive Amarante et ses camarades de notre institution scolaire.

Les décisions du Conseil sont irrémédiables et indiscutables.

En tant que Directeur exerçant dans cette école, je combattrai pour la défense du respect que vous, parents d'enfant, sachez, sans l'ombre d'un doute, inculquer. Je tiens à ramener le calme dans notre établissement que nos enseignants s'évertuent à conserver chaque heure, chaque minute de la journée et de l'année. Je vous prie de ne pas omettre les vertus professées par l'enseignant, fonctionnaire du gouvernement..., que seule l'autorité sans faille de notre système et de nos voix pourra transmettre aux enfants.

Veuillez agréer, Madame, Monsieur, mes plus respectueuses salutations.

Jacme Pouilh, Directeur de l'établissement primaire Marcel Langer »

Dans le bureau, Pouilh n'avait pas été si dur qu'il paraissait. Je trouvais la lettre plus acerbe, plus dure. Elle correspondait moins au profil de Pouilh, le bon vivant. Je sentais encore une fois un décalage entre le Pouilh qui nous avait fait rentrer dans son bureau et le Pouilh qui avait écrit cet avertissement. Est-ce qu'il avait écrit la lettre lui-même ?

Je rangeai avec soin la lettre et la reposai sous le tas de paperasse où je l'avais trouvée.

À la cave, mon père bricolait.

Quand il n'était pas à la rue Mistral, dans son garage, il restait cloîtré dans sa petite cave de 25 mètres carrés bricolant sur des vélos, des mobylettes, des moteurs et toutes sortes de pièces détachées qu'il ramenait de son entreprise.

Aujourd'hui, il était sur une motocyclette 175 cm cube de type Z2C. Une belle bécane.

Il fronçait un peu le sourcil.

Méfiant, j'hésitai à m'approcher. Qui sait ce qu'il avait en tête ? Il ne se confiait jamais.

Je déposai sa limonade sur l'établi débordant d'outils huileux.

— Passe-moi la clé, me dit-il les yeux rivés sur son travail.

Du doigt et sans lever les yeux, il pointa la clé plate 13.

Je m'exécutai.

— Qu'est-ce qu'il t'arrive, Amarante ?

— Ben, heu…

— Tu veux aller voir tes petits copains ? me coupa-t-il.

Je hochai timidement du chef. Il se redressa.

— Bon, c'est bon pour cette fois-ci, mais que je t'y reprenne plus à faire le malin à l'école. Allez, va voir tes amis et je veux te voir revenir avant 17 h. Tu m'as compris ?

— Oui, oui.

Les tensions s'étaient « apaisées » entre nous et je pouvais m'autoriser à m'adresser à lui sans trop d'hésitations. Je me demandais donc s'il ne pouvait pas jeter un coup d'œil sur le talkie-walkie. Je connaissais déjà sa réponse, mais je tentai quand même.

Je repartis dans ma chambre. L'appareil était éteint. Pas un bourdonnement n'émanait de lui. Cet appareil faisait des siennes quand bon lui semblait : ce matin, je pouvais encore entendre ces grésillements effrayants et cet après-midi, il n'émettait plus aucun son… Forcément…

Je le ramenai de ce pas à mon père.

— Tu l'as cassé ? me dit-il d'un air outré.

— Non, c'est pas ça du tout. C'est que… Mes copains et moi on a entendu des grésillements bizarres. Quelque chose de louche pour un talkie. Et puis… Y a ces voix qui nous ont fichu une trouille pas possible…

— Des voix ? s'exclama-t-il très étonné au point de ne pas pouvoir réprimer un rire. Mais ça, Amarante, des voix, c'est ce que tu entends dans ce genre d'appareil.

Il arracha l'objet de mes mains.

— Ou peut-être que ce sont des interférences, qui sait.

Il l'examina, le démonta pour le bidouiller un peu, puis le remonta. J'espérais tout ce temps qu'il se mette en marche tout seul et crache des mots comme il l'avait fait plusieurs jours auparavant. Martial porta son oreille aux écouteurs, mais, bien sûr, rien ne se produisit.

Forcément...

Martial secoua la tête. Il ne me croyait pas. C'était prévisible…

— Ça doit être un petit problème de rien du tout. C'est rien, Amarante. Allez, va… Va jouer avec tes copains…

Il coupa court à notre échange. Quand il avait décidé qu'il n'était plus nécessaire de discuter, il devenait sourd aux sollicitations de ses interlocuteurs. Je repartis donc avec mon talkie-walkie en restant sur ma faim. Devais-je lui parler de ces phrases étranges avec Dunkerque et Dynamo à l'intérieur ? Il m'aurait certainement dit que des gamins s'amusaient à la guerre avec Pons et que c'était ce que j'avais entendu.

J'abandonnai.

Avant de sortir, je me retournai une dernière fois :

— Martial ?

— Hmm ?

— À l'école, les surnoms, c'était bien nous. Pons y compris. Mais je ne l'ai jamais provoqué de moi-même. Tout ça, c'est sa faute.

« Ah bon ? » exprima une moue sur son visage. Il me fit un signe de la main m'exhortant de sortir.

Un quart d'heure après, on se retrouvait tous dans le salon de Bastien. Ses parents étaient de sortie.

Ce n'était pas le meilleur choix, car son salon était vieux et sombre, tapissé de tapisseries couleur brou de noix aux motifs lourds pour les yeux. Les persiennes étaient souvent fermées, car ses parents ne supportaient pas la chaleur des rayons du soleil qui tapait sur le mur tourné plein sud. Le plafond était haut et il donnait le tournis. Un lustre poussiéreux pendait de ce plafond. Une horloge sur pied mitée faisait résonner son tic-tac lent à travers la pièce et chaque fois qu'elle appelait une nouvelle heure, sa sonnerie semblait marquer minuit. Il n'était que 13 h de l'après-midi, et pourtant, on avait le sentiment que le minuit d'un hiver glacial venait de sonner. Sur les buffets, sur les étagères de livres, sur la longue table du salon, sur la petite table basse et même au-dessus de la cheminée, il y avait de vieilles photographies sur lesquelles des personnes au visage fermé posaient. J'étais toujours effrayé de voir ces photographies et je n'osais jamais les regarder.

Pierre n'était pas là. J'étais au moins satisfait de cela…

On décida de démonter à nouveau l'appareil nous-mêmes afin d'en examiner le contenu. Détachées de la boîte, des cartes dorées remplies de circuits s'offrirent à nos yeux. C'était un banal appareil électronique – un peu âgé – tout ce qu'il y avait de plus normal. Dennis et Bastien parurent soulagés de savoir qu'il n'y avait aucune force obscure dans cette boîte.

Remonté, on le reposa avec précaution au milieu du cercle que nous formions sur le tapis poussiéreux du salon.

— Et si c'étaient des interférences ? dit Jules.

— Elles ne sont pas un peu étranges tes interférences ? lui rétorqua Bastien.

— Ça se pourrait bien. Ça arrive.

— Arrêtez les gars, soufflai-je, c'est exactement ce que Martial m'a dit. Vous voulez pas y croire un peu vous aussi ?

Le talkie se remit à grésiller et à cracher. Et voilà, forcément… Il ne pouvait pas cracher devant Martial, cet objet détraqué…

On assistait comme des spectateurs curieux à son spectacle, tout en restant quand même sur nos gardes.

Le talkie crachait doucement comme ce matin. On entendait des espèces de signaux sonores étranges, certains continus, d'autres discontinus. Au fond, un autre signal continu prit place. Il était très aigu, mais son intensité était basse. Et puis, petit à petit, elle se mit à changer allant crescendo. Et brusquement, elle s'éleva sans nous avertir. Le signal partit dans différents aigus, puis dans les graves à la manière d'un concert de fréquences irréel. Pourquoi maintenant ?

Bastien hoqueta. Dennis, terrifié, se leva et alla s'accrocher à la poignée de la porte du salon, prêt à sortir.

— C'est même pas la peine ! s'écria ce dernier.

— Attendez les gars, calmez-vous ! C'est rien peut-être, on sait pas, fit Jules pour tenter de les raisonner.

— Les gars, Jules a raison… ! dis-je.

Robin se leva à son tour et donna, comme je l'avais fait dans ma chambre, un coup de pied sur le bloc en plein délire. Il percuta un meuble, sur lequel était posé un tourne-disque, et reposa sur son poussoir. La tête de lecture s'affaissa sous le choc et se mit à grincer sur le plateau déjà muni d'un disque. « Tout fout l'camp » chanté par Damia envahit la pièce, mordant nos oreilles, nous effrayant comme un monstre aurait effrayé un enfant au fond de son lit. Dans un accompagnement de crachats et de crépitements terribles qui fusaient de l'appareil, elle chantait son pessimisme, elle chantait sa condamnation, elle chantait à la damnation de l'homme… Et nous, seuls, dans le grand salon obscur de notre ami, nous étions effrayés…

Jules se jeta sur le tourne-disque, releva la tête de lecture et saisit le talkie qui continuait à faire des siennes.

— Arrêtez tous maintenant, ça suffit, nous dit-il avec sévérité.

Mais il fronça les sourcils. Les traits de ce garçon confiant changèrent d'allure. Je n'étais plus très rassuré tout à coup de voir cette surprise peinte sur son visage.

— Qu'est-ce qu'il y a, Jules ? l'interrogeai-je avec crainte.

Il approcha l'objet de son visage et appuya sur le poussoir.

— Allô ?… Allô… ? Allô ? fit-il. Y a quelqu'un au bout du fil ?

Bastien essaya d'arracher l'appareil de ses mains. Je me levai pour en faire autant.

— Qu'est-ce que tu fous ? Tu veux nous faire avoir un arrêt cardiaque ou quoi ? le querella-t-il.

Jules lui fit signe de se taire. Bastien se figea.

— Allô ? Vous essayez de nous parler là ? tenta encore une fois Jules.

Il décolla doucement les écouteurs de ses grandes oreilles.

— Quoi ? demanda Bastien qui n'arrivait plus à cacher son effroi.

— Vous n'entendez pas ?

— Entendre quoi, Jules ? Entendre quoi ? fit Robin mi-excité mi-affolé.

Il porta à nouveau le bloc à son oreille. Bastien eut un mouvement de recul.

« **FERME-là !** »**,** hurla une voix de l'autre côté.

L'appareil dégringola des mains du garçon tandis qu'il poussait un cri de terreur. Dennis s'enfuit par la porte du salon, nous laissant tous les quatre face à notre effarement.

— OK, OK, les gars, c'était quoi ça ?

— C'était Pons ?

— Non, c'était pas Pons. C'était pas Pons. J'en suis sûr, répondit Jules le souffle coupé.

La tempête de grésillements se calma peu à peu pour laisser place à un vide qui nous agita autant que le tohu-bohu expulsant et toussant ses crachats.

— Qu'est-ce que c'était que ça ? dit finalement Robin qui avait, lui aussi, perdu ses traits sémillants.

Je rentrai à la maison, la tête envahie par des questions et des doutes. Notre entrevue trop courte ne nous avait pas laissé le temps d'en apprendre plus. Il était 17 h et j'avais été obligé de rentrer sous peine de me faire sermonner durement par Martial.

Je m'assis sur mon lit, le talkie dans les mains.

Mais qu'est-ce qu'il se passe bon sang, me dis-je.

Ce bloc de circuits semblait nous « parler », nous « appeler »… J'étais attiré par ces phénomènes inexplicables. J'avais envie de connaître la vérité. Et si ce monde renfermait ce genre de manifestations surnaturelles et que nous ne faisions que les ignorer ? Mais j'étais effrayé. J'étais effrayé d'attraper l'appareil et d'entendre une voix fantomatique qui m'aurait empêché de dormir pendant des semaines. Et par-dessus tout, j'étais effrayé d'entendre une vérité trop dure à entendre.

Ma curiosité fut cependant plus forte que ma peur.

J'appuyai sur le poussoir d'un geste craintif :

— M'entendez-vous ? Allô ? Y a-t-il quelqu'un derrière ? Monsieur, êtes-vous là ?

L'appareil s'était remis à graillonner. Mis à part ce bruit parasite, aucune voix ne s'éleva dans les écouteurs.

Je préférais l'éteindre.

Je descendis dans la cave sombre de Martial et je lui confiai l'appareil en lui demandant de s'en débarrasser. Il m'observa très surpris et le posa sur son établi sans mot dire.

Il valait mieux arrêter nos petites expériences avant que la vérité ne surgisse au grand jour et que tout ne dérape…

1940
Quand raison et foi ont quitté le soldat

Nous sommes maîtres de la terre
Nous nous croyons des presque Dieu
Et pan ! Le nez dans la poussière
qu'est-ce que nous sommes : Des pouilleux.

Édith Piaf, reprise par Damia, *Tout fout l'camp*

1
Le début de la descente

Le chant des criquets montait au-dessus des herbes folles, rompant le silence sinistre des champs devenus des terres de la tourmente. Deniel releva le front de la poussière. La respiration du garçon était régulière. Très vite, Deniel se demanda s'il avait été touché. Et par miracle, son existence avait été épargnée par les balles des *Stukas*. Deniel attrapa sa béquille qu'il avait posée sur le sol lorsqu'il s'était assis plus tôt près de l'enfant.

— Lève-toi, dit-il au garçon.

Le garçon tremblait sous le coup de la peur.

Soudain, un cri étouffé s'éleva dans l'air. Le garçon tressaillit. Deniel se raidit d'effroi.

— Aidez-moi, je suis bloquée, reprit la voix.

Elle provenait du bas du camion. Une ombre essayait de se dégager de l'emprise des corps gisant à terre. C'était Sœur Clothilde.

Deniel et le garçon l'aidèrent à se dégager des corps immobiles. Elle était envahie par la panique et eut du mal à retrouver ses esprits. Deniel la calma en lui apprenant qu'elle n'était pas seule. Elle essuya machinalement ses mains souillées de sang sur ses vêtements comme lorsqu'elle essuyait ses mains sur son tablier et sécha ses larmes de la paume de sa main.

Ils se tournèrent tous vers un paysage désolant et effroyable. Sœur Clothilde s'empressa de recouvrir le visage du garçon de sa main afin de lui épargner plus de souffrance morale. Le long de la route de campagne, des cadavres baignaient dans des flaques de sang. Du bas des véhicules et des charrettes, des bras et des mains dépassaient et demeuraient inertes dans le peu de rayons de soleil, désormais recouvert par de tristes nuages. Le sang vermillon, large, filait loin autour de ces malheureux corps sans âme.

Deniel alla vérifier. Il le fallait bien. Le spectacle était insoutenable. Il les appela.

— Hé ! Y a-t-il des survivants ?

Pour toute réponse, il entendit un corbeau croasser à travers les épaisses frondaisons des chênes. Antonin, ses petits-fils, Fred, Richard et les autres… Tous étaient morts…

Deniel était désemparé par la situation qui ne lui offrait pas une perspective plus large que *cette vie* ou *cette mort*. Il se sentait aussi abattu. Abattu par une fatigue morale, c'est vrai. Mais il lui semblait aussi avoir été abattu à Calais alors qu'il se faisait tirer dessus par les Allemands. Il marchait sur le chemin de l'existence, droit, lui semblait-il, pour tout à coup se retrouver courbé par le poids d'une chose qui ne devrait pas exister et qui, pourtant, avait marqué son esprit au fer rouge et avait teinté son âme de la conscience du mal en lui. Cette prise de conscience que le mal pouvait résider en chacun et que, éveillé par l'égarement de l'esprit parmi une foule d'hommes confuse elle-même dans un champ de bataille, il pouvait affliger un homme de foi, était inconcevable pour Deniel. Du moins, jusqu'à présent…

— Partons, partons, vite, implora le garçon livide. S'il te plaît, prends un autre chemin.

Deniel hocha de la tête. Pas une seule expression ne venait perturber son visage. Il ressemblait à un masque.

— La voiture de Papa est celle avec le matelas sur le toit. Le Prêtre a dit qu'elle pouvait marcher encore tout à l'heure. (Puis, à voix basse comme si quelqu'un pouvait encore les entendre) Je pense qu'ils avaient l'intention d'en faire usage.

Deniel se dirigea vers la voiture. Là encore, les *Stukas* n'avaient épargné personne. Des nappes de sang flottaient par-dessus le cuir des sièges, côté conducteur, côté passager et sur une place à l'arrière du véhicule. Il y avait plus de sang du côté conducteur que du côté passager. L'indicateur de vitesse était aspergé de ce même liquide. Sur le volant, des gouttes, désormais sèches, formaient une colonie d'auréoles comme si un stylo-plume était tombé et avait éclaboussé une feuille de petits cercles épars. La mère, assise sur le siège passager, avait dû recevoir une balle perdue et fatale. À en juger par les trous dans le matelas et la direction des gouttes de sang, les avions étaient arrivés par l'arrière mitraillant d'abord les banquettes où était assise la sœur du garçon, puis le père. Le siège conducteur était criblé de trous profonds et effrayants. Le fils était réellement un miraculé. Et à cette idée, Deniel ne put s'empêcher de frémir. Il vérifia le moteur sous le capot et cette partie-là de la voiture ne semblait pas avoir été touchée.

Il attrapa une couverture dans le coffre de la voiture et enveloppa l'enfant. Il lui demanda de ne pas regarder la partie gauche de la banquette, mais c'est ce que celui-ci fit et il se mit à pleurer à la vue du siège percé et taché. Deniel s'accroupit devant lui et tenta de trouver les bons mots qui ne venaient pas. Il était trop confus lui-même et il ne savait pas parler aux enfants. Il essaya de plonger ses yeux dans ceux de l'enfant, et ainsi fait, il éteindrait ses angoisses. En dépit de tous ses efforts, il ne parvint pas non plus à soutenir son regard dans le sien. Comme les mots ne lui venaient pas, Sœur Clothilde parla à sa place :

— Je suis là, mon grand… On va surmonter ça ensemble. D'accord ?

Le gamin secoua la tête en signe d'approbation, le visage blême.

Sœur Clothilde lui sourit, sensible à sa douleur et lui caressant les cheveux dans une attitude maternelle.

Tous deux montèrent à l'arrière du véhicule. Avant de monter à son tour, Deniel chercha un tissu afin d'éponger le sang sur le siège avant. Il y en avait un sous le siège du véhicule. Il était écœuré, mais il fallait bien nettoyer. Personne d'autre ne l'aurait fait à sa place.

Quand il fut fin prêt, il cala la béquille sur le siège passager, s'assit au volant de l'automobile et la mit en marche. Elle toussa plusieurs fois et s'alluma. La jauge d'essence indiquait que le réservoir était encore pratiquement plein.

Une aubaine…

Il leva les yeux vers le ciel et se signa de la croix. Il lui sembla qu'il n'avait pas fait ce geste depuis très longtemps comme s'il ne lui avait pas été nécessaire ou qu'il n'avait pas eu le temps de l'employer. Sœur Clothilde se signa aussi. Deniel regarda le ciel par-delà le pare-brise et pria également pour qu'aucun autre *Stuka* ne revienne les attaquer. Il se fit en même temps la réflexion que si les *Stukas* chassaient les gens sur les routes ainsi, il ne faisait aucun doute que les blindés allemands étaient juste derrière eux. Il fallait déguerpir avant que d'autres avions ne les interceptent.

Il appuya sur l'accélérateur. Sa jambe et ses côtes continuaient à vibrer de douleur. La voiture commença à rouler et puis Deniel se souvint de quelque chose. Il appuya brusquement sur la pédale et stoppa net le véhicule.

— Attendez j'ai oublié quelque chose, dit-il au garçon et à la nonne qui crurent que d'autres avions étaient revenus.

Il attrapa sa béquille et sortit dehors. Il se dirigea vers le camion et ouvrit la porte avant. Il chercha et ne trouva rien ici. Il fit claquer la porte et alla fouiller dans la remorque, évitant les mares rouges que le chemin de terre commençait déjà à absorber. Là, sous une pile de couvertures, il mit la main sur ce qu'il cherchait : les *handie-talkie*. Il s'était dit que s'il arrivait à les réparer ou à les faire réparer, ils pourraient être très utiles à l'avenir. Il se préparait déjà à la suite des évènements.

Il revint à la voiture, chargé de ces appareils de deux kilos chacun et les posa au sol près de sa béquille.

Deniel, Sœur Clothilde et le jeune garçon traversèrent la campagne silencieuse en cette après-midi chargée de tristesse. Ils passèrent près de Rouen traversée par la Seine et abritant Notre-Dame de Rouen. Ils ne pouvaient pas savoir à ce moment-là que cet édifice religieux subirait des dégâts à cause à la guerre. Pendant des heures, ils longèrent des champs au jaune terne, des petits bois sans une lueur de soleil pour les percer et des petits hameaux sinistres.

Deniel jeta un coup d'œil dans le rétroviseur et aperçut le visage rond de la nonne penchée sur l'enfant. Il la trouva plutôt gracieuse ainsi. La route était vraiment longue et ennuyeuse, et il engagea une conversation pour tuer le temps.

— Alors, vous êtes devenue nonne par amour pour Notre Seigneur ?

Elle leva ses yeux bleus vers le miroir.

— Non, c'est le hasard qui m'a amenée à me consacrer aux prières et à l'amour pour notre religion.

— Et… Vous n'avez jamais songé à abandonner cette vie faite de prières pour une vie plus ordinaire ?

— Mes parents sont morts jeunes et ma grand-mère avait des difficultés à m'élever, certainement à cause de son manque d'instruction. Je me suis sentie beaucoup mieux chez les Sœurs. Elles m'ont appris à aimer les Hommes à travers les Paroles de Dieu. Vous voulez savoir… ? Une fois rentré dans ce monde plein d'Amour, il est difficile de retourner dans un monde plus ordinaire rempli de caprices du corps et de l'esprit.

Deniel observa ses traits dans le rétroviseur. Elle l'observait en retour. Il poursuivit :

— Dans ma famille, on est très croyants aussi. Mes sœurs et moi-même, on allait à l'église tous les dimanches.

Il esquissa un sourire que le rétroviseur renvoya à la nonne. Celle-ci pinça ses lèvres et détourna les yeux.

Deniel eut tout à coup un léger vertige qui l'obligea à clore la conversation. Il reposa ses yeux sur la route. Sa tête se mit à tourner et les hallucinations étaient en train de reprendre vie. Il crut alors voir une forme aux traits féminins très avenants au bord de la route. Son cerveau recommençait à le tromper. Il était devenu indéniable qu'il perdait la tête. Il frotta ses yeux ensommeillés.

Au bout d'une centaine de kilomètres et pratiquement aux portes de Caen, ils furent contraints de faire halte à une pompe à essence. Ici aussi, il se sentit épié par des femmes dissimulées dans des recoins de la station et des angles des maisons. Deniel paya le pompiste avec l'argent de la mère du garçon, qui avait été abandonné au pied du siège avant. Il n'avait pas d'autre choix, car lui-même était sans un sou. Avant de repartir, Deniel remarqua que le gamin était livide comme un drap blanc. La sœur était penchée sur lui.

— Qu'est-ce qu'il a ? demanda Deniel à Sœur Clothilde.

— Il est un peu malade, lui répondit-elle sans lever les yeux.

— Ah…

Deniel, lui non plus, ne se sentait pas très bien… dans sa tête… Son cerveau était en train de bouillir de confusion telle une folle machine à vapeur en panne qu'on n'aurait pas réussi à stopper.

Ils poursuivirent leur chemin en pensant que plus ils iraient bas, plus ils échapperaient aux prises de la guerre, mais ils se trompaient. La guerre était en train de les rattraper et ils ignoraient ce fait. Ils ne faisaient que des suppositions après ce qu'ils avaient vu dans les champs. Deniel, la sœur et l'enfant tombaient dans un nouveau piège, un nouveau gouffre où le désespoir enveloppait les hommes et où l'espoir ne serait qu'un maigre filet de lumière à peine visible par eux.

La jambe de Deniel l'ennuyait de sa sourde douleur. Mais l'homme se taisait. Il demeurait silencieux encaissant le mal plutôt que de le divulguer à tout le monde. Il s'efforça de penser à autre chose. Cela aussi devenait une action progressivement dure à accomplir. Aux images du siège de Calais s'ajoutaient les meurtres des soldats allemands devant la grande porte de l'hospice et le massacre des gens de l'exode sur les routes de campagne.

Il essaya de se concentrer sur la route. Elle était vide de tout passage.

Tout à coup, il aperçut *ces* silhouettes féminines en bord de route. Il lui sembla qu'elles l'appelaient. Un frisson parcourut son échine. Il agrippa fermement le volant de ses deux mains et tenta de conserver un visage aussi placide qu'un masque. Un panneau indiquant « Fougères 5 km » émergea de l'horizon campagnard. En fond, une belle Cité médiévale se dressait dans le ciel de l'après-midi chaud et nuageux qui tombait sous un rideau de rose et d'orange crépusculaires. Orange comme le feu…

Encore cette foutue pensée, se dit-il.

Il imagina les guerres dont les vieux remparts et les tours étaient imprégnés, et il ne put s'empêcher de penser que, désormais, la vieille Citadelle de Calais était marquée par une nouvelle histoire : celle de son siège en 1940. Et cela, c'était un véritable malheur…

Au bord de la route et à l'orée des bosquets alentour, il continuait à apercevoir ces femmes qu'il avait fréquentées. Tour à tour, elles réapparaissaient devant ses yeux l'invitant à le rejoindre sous les bois qui s'assombrissaient petit à petit. Il regarda dans le rétroviseur : le garçon semblait être sur le point de vomir et la sœur lui parlait gentiment de son affectueuse voix à laquelle l'enfant répondait par un hochement raisonnable de la tête. Il tourna à nouveau ses yeux sur la ligne continue de la route. Le paysage n'avait pas changé. Son cerveau le trompait encore en lui exhibant ces femmes qui tentaient de le séduire. Il sentit alors une main se poser avec légèreté sur sa cuisse. C'était celle de Maëla. Elle était assise sur le siège passager recouvert de sang et elle fixait Deniel de ses yeux de chatte.

— Dieu a puni tes déviations, chien égaré, lui dit-elle comme Gaëlle l'avait fait quelques jours plus tôt.

Deniel tressaillit. Il jeta à nouveau un coup d'œil dans le rétroviseur : Sœur Clothilde réconfortait toujours l'enfant pris de nausées. Deniel ne pouvait pas leur avouer les troubles qui l'assaillaient. C'était perdre la face…

De grosses gouttes de sueur émergèrent sur la peau de l'homme et se mirent à couler sur ses tempes et dans son dos. Il recommençait à faire une crise d'angoisse et celle-ci allait être plus forte que les autres. Il essaya de se contrôler, mais il était trop harassé par la fatigue. Il appuya plus fort sur l'accélérateur pour tenter de semer ces fantômes, et plus il accélérait plus il les voyait surgir devant lui. Il dépassa un second panneau signalant l'entrée dans Fougères. Baigné de sueur et d'angoisse, il s'efforça de réfléchir : comment pouvait-il stopper ces hallucinations ? Non, il ne pouvait plus arrêter son inconscient qui partait en vrille. Il se sentit à bout… Ses nerfs irrités tapaient sur son cerveau malade et son cerveau malade tapait sur ses nerfs irrités. C'était sans fin.

Il n'en pouvait plus…

C'est vrai… Il n'en pouvait plus… Après tout ce qu'il lui était arrivé…

Une pompe à essence encore ouverte se tenait à l'entrée du bourg. Il s'arrêta là d'un coup sec. Sœur Clothilde releva le nez.

Deniel tremblait. Dans le miroir, il observa Sœur Clothilde qui lui renvoyait un regard interloqué. Il était perdu et la sensation de vide (ou d'agressivité… ? Il n'arrivait pas à mettre le doigt sur ce qu'il ressentait profondément) était si pesante que son cœur s'accélérait chaque fois qu'il pensait à cela. D'une voix sèche et sans se retourner, il s'adressa à la sœur qui ne comprenait pas pourquoi il venait de stopper le véhicule dans cette station à essence :

— Sœur Clothilde, commença-t-il la gorge asséchée, je… Je vais remettre de l'essence.

La sœur le fixa sans prononcer un mot.

Il poursuivit.

— J'en ai pas mis assez… Vous… Vous n'avez qu'à sortir prendre l'air un peu… Le gosse… (il eut un mouvement convulsif)… Il a besoin d'air, je crois…

Elle le regarda encore un instant. Puis, elle dit :

— Très bien.

Elle entoura les épaules du garçon.

— Allez viens, sortons de la voiture un peu, lui dit-elle avec gentillesse.

Ils s'éloignèrent un peu de la voiture, inconscients des troubles de l'esprit qui dérangeaient Deniel. Ce dernier fit mine de sortir à son tour redressant légèrement le buste entre la portière et l'habitacle de la voiture. Il leur adressa un sourire, qui n'en était, bien sûr, pas un, tandis qu'ils le regardaient descendre aussi. Et lorsqu'ils détournèrent les yeux, Deniel sauta alors sur l'occasion pour s'engouffrer dans le véhicule et appuyer sur l'accélérateur. Il traça un grand arc de cercle sur la route et prit la fuite soulevant un nuage de poussière derrière lui. Dans le miroir d'angle mort, les contours de la sœur et du garçon s'estompèrent progressivement pour n'apparaître que comme deux points méconnaissables sur la ligne imaginaire où le ciel et la terre confluent.

J'en peux plus… J'en peux plus…, se répétait Deniel envahi par son délire incontrôlable.

Deniel s'en voulait horriblement de les laisser ici. Cependant, il n'arrivait pas à maîtriser la situation présente. Il pensait qu'il avait tant de peine à s'occuper de lui-même qu'il ne pourrait pas s'occuper de cette femme et de ce garçon. Il avait honte de ce qu'il paraissait être devenu à présent. C'était lâche de sa part, mais son esprit était si tordu en ce moment qu'il rendrait les choses plus compliquées qu'elles ne l'étaient.

Deniel repensa au garçon qu'il avait été. Mais il n'était plus comme cela. Il était devenu un homme lâche, un trompeur qui abandonnait les autres.

— Je suis désolé, dit-il à voix haute. Juste pour cette fois.

Même si ce n'était pas la première fois... Et voilà qu'il ressentait à présent en profondeur cette lâcheté qu'il avait tant cultivée au fil de ces dernières années.

Il roula sur la route déserte, le cœur rempli de désordre. Plusieurs chemins se succédèrent et plusieurs kilomètres s'accumulèrent. Il décéléra et souffla un grand coup. Il était seul désormais. Il roula cherchant à penser à autre chose qu'au geste qu'il venait d'accomplir. Il essaya de se tromper lui-même en se disant que ce n'était pas pour lui qu'il avait agi de la sorte, mais que c'était pour Sœur Clothilde et l'enfant... Que sa réaction avait en fait été raisonnable, car il était malade et qu'il valait mieux s'éloigner de lui. Quelques minutes s'écoulèrent et il finit tout de même par se sentir idiot. Il avait été impulsif. Voilà tout. Un bref instant, il pensa retourner à la station et s'excuser. Il était cependant déjà trop loin pour revenir sur ses pas.

Et si les Allemands attaquent cette ville fortifiée ? s'interrogeait-il. *Pourquoi est-ce que je les ai laissés derrière ? Et s'ils se retrouvaient face aux Allemands ? Pourquoi moi ? Pourquoi cette situation ? Comment vais-je rentrer chez moi ? Et si mon geste m'emmène en Enfer ?*

Les mêmes questions, les mêmes mots revinrent un par un, puis à l'unisson. Ils consumaient son esprit, le rendaient déformé et accablé. C'était une souffrance qu'il n'avait jamais éprouvée auparavant. Il sentait que la maladie le gagnait. Il sentait que la folie prenait place en lui lentement mais sûrement. Il essaya de prier. Même les prières ne parvenaient plus à le réconforter. Tout le quittait : sa foi, sa raison, son être, son âme. Et il perdait les pédales.

Il arrêta la voiture en plein milieu de la route. Le crépuscule civil grignotait le ciel lumineux, présentant d'abord ses jolies formes légères et carnées, puis plus lourdes et enflammées pour finalement s'éteindre sur la fraîcheur de la nuit. Des formes terrifiantes commençaient à se muer derrière l'ombre des arbres et cette ombre s'éparpillait à mesure que l'obscurité prenait place. Les arbres n'étaient plus des arbres, la route serpentait tel un serpent dépourvu de queue et de tête, le croissant de Lune ressemblait à un ongle prêt à l'écraser comme s'il avait été une tique sur la peau d'un chien. Tout tournait, tout allait mal. Maëla s'était remise à danser avec ardeur apportant cette fois-ci fièvre et Malin avec elle. Où tournait-elle ? Il n'en était pas sûr. Mais ça devait être dans sa tête qu'elle tournait et pas près de forêts brumeuses… Il en était convaincu à présent : sa petite graine d'excès avec les femmes devenait maintenant une gangrène pour son cerveau et son corps.

Deniel frappa plusieurs coups sur le volant. Le klaxon retentit en même temps et des oiseaux s'envolèrent, noirs, comme des corbeaux de mauvais augure. La guerre avait arraché en lui une large partie de sa santé mentale. Deniel se sentait très vide comme si sa foi et sa raison l'avaient abandonné. Il se sentait dépourvu de ces « essences » qui faisaient jusqu'à présent, en apparence, de lui un homme, un vrai.

2

Tout fout le camp

Deniel, le croyant, n'arrivait plus à y croire. Il était en train de déraper. Il était abandonné dans sa peine que personne, à son avis, ne parviendrait à calmer, pas même les prêches sur Celui en qui il avait jusqu'alors placé toute son existence ; pas même les mortels qu'il avait, de son apparence mensongère, trahis tant de fois. Deniel avait *eu l'impression* de tomber en Enfer, mais, en fait, il tombait vraiment en Enfer.

Un Enfer sur Terre.

Selon lui, face à cette présente situation, Dieu voulait lui faire admettre que les Hommes n'avaient de cesse de se rendre coupables d'un péché. Se confesser à un Supérieur ne suffisait pas à laver le jugement qui les attendait. Le Seigneur voulait certainement lui faire reconnaître qu'il n'avait jamais été droit. La droiture n'avait été qu'une apparence trompeuse, un costume dont s'était paré Deniel. Et c'est bien ce que cette nuit silencieuse lui susurrait au creux de l'oreille. Il était puni et il venait de passer de l'autre côté de son ombre. Il venait de passer de l'autre côté d'un miroir dans lequel son reflet appartenait à une autre réalité.

La nuit s'étala, emportant Deniel dans ses griffes et l'empoisonnant d'un sommeil l'affaiblissant au lieu de lui prodiguer un souffle frais… Les criquets chantaient et leur grésillement devint un bourdonnement tantôt aigu, tantôt grave. Aigu, grave, aigu, grave… Puis, plus rien.

Deniel se réveilla en plein milieu de la nuit. Un hibou hululait sur un arbre tordu. Et la Lune regardait Deniel mi-interloquée, mi-songeuse. Le chemin avait cessé de ramper à droite et à gauche. Cependant, il invitait le jeune homme à marcher sur lui, vers un interminable déroulement. Complètement démonté, Deniel tourna les clés du contact et laissa filer la voiture sur la route se disant qu'après tout elle le mènerait quelque part. Il ne croisa personne d'autre à part les animaux nocturnes de la forêt. Tout était trop silencieux pour être vrai. Et pourtant, voilà la réalité dans laquelle il vivait… Voilà la réalité dans laquelle il vivait à présent.

La nuit se succédait par couches de teintes noires bleutées à mesure que la Lune apparaissait et disparaissait derrière la cime des arbres pointus et des nuages gris. Il affichait du bleu violet, du bleu de cobalt, du bleu saphir, du bleu outremer… Et dans ce bleu, il y avait beaucoup de noir. En fait, il n'y avait que du noir. Ce coloris, vide de toute lumière, semblait tomber enveloppant l'environnement qui gesticulait bizarrement ou gardait une immobilité étrange. Deniel fut parcouru d'un frisson.

Mon esprit est aussi noir que le ciel, pensa-t-il.

Un grésillement presque inaudible remua dans l'air.

Deniel avait perdu tout point de repère. Il avait l'impression que sa confusion le menait vers un monde de chaos, où toutes les choses errent fuyantes, et non pas vers un point fixe, c'est-à-dire, chez lui. Il était peut-être à mi-chemin entre Fougères et Vannes. Il se demanda même s'il n'était jamais parti de

Fougères. Il leva les yeux dans le rétroviseur dans l'habitacle et aperçut deux formes indistinctes sur la route, plus proches de silhouettes nébuleuses que de formes humaines. Elles semblaient le regarder, perplexes, face à son entêtement et à son égoïsme. Il souhaitait rentrer chez lui, mais elles, elles n'avaient plus de chez elles. Il arrêta la voiture. Il se sentit pris d'une pitié indicible. Il ne pouvait pas les abandonner une fois de plus dans la nuit, dehors, livrées à elles-mêmes. Il regarda dans le rétroviseur. Les formes ne bougeaient pas. Il fit tourner la poignée de la vitre et passa la tête dehors.

— Hé ho, vous montez ou… ?

Mais à peine les eut-il appelées que ces formes avaient disparu. Il releva la fenêtre et regarda à nouveau dans le rétroviseur. Les deux silhouettes étaient là. Il regarda le miroir de plus près et passa la main dessus. Une sorte de liquide visqueux peignit ses doigts. Il le goûta, le recracha aussitôt et s'essuya avec affolement sur son pantalon. C'était du sang. Qu'est-ce qu'il lui avait pris de faire une chose pareille ? À quel point était-il devenu fou pour ne plus pouvoir percevoir l'environnement avec bon sens ?

Tout à coup, il entendit entre mille crachats « Tout fout l'camp » d'Edith Piaf, chantée par l'actrice Damia dans une version plus mordante. C'était complètement irréel.

« Vive la mort, vive la fin », disait-elle.

Et puis, il se demanda d'où pouvait bien provenir la chanson, car il venait de réaliser que cette voiture n'était en rien équipée d'un autoradio.

La chanson s'arrêta.

— T'es en train de perdre le contrôle, mon gars, se dit-il à voix haute.

Pendant qu'il se disait cela, la chanson de Damia résonnait encore et encore dans sa tête avec ses sinistres paroles. À chaque couplet, qu'il se remémorait, Deniel se sentait écrasé par le poids du pessimisme dans les mots et, plus ça allait, plus il sentait que son être était déchiré comme on aurait déchiré bout par bout une feuille de papier.

La chanson s'arrêta, puis recommença. Et tout cela, dans sa tête… Et des mots de cette chanson, comme « assassins » ou « folie » qui lui avaient laissé une forte impression, s'imprimèrent avec plus de pression sur sa douleur.

Deniel prospecta nerveusement le tableau de bord. Peut-être qu'un bouton se trouvait là et qu'il fallait simplement le tourner pour éteindre cette radio. Il sentit sous ses doigts la tirette de l'essuie-glace, la tirette du starter, le bouton des flèches de direction, la clé de contact, la tirette éclairage, la tirette des feux de position, mais il ne trouva pas d'autoradio. Il tâtonna au-dessus et au-dessous du vide-poche et il n'effleura qu'une surface parfaitement lisse. Le poste était inexistant.

Soudain, il se souvint des deux émetteurs-récepteurs qu'il avait emportés avec lui. C'était une idée stupide de penser qu'une chanson chantée par une bonne femme pouvait sortir d'un de ces appareils, mais dans le doute… Il ouvrit le sac en toile posé au pied du siège. Aucun son ne sortait d'eux. Bien entendu, cela aurait été stupide. Ils étaient éteints. Il les alluma tous les deux, appuya sur leur poussoir pour faire des tests.

— Y a quelqu'un qui chante là ? Parce que si c'est le cas, c'est pas rigolo.

Puis comme personne ne répondait, il les reposa sur le siège passager où le sang avait séché et se prit la tête entre ses mains.

Faut que t'arrêtes d'angoisser comme ça, se dit-il, *c'est l'angoisse qui te fait délirer.*

196

Il inspira et expira plusieurs fois. Le bruit du moteur roulait sur le fin linceul de la nuit. Les phares lançaient une lumière jaune ocre qui, à seulement quelques mètres de la voiture, semblait être barrée par un mur invisible. Et au-delà de ce mur, il n'y avait rien... Parfaitement rien... Que du vide, que du noir...

Un des *handie-talkie* se mit soudainement à cracher et à grincer. Deniel tressaillit, envahi d'une peur bleue. Quelques secondes durant, il grésilla, puis s'éteint. Le simple fait de le voir s'allumer tout seul donna à Deniel l'envie de sauter hors de la voiture. Il grésilla encore et resta allumé. À travers le brouhaha étrange, un son lointain, très lointain, courut hors de l'appareil. Il aurait pu passer inaperçu si l'homme n'y avait pas prêté attention. Deniel pensa que ses oreilles meurtries lui jouaient des tours. Il avait besoin d'en être sûr. Il saisit alors avec précaution le *handie-talkie* et le porta doucement à son oreille, comme si faire du bruit aurait fait fuir le son. Et là, à travers les bruits parasites, glissant sur les ondes retorses, il entendit une voix lointaine d'enfant.

« Al...

...

Allô ? Y a quelqu'un au bout du fil ? »

Cette voix semblait venir du fin fond d'un espace méconnu. Entouré par les ténèbres, confus par son début de démence et isolé dans cette campagne profonde, cela paraissait si irréel que Deniel demeura pantois pendant plusieurs secondes.

Il jeta un coup d'œil à l'autre appareil. Il était éteint. L'oreille collée contre les écouteurs, Deniel s'interrogeait sur la provenance de ces interférences. Il aurait entendu des soldats s'envoyant des messages, il n'aurait pas douté une seule seconde d'un phénomène commun à ce type d'appareils. Cependant, qui aurait pu croire que des enfants s'amusaient, en plein milieu de la nuit, au beau milieu d'une campagne lugubre avec un tel appareil par les temps qui couraient ? C'était une hypothèse pour le moins étrange.

Dans le doute et ne sachant que faire, Deniel appuya sur le poussoir et parla dans le micro :

— Arrêtez votre plaisanterie les gosses, dit-il tranchant.

« ALlô ? Vou… sayEZ de… là ? » répondit la voix.

L'appareil continuait à émettre des fréquences de sons graves et de sons aigus dotés d'une intensité différente pour chacun d'eux. Il bourdonnait et grésillait dans une variété de résonances affreuses. C'en devenait presque insupportable aux oreilles. Les sons s'arrêtaient net, puis reprenaient de plus belle. Ils revenaient par à-coups. Un coup, deux coups, trois coups. Puis plus rien. Puis, ils reprenaient usant cette fois-ci d'un aigu, à la fréquence plus élevée que son précédent. Et tout à coup, la fréquence devenait très basse. Les signaux sonores étaient graves. L'appareil se remettait ensuite à bourdonner usant d'une foule de décibels et de fréquences différentes les unes des autres. Quand il eut fini de cracher de la sorte, ce fut au tour de l'autre appareil de se mettre en marche tout seul pour expectorer les profondeurs du méconnu. Il s'arrêta après quelques secondes de concert et laissa l'autre paire se remettre en marche toute seule. Lassé par ces sons, Deniel finit par être pris d'une fureur incroyable. Il sentit son impulsivité remonter en lui. Il serra fort l'appareil dans sa main sans se rendre compte qu'il appuyait sur le poussoir.

— Putain de merde, c'est pas possible ce qu'il m'arrive ! dit-il tout haut.

Il porta le *handie-talkie* près de sa bouche et vociféra dans le micro :

198

— Ferme-là !

Les deux *handie-talkie* s'éteignirent en même temps.

Deniel fut saisi d'une crainte jamais ressentie auparavant. Il devenait vraiment fou. Ça devait être cela : il était abandonné par le Père, qui ne le « soutenait » plus, et il était en train de devenir fou.

Les voix des enfants continuaient à résonner dans les oreilles de Deniel, mais il savait que le silence reprenait, en fait, sa place. Deniel reposa avec précaution l'émetteur-récepteur et regarda autour de lui. La nuit, comme un écho visuel, le regardait aussi. Il tourna la clé sur le contact. La voiture toussa, mais le moteur demeura éteint. Il tourna la clé… En vain. La voiture restait inerte. Il posa ses deux mains sur le volant et s'efforça de se contrôler. Il était sur le point de vouloir tout casser, sa tête contre le volant y compris.

— D'accord, se retint-il, tu veux pas redémarrer ? Très bien.

Malgré la peur, que le décor l'obligeait à supporter, il sortit de la voiture.

— Tu veux pas marcher ? répéta-t-il à l'engin immobile. J'vais te faire marcher, moi.

Il prit sa béquille, alla ouvrir le capot à l'avant du véhicule, se saisit d'une manivelle de démarrage et, se courbant autant que possible (il ne pouvait pas s'accroupir à cause de sa jambe), il la plaça dans le trou prévu à cet effet. Ses mains tremblaient de peur et de rage. Lorsqu'il réussit à enfoncer la manivelle, il la fit pivoter dans un mouvement de rotation qui s'avéra difficile à accomplir. Les phares aveuglaient ses yeux emplis de fatigue. Il aurait voulu se coucher au sol et s'endormir ici.

La manivelle tourna une fois, deux fois. À la troisième, il rata son geste, perdit l'équilibre et s'étala contre le goudron, la lumière d'un phare en pleine face.

— Bordel, vitupéra-t-il.

Sa voix fut étouffée par l'épaisseur de la nuit.

Il redressa son buste, instable, et procéda à la manipulation, assis, cette fois-ci. Il replaça la manivelle dans le trou. Il la tourna six fois. Le moteur ne démarrait toujours pas. Sept fois, huit fois…

— Merde ! hurla-t-il.

La nuit avala son cri.

Il ressortit la manivelle et dans un accès de fureur, qu'il ne pouvait désormais plus contrôler, il abattit l'outil sur un des phares de la voiture. La nuit prit alors un peu plus ses aises. Elle étendit sa masse épaisse et somnolente.

Deniel resta un moment tassé sur lui-même, gagné par un égarement qui se gonflait du cri d'un homme dont le râle même aurait pleinement satisfait l'exigence. Deniel se tourna légèrement sur le côté et laissa reposer son corps sur la route. Dans les forêts environnantes, les bêtes nocturnes épiaient Deniel tout en récitant leur chant de la nuit. L'homme n'avait plus la force de tenir debout. Il avait l'impression qu'il ne se relèverait jamais. Ses paupières s'alourdirent alors que sa tête épuisait la route d'un poids immatériel, d'une substance vénéneuse : la folie.

Il essaya de se raisonner, ça ne marchait pas. La raison n'était plus là.

La foi ? Il essaya de s'en remettre à Dieu. Elle était partie, elle aussi…

Il sentit quelque chose lui effleurer la main. Un sanglier ? Une biche ?

La chose fit le tour de son corps endormi, renifla son front, ses tempes et ses cheveux, saisit sa manche et l'emporta avec elle, le tirant par le bras.

…

Une douce mélodie à peine voilée par les murs émanait d'une pièce voisine. La chanson touchait à sa fin. Elle s'arrêta et laissa place aux chants de la vie quotidienne : une mobylette qui revient d'un autre village, chargée peut-être d'un cageot de brugnons ou d'abricots, des vieux qui échangent entre eux des mots d'une banalité plaisante, des femmes qui font claquer les talons de leurs chaussures sur le sol tandis que les vieilles, elles, traînent leurs lourds sabots sur les trottoirs foulés par plus d'un passant…

La poignée s'affaissa et la porte de la chambre s'ouvrit. Une forme de petite taille observait Deniel qui somnolait, perdu encore entre le rêve et la réalité. Lorsque ce dernier sentit qu'il était épié, il releva la tête. La porte se referma aussitôt sur elle-même, des bruits de pas espiègles longèrent le mur et s'évanouirent sur les marches d'un escalier.

La tête embrouillée, Deniel balaya d'un regard confus la chambre et constata avec désespoir qu'il n'était pas chez lui et qu'il ne connaissait pas les murs qui l'entouraient. Il chercha *cette conviction* qui l'avait tant porté jusqu'à présent, mais rien d'autre ne subsistait en lui que la peur d'une âme se laissant aller par les caprices de l'inconscient. Une fois de plus, il se retrouvait cloué dans un lit, allongé, assommé par l'abattement et les doutes.

Cloué dans un lit…

La porte s'ouvrit. Deniel tressauta.

Une femme d'un âge plutôt avancé, un tablier sur les hanches, entra dans la pièce.

— C'est qu'il est réveillé, le gaillard ! s'exclama-t-elle. Comment va notre égaré ?

Cette question déconcerta Deniel qui ne put y répondre. Son visage neutre n'exprimait en rien un quelconque désir de répondre. Alors la vieille femme poursuivit :

— Vous étiez allongé en plein milieu d'une route de campagne la nuit dernière. Mon mari a bien cru que vous aviez eu un accident et que vous étiez mort.

— C'est votre mari qui m'a amené ici ?

— Ben oui. Même que vous avez dit « merci ». Vous vous en souvenez plus ?

Deniel secoua la tête.

Un border collie se faufila entre les jambes de la vieille et vint poser sa tête au bord du lit, cherchant avec ses yeux l'empathie de l'invité.

— Où sommes-nous ? demanda-t-il.

— Vous avez dû vous retrouver salement amoché pour oublier comm'ça. Vous êtes à Thorigné-Fouillard.

Au nord de Rennes.

Il n'en croyait pas ses oreilles. Il avait à peine parcouru un chemin qu'il avait espéré faire en une nuit, et rentrer chez lui à Vannes paraissait relever d'une complète illusion aujourd'hui.

La musique repartit dans la chambre d'à côté. La vieille tendit le cou dans le couloir.

— Arrête-moi cette musique tout de suite. Tu sais que tu n'as pas le droit d'y toucher, réprimanda-t-elle l'enfant qui jouait dans la pièce voisine.

La vieille laissa Deniel tout seul.

Il se leva, bancal, et alla regarder le paysage à travers la fenêtre. Dehors, le soleil était radieux et rien ne laissait présager que l'armée allemande se dirigeait dans ces nouvelles régions françaises. L'enfant jouait dehors au ballon et une jeune femme étendait du linge sur une corde à linge du jardin. L'enfant trébucha et elle le remit sur ses pieds. Deniel repensa à Sœur Clothilde et à son regard plein de compassion. La foi ne l'avait pas quittée malgré ses gestes meurtriers. Et ce garçon... Il les avait lâchement abandonnés tous les deux dans un bourg, en pleine nuit. « La nuit de son délire ». Voilà comment il l'aurait appelé s'il avait fallu la nommer. Il était trop confus pour comprendre lui-même ce qu'il avait fait cette nuit-là.

Il sortit de la chambre et descendit les marches de l'escalier.

Un vieux pelait des pommes de terre sur la table de la cuisine, aidé de sa femme. Tous les deux relevèrent la tête et dévisagèrent Deniel, un brin d'incompréhension et de curiosité sur leurs traits. Il fit signe à Deniel de s'asseoir, ce que ce dernier fit sans rechigner.

— Z'étiez bourré hier soir pour vous étendre au beau milieu du ch'min ?

Deniel fit non de la tête.

— Je cherche seulement à rentrer chez moi.

— Et c'est où votr' chez vous ?

— J'habitais à Vannes.

Le vieux lança un regard à la vieille que Deniel ne sut déchiffrer.

— Ben, alors, z'étiez sur le bon ch'min. Mais, pas dans vos chaussures apparemment.

Deniel ne releva pas cette réflexion.

— Où est ma voiture ? demanda-t-il.

— J'lai fermée et on l'a laissée derrière nous.

Deniel lui demanda s'il était d'accord pour le ramener là où il l'avait trouvé. Son hôte regarda une fois de plus sa femme. Elle haussa les épaules.

— Ben, ch'ai pas moi. Ça dépend si vous vous sentez capable de conduire.

Deniel fit oui de la tête.

Le vieux haussa à son tour les épaules et d'un signe de la main invita Deniel à sortir dehors. À l'entrée, il croisa la jeune femme de tout à l'heure. Elle baissa les yeux, les joues empourprées d'un rose délicat. Deniel sentit son doux parfum de lavande qu'elle répandait derrière elle. Il se dit que décidément, il avait un problème avec les femmes et il n'y pouvait rien.

Deniel monta dans la voiture avec le vieux et tous deux repartirent à l'endroit où Deniel avait laissé la sienne et probablement une autre partie de sa santé mentale. Ils roulèrent silencieusement sans échanger un mot.

Arrivés à la voiture, Deniel constata que le soleil avait dissipé les abîmes de la nuit et ses mystères. Il regarda autour de lui. Tout était calme. Les branches des bouleaux produisaient un son sylvestre tout à fait enchanteur, quoique très léger. Le beau friselis des feuilles élevait ses douces notes sur le faîte et au pied des chênes qui paraissaient sommeiller en toute quiétude sous la coupole azuréenne. Le paysage campagnard resplendissait en de mille et une teintes ocres que le soleil faisait refléter de ses rayons estivaux. La route ondulait doucement vers le nord et vers le sud et ne ressemblait en rien à la route monstrueuse de cette veille d'effroi. Non, rien à signaler à la vue de ce magnifique paysage.

Le vieux aida Deniel à remettre la voiture en état de marche.

— Ça ira ? demanda le vieux d'un air dubitatif.

Deniel hocha de la tête.

— Bon, ben, si vous le dites…

Le vieux monta dans sa voiture et patienta jusqu'à ce que Deniel soit parti. Au cas où…

Deniel monta à son tour dans le véhicule. Il salua de la main le vieux derrière lui et reprit la route… Complètement abîmé…

Il roula sur plusieurs kilomètres. Tout était calme dans l'habitacle. La route déroulait sur ses côtés un paysage verdoyant qui rappelait tant à Deniel son enfance chez son grand-père. Lorsqu'il n'était encore qu'un enfant, il imaginait que le monde était grand et que pour le parcourir il lui aurait fallu un train dont il aurait été le propriétaire. Il avait oublié ce brin d'innocence que les enfants portent en chacun d'eux. Il était devenu un homme au cœur froissé par ses vices même s'il ne voulait pas y croire lui-même.

Il roula s'efforçant de garder le contrôle sur lui-même.

Il inspira profondément.

Sur le chemin, il croisait des personnes en bicyclette et d'autres en camionnettes. Tout paraissait aller bon train même si la réalité était différente : bientôt, de longues files d'hommes, de femmes et d'enfants de l'exode envahiraient ces chemins paisibles.

Soudain, un des *handie-talkie*, abandonné sur le siège, bourdonna. Deniel se raidit. Il avait appuyé sur l'accélérateur de la voiture pour détaler de cette route au plus vite. Il n'avait pas prêté attention aux appareils oubliant presque leur présence.

L'intensité s'éleva brusquement et la voix d'un enfant jaillit des écouteurs. Deniel fit piler la voiture. Cette voix mêlée de différentes amplitudes, de fréquences variées, et de crépitements – sinistre voilage qui enserrait de peur le cœur de Deniel – apporta avec elle la mémoire des crimes de Deniel. Elle était là pour l'accuser d'être devenu cet homme dépourvu d'innocence. Il en était certain. Les personnes, qu'il avait abandonnées derrière lui, revenaient sous cette forme, lui montrant la culpabilité à laquelle il ne voulait pas croire et peut-être même que son jugement avait débuté. Il avait les pieds sur Terre et la tête dans un des cercles des Enfers.

« … endez-vous ? Allô ? Y a-t-il quelqu'UN derr… ? MOnsieur, Êtes… lÀ ? »

Pris de panique, Deniel s'empara des deux appareils. Les grésillements, qui s'échappaient comme d'horribles ondes, faisaient vibrer tout le boîtier.

Deniel sortit du véhicule.

J'en peux plus ! s'écria-t-il en son for intérieur enragé comme un chien malade.

Il leva ses deux bras et s'apprêta à les jeter contre la route quand une masse sombre s'abattit sur lui.

3
Les fuyards

— Tu l'as tué, cria une voix féminine au-dessus de Deniel.

— Qu'est-ce que tu me chantes là, stupide femme ? Il respire encore.

La femme se pencha un peu plus près du visage de Deniel. Ses cheveux roux et bouclés se balançaient par-dessus ses fines épaules.

— Pierre-Gilles, il nous a vus. Par Dieu, il va aller à la gendarmerie, s'écria-t-elle.

L'homme au visage torve, qui devait faire le poids d'une armoire, poussa un soupir de ras-le-bol.

La femme se mit à lui crier dessus en lui donnant des coups avec son sac à main.

— Espèce de gros ballot ! T'as envie de te faire embarquer par les flics ?

Pierre-Gilles la repoussa avec agressivité d'un simple geste de la main.

— Ferme ta grande bouche de pintade, l'insulta-t-il furieux d'entendre des reproches qui ne pouvaient que tomber. Je sais ce que je fais.

Il sortit de sa botte un petit poignard et le colla contre le torse de Deniel. La femme, prise de pitié pour celui-ci, s'interposa. Elle attrapa Pierre-Gilles par le bras.

— Espèce de fou ! cria-t-elle hystérique. Ça t'a pas suffi comme ça avec Germain ? Oh Mon Dieu, c'est la faute de nos parents qui se sont séparés trop tôt. J'en étais sûre. C'est un coup du Ciel. Il nous fait payer leurs fautes à leur place. Je n'aurais pas dû t'écouter à toi, mais plutôt à Tante Clara. Tout cela ne serait pas arrivé…

— Dégage, Cathy, lui ordonna-t-il impassible.

— Non, je ne me pousserai pas, dit-elle en lui tenant tête. Poignarde-moi avant si tu l'oses.

— C'est pas ce que je vais faire, pintade. Pas pour l'instant en tout cas. On a besoin de lui. Y a que sous la menace que les animaux avancent.

— Attendez, attendez, balbutia Deniel qui était encore sonné par le choc. Qu'est-ce que vous comptez faire là ?

— J'ai besoin de ta bagnole, meugla l'homme.

Deniel cligna des yeux. La situation dans son entier le dépassait complètement. Il se demanda même si son agresseur et cette femme étaient bien réels.

La bête hirsute empoigna fermement de ses deux mains le col de Deniel, le tira vers la voiture et le flanqua à l'intérieur côté conducteur. Il demanda à Cathy de monter sur le siège du passager avant. Elle rechigna un peu quand elle vit l'état du siège, mais elle s'assit quand même. Il ne fallait pas s'attarder plus longtemps ici. Pierre-Gilles récupéra les *handie-talkie*. Il monta juste derrière Deniel et posa la lame de son poignard sur ses côtes.

— Roule maintenant, lui ordonna Pierre-Gilles.

Deniel avait déjà des difficultés à maîtriser la situation… Là, pour le coup, il n'y comprenait plus rien.

— Qu'est-ce qu'il se passe ?

— Je te dis d'appuyer sur l'accélérateur, répéta l'autre.

Deniel fit ce que Pierre-Gilles lui dit de faire. Il appuya sur l'accélérateur. Tout était trop décousu dans la tête du Breton pour qu'il puisse se défendre contre ses assaillants.

Sur plusieurs kilomètres, Cathy et Pierre-Gilles observaient le paysage d'un visage qui laissait transparaître leur inquiétude. Deniel essaya d'ouvrir la bouche, mais Pierre-Gilles enfonça un peu plus son arme dans son flanc.

— Si tu bouges, ne serait-ce que tes lèvres, j'te bute.

Cathy regarda la scène, plus inquiète encore de ses grands yeux aux couleurs de l'ébène noire. Puis, elle les tourna vers le paysage et s'écria :

— Oh mon Dieu ! Oh mon Dieu ! Les malheurs s'abattent sur nous ! (Elle se tourna vers Pierre-Gilles) Jusqu'à quand crois-tu qu'ils vont s'abattre ? Jusqu'à ce que tu comprennes avec ta tête de linotte que ce que tu as fait c'est mal ?

— Ferme-la, pintade.

Pierre-Gilles regardait devant lui. Un brin d'appréhension teintait son visage idiot. Là-bas, collées sur l'horizon, des silhouettes de gendarmes allaient et venaient dans les bois cherchant de toute évidence quelque chose. Le gros barbu attrapa la couverture posée à côté de lui et se couvrit la tête avec tout en maintenant le couteau sur Deniel.

— T'arrête pas.

— Qu'est-ce que vous avez fait ? demanda Deniel.

— Fais ce que je te dis.

Deniel garda le silence.

Ils dépassèrent le camion des gendarmes qui fouillaient les sous-bois. Aux gendarmes s'ajoutaient *ces ombres* que Deniel ne pouvait pas s'empêcher d'entrevoir derrière un arbre ou un buisson. Cathy retint son souffle, raide comme un piquet. Quand la voiture les dépassa, elle expira l'air qu'elle avait engrangé.

— Ouf ! Ben voilà, tu peux sortir, gros ballot. On les a dépassés, tes flics. Pour l'instant… Sauf s'ils sont trop occupés à faire évacuer les détenus quand les Allemands seront dans les parages…

Pierre-Gilles se découvrit.

— Hé ! Vous allez me dire ce qu'il se passe enfin ! cria Deniel qui pouvait à peine contenir sa nervosité surtout sous la menace d'un couteau bien affûté.

Cathy croisa les bras et fit rouler ses beaux yeux vers le ciel.

— Dis-lui, Pierre.

— Oh, mais qu'elle est…, fit Pierre-Gilles en se prenant la tête dans sa main.

— Roh… ! Et puis mince ! Ben, puisque tu le fais pas, moi je vais lui dire. (Elle se retourna vers Deniel) Ce n'est rien. Il est un peu rustre, mais au fond comme disait Maman, il n'est pas méchant. Je m'appelle Marie-Catherine et, lui, c'est Pierre-Gilles, mon frère. On descend à Toulouse. Depuis qu'on a entendu parler de cette invasion allemande par le nord de la France, on a préféré faire nos valises.

— Tu vas la fermer ta grande gueule ? vociféra son frère.

— Oh, ben, ça va, quoi. Nous, on se jette sur un homme sans défense comme si de rien n'était. Tu crois pas qu'il devrait savoir qui on est ? (Puis, à Deniel) Mon frère était en tôle. Voilà pour l'histoire. Pas très reluisant, hein ? Quinze ans de prison pour un acte criminel en bande organisée. Et les boches qui se ramènent… (Elle souffla) Il fallait bien le faire sortir avant qu'ils ne l'embarquent pour un de leurs camps en Allemagne... Et puis, vous comprenez bien ? Quinze ans de prison pour un gars comme lui, ça le fait pas. Lui et ses copains de cellule avaient préparé leur coup depuis l'intérieur. Je les attendais dehors. Et ce gros ballot qui assomme les deux autres... J'vous raconte pas la cata'... Et quels idiots, ces flics... Au lieu de s'occuper des pauvres gens qui fuient le nord-est de la France, ils procèdent à des fouilles pour retrouver mon grand frère. Nous, on pensait pas qu'ils seraient plus préoccupés par une évasion qu'une invasion, mais bon... Grâce à vous et grâce à Dieu, nous sommes libres maintenant.

Elle se redressa avec fierté.

— Regardez ceci : la femme la plus courageuse de toutes les régions de France.

Deniel ne répondit pas. Il était déconcerté par l'entière situation.

Pierre lâcha un rire aigre. Elle se défendit.

— Puisque je te le dis, Pierre. On a couru à travers bois comme des fous pour échapper aux gendarmes et puis on est tombé sur vous. N'est-ce pas un signe de la Providence ?

Deniel tourna ses yeux vers elle et quand ils croisèrent les siens, la jeune femme eut un mouvement de recul. Il la dévisagea de la tête au pied. Son regard neutre avait quelque chose d'incisif. Pendant un bref instant, elle se sentit troublée pour deux raisons différentes : les yeux du jeune homme étaient très attirants (ce genre d'yeux qui savent parler aux femmes), mais ils semblaient également contenir quelque chose d'inconstant et de fou à l'intérieur.

— Cathy ! gueula son frère qui regardait la scène depuis l'arrière du véhicule.

Cathy sursauta. Puis, elle s'écria à nouveau :

— Flics !

Pierre-Gilles remit la couverture sur la tête et se courba.

Ils dépassèrent un autre fourgon de gendarmes.

— Vous avez dû y aller sacrément fort pour qu'ils déploient autant d'hommes pour vous, fit remarquer Deniel après quelques kilomètres qui les distançaient bien des gendarmes.

L'homme bourru grogna et exerça une pression plus forte avec son arme.

— Arrête la bagnole tout de suite.

Deniel stoppa le véhicule.

Pierre-Gilles fit glisser la lame juste au-dessous de sa carotide. L'angoisse, similaire à cette « nuit de délire », recommençait à monter dans le corps de Deniel et, sous la menace du couteau, elle était en train de monter en flèche.

— T'as vu mon visage, mon gaillard. J'vais pas te lâcher comme ça pour que t'ailles me dénoncer au premier poste de gendarmerie des environs.

Il avait raison. Deniel avait bien eu l'intention d'avertir les gendarmes dès qu'il en aurait eu l'occasion.

— Je ne parlerai pas. Je sais tenir ma parole.

Pierre-Gilles se rapprocha de lui comme une bête féroce et l'empoigna par la chemise. Cathy tenta de s'interposer.

— Tu crois que je vais avaler tes conneries de paroissien ? Je suis pas né de la dernière pluie, enfoiré. Tu veux savoir ce que je pense ? Je pense que tes yeux me déplaisent fortement. Ouais… Y a quelque chose qui tourne pas rond chez toi. Et si ça tourne pas rond, je suis à cent pour cent sûr qu'on peut pas te faire confiance…

Il planta ses yeux de criminel dans ceux de Deniel pendant un long moment, toisant celui-ci de très haut. L'envie de le faire disparaître, ici, dans un petit bois perdu, peignit sur son visage une expression hideuse. Marie-Catherine sentit la fureur de son frère prête à éclater et fit non de la tête.

— Très bien, Cathy. Je lui laisse la vie sauve. Mais t'as pas intérêt à t'échapper ou je te bute. Et tu vas nous amener à bon port. Compris ? dit-il en pointant un doigt menaçant sur Deniel. On ne sait jamais sur quel imbécile on pourrait tomber dans une rue. Il irait me dénoncer comme Germain. Je préfère faire le chemin tranquille sous une couverture.

— Oui, c'est vrai que tu n'as pas pu t'empêcher de braquer toutes les banques de toutes les villes de France…, fit Cathy exaspérée d'entendre ses propos.

— Ferme-là, Cathy. Et toi, roule.

Deniel était trop confus pour répondre. Soit c'était lui qui délirait, soit la situation était bel et bien délirante. De son côté, il ne voyait pas seulement des gendarmes : il continuait à voir encore et encore les ombres de ces filles qui l'appelaient au bord de la route et à entendre Damia chanter « Vive la mort, vive la fin ». Il pinça sa peau se demandant s'il n'était pas en train de rêver. La douleur était bien présente et il était donc bien éveillé.

Il eut l'idée de leur montrer les *handie-talkie*. À ses malfaiteurs ? Mais oui… Pourquoi pas… C'était une idée complètement folle… Mais oui, pourquoi pas ? Au point où il en était après tout… S'il ne l'avait pas rêvé, alors eux aussi entendraient ces bruits étranges…

— Marie-Catherine, interpella-t-il la jeune femme qui s'anima tout à coup au son de sa voix.

— Hé ! gueula Pierre-Gilles à l'arrière. Tu roules et tu te la fermes ! T'as pas pigé encore ?

Marie-Catherine lui décerna un visage qui exprimait son entière consternation.

— Mais attends, Pierre-Gilles. Tu peux bien le laisser parler un petit peu. On lui doit bien ça, tu sais.

Pierre l'observa d'un œil noir et se tut. Cathy poursuivit :

— Vous savez… Je suis désolée pour votre… kidnapping… ? dit-elle un peu gênée. Moi, je suis prête à vous écouter.

Son frère les observa tous les deux. Il voyait bien ce que sa sœur était tout émoustillée d'être aux côtés de ce bel inconnu. Et s'il y avait bien une personne au monde dont il ne voulait pas perdre la confiance, c'était elle. Surtout pas à cause de ce blanc-bec… Elle passait toujours très vite l'éponge sur ses actes et elle « faisait office d'éponge ». Il pensait qu'elle était un peu bécasse et ça l'arrangeait qu'elle soit née ainsi. Elle, idiote, et, lui, criminel, ils partageaient une sorte d'harmonie possédant ses propres concordances. Elle l'avait aidé à s'évader de la prison alors qu'il purgeait une peine ferme de quinze ans. Et à part ce type un peu paumé, ils n'avaient pas réussi à mettre la main sur un autre conducteur potentiel qui les mènerait autant que possible vers le sud de la France, vers leur délivrance. Pierre-Gilles s'en voulut de s'être ramassé un gars pareil. Cependant, il ne voulait pas se mettre à dos sa chère et tendre sœur. Surtout maintenant qu'il était libre…

Il décida de faire profil bas, pour l'instant…

— D'accord, poursuivit Deniel qui ne put s'empêcher de tiquer en même temps qu'il parlait. Attrapez les *handie-talkie* à vos pieds, Marie-Catherine.

Elle s'exécuta, un peu dubitative.

Deniel déglutit lourdement et reprit.

— Si vous écoutez bien, vous entendrez les voix de ces enfants.

Il trouva que sa voix était émaillée par la démence.

— Des voix d'enfants ? répéta Marie-Catherine très surprise.

Deniel acquiesça.

Pierre-Gilles le regardait, la haine flottant dans ses yeux.

Marie-Catherine prit le *handie-talkie* dans ses deux mains fines.

Avec eux, je vais enfin savoir la vérité... Tout ça, c'est dans ma tête ou ça ne l'est pas..., se dit Deniel en se mangeant convulsivement les lèvres.

Marie-Catherine alluma l'appareil et porta avec appréhension son oreille aux écouteurs, terrifiée elle aussi par ce qui pourrit se produire par la suite. Elle avait peur d'entendre une voix perdue dans un espace qui était là sans vraiment l'être.

Elle attendit quelques minutes, prostrée, craintive, tenant de ses mains délicates l'appareil pesant. Deniel observa cette silhouette gracieuse qui cherchait à comprendre ses mots.

Mais rien ne se produisit. Rien...

Elle secoua la tête.

Deniel était exaspéré.

— Si, si, je vous assure. Ce sont des voix de gamins qu'on entend.

Il prit l'appareil des mains de la jeune femme qui recula aussitôt. Pierre-Gilles meugla enfonçant un peu plus la lame dans les côtes du jeune homme.

— Regardez. Quand c'est moi qui le tiens, ça marche bien.

Deniel tremblait. Sa voix tremblait.

D'une main, il tint le volant et de l'autre le *handie-talkie*, tout en s'efforçant de résister au déséquilibre dans lequel il se sentait plonger à nouveau.

Rien ne se produisit. Rien du tout...

Cela le mit en colère.

— Je suis désolée. Je n'ai rien entendu, lui dit Marie-Catherine affichant un air plein de pitié à son égard.

Deniel insista.

— Non, non, attendez. Juste, encore une fois.

— Tu vas te la fer… ? fulmina Pierre-Gilles.

— Pierre-Gilles ! le coupa Cathy. Ça suffit ! Quand tu as eu besoin d'aide, j'étais là aussi pour toi. Maintenant, laisse-le nous montrer !

Deniel tenta une fois de plus de leur faire écouter ces bruits de la veille.

Toujours rien…

Peut-être que ce n'était que le fruit du hasard, après tout. Il se persuada que les voix reviendraient lors d'une occasion ultérieure. Maintenant, leur faire admettre que les voix des enfants existaient paraissait être peine perdue.

Il abandonna et le silence de l'homme et de la femme l'écrasa un peu plus.

Finalement, Pierre-Gilles, qui n'était pas rassuré par le comportement étrange de Deniel, ordonna à Marie-Catherine de se tenir à carreau. Celle-ci protesta.

— Tu vois bien qu'il est malade, dit-elle outrée.

Le mot « malade » résonna dans la tête de Deniel tel un écho sur les parois rocheuses de hautes montagnes.

— Il a besoin d'aide, pas d'un poignard pointé sur lui.

C'est alors qu'elle comprit que Deniel revenait certainement de loin pour s'être retrouvé si abîmé.

— Monsieur, lui demanda-t-elle avec douceur, étiez-vous soldat ?

Deniel hocha de la tête.

— Voilà, tu vois, gros bêta, dit Marie-Catherine à l'encontre de son frère, il était au front. C'est pour cela qu'il est blessé et effrayé.

— Ah ! Parce qu'on va s'apitoyer sur le sort de cet idiot ? lui renvoya Pierre-Gilles.

— Ça y est, il recommence, celui-là...

Deniel s'interposa.

— Je peux vous laisser tous les deux si vous voulez.

— Non ! crièrent le frère et la sœur à l'unisson.

Deniel comprit qu'il venait bien de plonger dans une tempête aux vents accablants qui contrôlaient alors ses directions. Désormais, il savait que le Seigneur l'avait privé de sa foi, dont il s'était toujours paré avec fierté, et avait certainement fait de lui cet homme désorienté pour l'abandonner à son sort. Abandonné par le Père et abandonné par sa raison, il se trimballait maintenant, tel un unique bagage, sa folie. Et cette folie-là lui faisait avoir des hallucinations incontrôlables. C'est ainsi que Deniel s'expliquait le pourquoi du comment... Il ne trouvait pas d'autres explications à tous ces malheurs qui tombaient sur lui... D'autres personnes ne seraient pas allées si loin pour expliquer pareille infortune... Mais, Deniel était à la base très croyant et il voyait les choses comme cela depuis qu'il était tout petit.

Marie-Catherine se pencha sur lui et posa une main bienveillante sur son épaule. Deniel tourna vers elle un visage légèrement – très légèrement – perturbé par des rides et des ridules, expression de son désespoir. Elle lui sourit et ce sourire lui fit étrangement du bien. De sa main décorée de rouge et d'or, elle prit la main de Deniel encore agrippée au *handie-talkie*. Il sentit dans celle de la jeune femme un nouveau refuge irrégulier, hors des règles et hors du cadre. Un refuge hors-la-loi dans lequel il ne pensait pas pouvoir s'adapter jusqu'à présent. Un refuge plus libre et plus dangereux, et surtout plus sincère pour l'homme qu'il était en vérité.

Il repensa à son père…

Il repensa à sa mère…

En particulier à son père…

Et il roula vers le sud, sans vraiment savoir où le menait le destin. La confusion l'assaillait et il était trop faible pour s'opposer à cette femme et à cet homme. Il était piégé dans une descente infernale.

1956
Baston et amitié

La guerre déclarée
j'ai pris mon courage
à deux mains
et je l'ai étranglé.

Jacques Prévert, *Complainte du fusillé, Paroles*

1
À l'angle de la porte cochère

Bastien Carrère était un garçon étonnant. Il avait le don de se faire des amis, et ce, quel que soit le profil de ce nouveau compagnon de jeu.

Pierre Poussin voulait faire ami-ami avec nous. Et Bastien était tel qu'il était. Et forcément, il était tombé dans le panneau dès que Poussin avait essayé de s'immiscer dans notre groupe d'amis. Ils avaient commencé à se côtoyer plus souvent, à échanger des pétards, à discuter ensemble à la dérobée, à se voir à l'extérieur de l'enceinte de l'école, et j'en passe…

Dans mon groupe de copains, celui avec qui je m'entendais le mieux, c'était de loin Bastien. Jules était un garçon sympathique, mais taciturne. Et quand je m'amusais avec un copain, j'avais besoin de gaieté, chose que Jules ne m'apportait guère. On finissait toujours par jouer dans ma chambre à un jeu de société, l'humeur morne sans désir de gagner la partie. Robin, au contraire, était un joyeux drille. On s'éclatait bien avec lui. Mais il ne savait pas s'arrêter et parfois, ses rigolades pouvaient devenir longues. Dennis, lui, était un camarade que j'appréciais particulièrement et j'aurais souhaité passer plus de temps avec lui. Cependant, il était un peu « sauvage » et ne restait jamais très longtemps dans les parages. Il préférait passer son temps, seul, à la gare Matabiau à regarder les trains aller et venir. Quant à Gilles, aucun d'entre nous ne l'aimait à cause de sa rustauderie. Il ne restait donc que Bastien, le bon gars à qui on pouvait tout confier.

C'était un garçon simple avec quelques manies qui n'envahissaient pas pour autant la vie des autres. Et ça, ça me plaisait. Il était discret. Et il avait la tête sur les épaules. Je pouvais le dire avec fierté : c'était mon meilleur ami. Alors il faut dire que voir Poussin dans l'ombre de Bastien, ça commençait sérieusement à m'irriter.

Pour couronner le tout, Poussin s'était retrouvé collé avec nous. Et il était dans notre groupe, à Bastien et à moi. Dennis, Jules et Robin faisaient groupe à part. Heureusement que nous n'étions plus en hiver ou nous aurions été obligés d'arriver plus tôt le matin afin d'allumer le poêle à bois. Et j'aurais été forcé de me retrouver en face de Poussin à une heure plus hâtive dans la journée.

Je détestais son regard perdu et sa silhouette maigre et effacée, son nez aquilin qui n'avait rien d'attirant et ses grands yeux presque globuleux qui rappelaient ceux d'une reinette apeurée. En plus de cela, il se permettait de faire irruption dans ma vie privée – lui et ses dents tordues – pour me voler mes amis. Le voir m'irritait plus qu'autre chose. Et quand j'étais irrité, il n'y avait plus à rien y faire : je voyais tout rouge et je ne voyais que lui.

La cloche avait sonné 17 h. Tous les enfants avaient mis leur cartable en cuir sur leurs épaules et avaient quitté la classe au compte-gouttes.

Avec Bastien et Poussin, on s'attela à la corvée des punis. Je pris une feuille de journal et du vinaigre, et je me mis au travail tout de suite. Poussin en fit tout autant et nettoya la vitre à côté.

Patagrue rangea ses cahiers dans son porte-document. Sa veste sur le bras, il nous adressa quelques directives en plus de celles que nous connaissions déjà :

— N'oubliez pas de bien nettoyer le tableau et de cirer les tables avec l'encaustique. Je veux que ça brille.

Il sortit.

Je pressai la boule de journal entre mes mains et la fit claquer contre le maigre torse de Pierre. Il émit une faible plainte. J'avais envie à ce moment-là de lui en coller une autre en pleine face. Cependant, le regard stupéfait de Bastien coupa net mes mauvaises intentions. Je pouvais lire dans ses yeux l'incompréhension de voir son meilleur copain se déchaîner sur un plus faible que lui. Il ne m'avait jamais vu dans cet état, car je n'avais jamais agi ainsi avec lui ou avec d'autres. Je n'étais pas comme ça en temps normal. Je possédais plutôt un esprit noble. Mais là, j'étais tout bonnement jaloux de les voir s'entendre aussi bien.

Les mots me manquèrent devant Bastien. Je déclarai forfait et je m'esquivai hors de la salle de cours.

Ma mère n'était pas venue me chercher aujourd'hui. Monsieur Carrère n'était pas présent lui non plus. J'attendrai alors Bastien à l'extérieur pour rentrer avec lui.

— J't'attends dehors, Bastien. Ne prends pas trop ton temps.

Je m'accroupis adossé contre le mur du bâtiment en briques dans la lumière chaude du soleil qui commençait à décliner. Au loin, il y avait Pons, qui, depuis peu, avait sympathisé avec un autre groupe de trois garçons de l'école aussi creux que lui. Ils riaient à tout vent d'un rire manquant de sincérité à des blagues creuses près de la porte cochère.

Des instituteurs les dépassèrent et les enjoignirent de rentrer chez eux de ce pas. Je perçai Pons de mon regard tandis qu'il filait sous le porche d'entrée.

Près du portail, j'aperçus également Madeleine entourée de ses amies qui s'apprêtaient à sortir de l'établissement. Elle semblait très captivée par leur conversation et ce fut de peu qu'elle ne s'en aille sans m'adresser un dernier sourire. Le vent souffla une bourrasque. Ses cheveux de jais vinrent se coller à sa figure et l'obligèrent à tourner légèrement son regard vers moi. Ses beaux yeux bleus rencontrèrent les miens. Elle me fit un signe de la main, adressa un mot à ses camarades et vint d'elle-même à ma rencontre.

Je sentais son air scrutateur peser sur moi et cela me rendait nerveux. Elle resta bien quelques secondes à essayer de comprendre ce qui me passait par la tête. Et puis, elle dit soudainement de sa douce voix :

— Bonjour Amarante.

Je balbutiai quelques mots incompréhensibles. Cela la fit sourire. Enfin, quand je réussis à contrôler mes émotions, je prononçai deux mots qui furent rapidement noyés par ceux de Bastien :

— Bonjour, Madeleine…

— Et voilà le travail, me coupa Bastien qui venait de sortir de la classe. Propre comme si c'était neuf.

Il observa Madeleine, puis m'observa à moi.

— Eh ben quoi ? On n'y va pas ?

— Si, si, dis-je avec mécontentement.

Je me levai.

— Tu viens avec nous, Madeleine ?

— D'accord, accepta-t-elle de sa délicate voix.

Poussin nous suivit de très près. Il avait rentré son visage le plus possible dans son col et se cachait dans l'ombre de Bastien. Madeleine parut interloquée par sa présence.

— Comment est-ce que tu t'appelles ? demanda-t-elle gentiment comme s'il s'agissait d'un petit enfant.

Même Madeleine ne connaissait pas le prénom de Poussin. Vraiment... Ce garçon était digne d'être appelé « le fantôme de l'école »...

Comme un escargot sortant doucement la tête de sa coquille, il se tourna vers Madeleine :

— Je m'appelle Pierre Poussin.

Madeleine me regarda avec une expression qui voulait dire « Je n'avais jamais entendu parler de lui avant ». Je haussai les épaules. « Moi non plus », lui fis-je comprendre.

Elle se tourna vers Bastien.

— Et toi, je te connais. Tu es le fils de Monsieur Carrère. Tu es... BASTIEN ! Je te connais parce que je vois souvent ton père à l'église de la Dalbade le dimanche. C'est le monsieur chauve, non ?

— Oui, oui, c'est exact, Madeleine Dupuy. À votre service, dit-il en faisant une révérence.

J'éclatai d'un rire narquois face à la courtoisie très « fin'amor » de mon ami.

Arrivés à hauteur du portail, Poussin se rapprocha très près de nous. Et pour cause ! Gilles était encore ici à papoter avec les autres. Près du mur rouge sur lequel dansaient déjà les ombres d'une ville qui accueillait flegmatiquement le repos de ses gens après l'effervescence journalière, ils avaient grillé une cigarette en cachette.

Gilles aperçut Pierre et il ne lui fallut pas plus d'une seconde pour qu'il fonde sur lui comme une furie. Il s'intercala entre nous, nous tournant le dos, et le poussa d'un geste brusque à l'épaule.

— Tu as ce que j't'ai demandé, Poussin ? lui demanda-t-il avec agressivité.

— Non, répondit Poussin les jambes flageolantes.

— Tu t'moques de moi ? Tu crois que je vais l'attendre longtemps ce fric ?

Il l'attrapa par le col et le secoua, prêt à le mordre comme un chien enragé. Apparemment, c'était allé très loin entre Gilles et Pierre.

— T'es en train de me rouler, siffla Pons entre ses dents. Je le vois dans tes yeux de morveux. T'as du culot de me prendre de si haut. Tu vas voir ce que tu vas voir.

Cet enfoiré profitait d'un moment d'absence des parents et des instituteurs à la sortie de l'école pour s'en prendre à un plus faible que lui. Contrairement à moi et à Bastien, cela ne le dérangeait pas le moins du monde de jouer aux lâches avec quelqu'un qui ne pouvait pas se défendre. Oui… J'avais failli ressembler à Gilles quelques minutes plus tôt dans la classe et je me félicitais maintenant de ne pas m'être rabaissé au rang de ce petit voyou. Aujourd'hui, la mère de Pierre n'était pas non plus venue le récupérer à la sortie des classes. Ce n'était vraiment pas de chance pour Poussin.

Gilles emmena Pierre dans le coin de l'arcade de la porte cochère pour le passer à tabac. Ses nouveaux acolytes l'encerclèrent pour le masquer de la vue des passants. Pons lui décocha un coup de pied brutal dans le tibia l'obligeant à s'accroupir. Ceci provoqua le ricanement de ses comparses. Cette fois, Poussin n'irait pas loin. Un des garçons racla le mur ocre rouge d'une pièce de dix francs juste au-dessus de la tête de Pierre pour l'ennuyer un peu plus.

Madeleine poussa un petit cri d'effroi portant les mains sur sa bouche. Elle lança vers moi un regard affolé. Je lus dans ses beaux yeux une profonde pitié à l'égard de Poussin. Je jetai un coup d'œil du côté de Bastien. Je sentais qu'il était sur le point d'exploser ouvrant et fermant convulsivement ses mains. Il ne faisait aucun doute qu'il appréciait Poussin et je le voyais déjà se ruer, lui et son corps musclé, sur ses oppresseurs.

Je n'eus pas d'autres choix que de répondre à leurs appels de détresse. J'allais le faire… J'allais aider Pierre Poussin à se dépêtrer de cette mouise. Je n'étais pas un lâche. Au fond de moi, j'aurais préféré qu'il s'agisse d'une autre personne. Mais les yeux de Madeleine et le regard furieux de Bastien éprouvèrent mon mépris et, sans presque m'en rendre compte, je jetai mon cartable en cuir sur la tête de Pons.

Gilles poussa un léger cri aigu et porta ses mains à sa tête. Le choc administré avait dû résonner dans sa boîte crânienne. Madeleine et Bastien observèrent la scène, le regard balançant entre la surprise et l'émotion. Pendant quelques secondes, moi-même j'admirai Pons, complètement sonné, titubant en avant et en arrière. Et pendant ces quelques secondes, je goûtai une immense fierté dans ma victoire.

Cependant, la situation changea en un tournemain.

Quand leur étonnement se dispersa, les trois amis de Pons me lancèrent des menaces en pleine figure :

— Sale con de La Farge…, m'insulta l'un.

— Tu nous cherches toi aussi ? me rudoya un autre.

— Arrêtez ! leur cria Madeleine dans l'espoir de les arrêter. C'est vous qui avez commencé cette bagarre. Le Ciel va vous punir !

Les autres pouffèrent de rire se moquant d'elle.

La situation tournait au vinaigre. Des passants nous observaient déjà du coin de l'œil. Mais s'il fallait que je me jette dans la gueule du loup, je m'y jetterais. Je préférais être stoppé par des passants dans mon offensive folle que d'être à terre, humilié et roué de coups de pied par ces fumiers. C'est comme cela que je voyais les choses. Et c'est ainsi que me l'avez enseigné Pépé de Grépiac, amateur de rugby durant une adolescence fraîche et immature :

« Tu cognes avant qu'on ne te cogne. T'es trop lent, on te cogne avant, et t'es certain de ne plus pouvoir cogner en retour. Prends mes conseils à la lettre. Tu verras. »

— Bastien, t'es prêt ? balançai-je à mon camarade.

Mon précédent geste avait animé chez celui-ci un peu plus sa soif de vengeance et de baston.

— Allez…, me répondit-il d'un hochement de la tête.

Bastien était chaud quand il sortait de sa coquille de pataud. Je savais que ce garçon pouvait à lui seul s'occuper de deux gars de son âge à la fois et, même au sol et frappé de coups de pied, il arrivait à soulever sa masse corporelle avec aisance pour se jeter encore une fois sur ses agresseurs. Je l'avais déjà vu faire l'année passée à l'école. Les deux garçons, qui le harcelaient à cette époque, n'avaient pas demandé leur reste.

— Madeleine, recule-toi, dis-je à la jeune fille.

Elle fit aussitôt plusieurs pas en arrière en observant mon impétuosité avec la plus grande attention.

Je provoquai les trois garçons à tout hasard.

— Vous nous cherchez ? Hé, toi ! Tu me cherches, espèce de fils à papa ! T'as un problème avec moi ?

Je poussai de mes deux mains sur le torse de celui qui avait le crâne rasé et des dents d'équidé. Celui-là s'appelait Adrien Cheval.

— Oh là, on se calme là, s'avança Florian Delrieu.

— Quoi ? T'as la frousse ? lui lançai-je en pleine face.

— Il a pas la frousse comme toi, espèce d'enfoiré, me renvoya Cheval.

Delrieu tenta de modérer la situation.

— Bon, on en reste là pour aujourd'hui. Par contre, t'as pas intérêt à nous faire chier la prochaine fois. Compris ?

— Non, non, tu m'as cherché, toi et tes insultes. J'ai pas aimé. Maintenant, on va en discuter à ma manière.

J'étais remonté. Plus rien ne pouvait m'arrêter maintenant. Moi, le gros bébé à maman que j'étais… Je brûlais d'envie de les assaillir de coups et de leur casser les dents.

Tu cognes avant qu'on ne te cogne…

Cette fois-ci, mon coup serait volontaire, contrôlé. Je serrai le poing aussi fort que je le pus et flanquai une droite à Delrieu. Derrière moi, Madeleine poussa un cri et à mes côtés, Bastien s'abattit lourdement sur Cheval en criant la devise de Philippe de Bourgogne pour se donner du courage :

— Moult me tarde !

Delrieu chancela sur le côté gauche et Guy Espinasse, un garçon à l'air pas très futé, tenta de m'attraper du côté droit. Il ressemblait à une fillette, mais il était plus nerveux que Cheval. Son bras sur ma nuque m'obligea à basculer en avant et, s'affalant presque sur moi, il tenta de m'affliger des coups de poing au hasard sur le visage, dans les côtes et dans le ventre. J'aurais été à terre si à ce moment-là Jules, Dennis et Robin n'étaient pas intervenus :

— Remuez-vous la nouille ! Robin ! Dennis ! lança Jules à nos camarades pour les échauffer un peu plus.

Ils étaient restés. Je ne savais pas d'où ils se ramenaient, mais je leur étais mille fois reconnaissant.

Maintenant, les passants nous observaient vraiment. Une vieille femme nous cria même « Qu'est-ce que vous faites là, petits garnements ? Oust ! Partez ! »

Robin se jeta sur Espinasse, qui trébucha sur les fesses. Cheval, quant à lui, en avait eu pour son grade. Il saignait du nez et sa chemise à carreaux était déchirée à l'épaule. Il criait à Carrère des mots entre la menace et la supplication :

— Ça va, lâche-moi, espèce de bâtard !

— Si tu crois que je vais te lâcher comme ça, lui répondit Bastien.

Dennis m'aida à me relever.

Jules se prépara à charger Pons qui avait des difficultés à se remettre du choc du cartable. Cependant, je le stoppai net.

— Pons, dégage, déclarai-je en m'adressant à lui avec audace.

— Espèce de sale con, me lança-t-il avant d'attraper son cartable et d'ordonner aux autres de le suivre.

Ils s'éloignèrent, cassés de partout, vers les berges de la Garonne.

— Pons ! lui criai-je. T'as pas intérêt à cafter cette fois-ci. Ou on dit tout aux parents pour ton argent pourri !

Sur les premières marches de l'escalier en pierre, il se retourna, et m'envoya un doigt d'honneur.

— Il va pas cafter, cette fois-ci, hein ? me demanda Robin.

— À mon avis, non, pas cette fois. Il sait qu'on est témoin de sa tentative de vol, répondit Dennis en crachant sur les pavés gris.

— Amarante…, m'appela Bastien.

Je me tournai vers mon ami.

La tristesse parcourait son visage rond. Il me montra Poussin d'un simple signe de tête.

Le garçon était recroquevillé sur lui-même, ses belles chaussures noires cirées écrasant une déjection de chien qui se trouvait à l'angle du mur. Il avait uriné sur lui et l'urine s'égouttait par l'encolure du bermuda. Sa blouse grise d'écolier était poudrée du rouge des briques du mur émietté sous l'effet du frottement.

Un bruit sec, comme une porte ou une fenêtre que l'on a laissé longtemps fermée, s'éleva au-dessus de nos têtes.

C'était Madame Bourseflarre, qui, interpellée par le bruit dans la rue, venait de sortir sa grosse tête depuis l'ouverture de la fenêtre de son bureau.

— C'est pas bientôt fini ce chahut ? nous gronda-t-elle. Déguerpissez. Vous n'avez rien à faire ici.

— Oh, mais c'est Madame Tartiflette, répondit Robin en écho.

Elle leva un doigt en l'air, prête à nous sermonner. Elle se ravisa et elle rentra la tête à l'intérieur en poussant des mots menaçants.

— Elle va appeler quelqu'un, s'affola Madeleine. Filons. Vite.

Elle attrapa Poussin par la main. Une trace de sang rouge pivoine séchait sur cette main et, sur sa chemise, des taches de gouttes formaient des cercles que le tissu neuf avait imbibées. Il saignait du nez. Tout à coup, je me sentis mal de voir cela… Une étrange sensation d'affolement me contraria profondément.

On détala à toute vitesse. On descendit la rue, qui longeait les berges de la Garonne, et on traversa la sombre rue de la Chaussée qui débouchait sur le quartier dans lequel travaillait mon père.

2
Le garage, rue Mistral

J'emmenai finalement tout le monde au garage, rue Mistral.

C'était un petit garage situé dans une courte et étroite rue perpendiculaire à l'île du Grand Ramier, un îlot enserré entre deux bras de la Garonne qui remontait du sud pour courir à travers Toulouse.

Le garage de Martial était surmonté d'une enseigne peinte en rouge vif sur une façade blanche écrue « Carrosserie La Farge Réparations ». Derrière cette enseigne, on pouvait encore lire celle de son ancien propriétaire « Vins Escau-Noquero ». L'intérieur du garage était mal éclairé. Et pour cause : les immeubles aux bas étages et les maisons mitoyennes, qui le cernaient, étouffaient la lumière et donnaient à l'endroit un aspect sombre et humide. Mon père n'avait pas non plus pensé à rénover sa façade. Au lieu de la remplacer par une grande devanture en verre qui lui aurait fourni un abondant apport en lumière toute la journée, il avait laissé les deux fenêtres à guillotine simple avec ses petits carreaux crasseux de suie et ses cadres de couleur vert algue pourris, qui se trouvaient de chaque côté de la porte coulissante du garage (qui, fort heureusement pour l'aération du lieu, restait ouverte la plupart du temps). Le second étage du bâtiment manquait encore plus d'éclairage. De petits auvents laissaient filtrer quelques rayons de soleil durant quelques heures de la journée. Je vous laisse donc imaginer l'ambiance dans le garage même. Mal aéré et mal éclairé, le lieu était asphyxiant, surtout en plein mois d'août. Martial aurait dû installer son garage à l'angle de la rue Mistral comme Maman lui avait conseillé : il aurait eu une magnifique vue sur la Garonne, plus de soleil et plus d'espace, mais beaucoup de clients fréquentaient déjà son garage et il n'avait jamais appliqué le conseil de sa femme.

En effet, depuis quelques années, l'essor de la mécanisation et de l'automobile avait modifié les habitudes dans les ménages français et avait en particulier amené la population à consacrer plus de part de dépenses dans des objets de confort comme les appareils électroménagers et les voitures. Nous-mêmes, nous possédions une Peugeot 203 familiale que nous utilisions surtout pour nous promener du côté de l'Ariège et du Tarn. Les affaires du Garage La Farge allaient donc bon train avec cette propulsion économique de bon augure et, sur le trottoir, on voyait souvent une rangée de voitures, des 2CV de Citroën, des 4CV de Renault, des Peugeot familiales ou versions fourgonnettes, qui attendaient en file indienne leur tour pour les réparations.

Le second étage était consacré aux bureaux administratifs, qui eux aussi n'étaient pas épargnés par les odeurs d'essence et de cigarette froide que les employés venaient cramer pendant leur heure de pause. On y montait par un escalier en colimaçon boisé. Il n'y avait pas de secrétaire. C'était mon père qui s'occupait des devis et de la comptabilité comme un vrai chef. Alors, quand il n'était pas occupé à enlever les jantes d'une roue, il était assis derrière un vieux bureau en bois recouvert de papiers, rayé et taché d'encre par endroits. Il était là, assis, en train de calculer les recettes de sa belle affaire, une cigarette à la bouche, les cheveux désordonnés aussi noirs que le cambouis collé sur les moteurs, et des poches tournant au violacé sous ses beaux yeux verts.

Les bureaux administratifs étaient séparés d'une mezzanine qui courait sur une large partie au-dessus du rez-de-chaussée possédant son propre escalier par lequel on pouvait y accéder.

La mezzanine regorgeait de cartons en vrac, de plein de papiers administratifs, d'outils usés, de pneus dont mon père ferait sans doute l'usage un jour, et d'un vieux casier militaire dans lequel j'avais fouiné quand j'étais plus jeune. À mon plus grand enchantement, j'y avais retrouvé des pièces de monnaie d'un ancien temps, une vieille collection de timbres, une montre à gousset cassée et toutes sortes de petites pièces détachées. Il y avait des tiges de remontoir, des balanciers, des barillets, des roues et autres petits objets dont l'appellation dépassait mes connaissances. Ces pièces avaient été rangées avec négligence dans des boîtes qui avaient une fois servi de rangement à des photographies, car elles portaient chacune une inscription : « 1869 », « 1870 », « 1918 Pépère, Service armée », »1930 Josette-La Poudrerie, île du Ramier », « 1941 Pépère à Ihlet, près Sarrancolin », « 1942 – Lise bateau » « 1943 Photos du Clou », « 1943 Flo Motobécane », « 1946 Flo Hôpital La Grave ». Dans la boîte « Photos du Clou », et seulement dans cette boîte, j'y avais retrouvé des photographies d'un jeune Martial entouré d'hommes de sa connaissance. Ma trouvaille se situait d'ailleurs quelques mois après le récit de Martial sur l'Alsacien rencontré sur le chemin de Grépiac. Il m'avait dit qu'il ignorait où il avait rangé les photos du Clou et je les avais trouvées par hasard, ici, dans un casier militaire tout rouillé. Je me rappelle combien le visage de ces hommes m'avait marqué. Ils me paraissaient si familiers… Et pourtant, je ne les connaissais pas… Était-ce eux les amis de mon père ? Étaient-ce le Clou et les autres… ? C'était une photographie en noir et blanc. Et on voyait mal les contours des silhouettes. Mais je pensais déceler derrière l'un de ces hommes, bien bâti et cheveux aux clairs comme les miens, une forme qui ressemblait à une arme à feu. Par la suite, mon père avait dû comprendre que j'avais fouillé dans ses affaires, car, depuis, je n'ai plus retrouvé ces clichés. Par la suite, je n'osais pas lui demander où il les avait mis. Et la boîte était restée vide depuis.

Mon père était un bricoleur en tous genres et il avait aménagé mon propre espace dans un des recoins de l'étage. Il avait installé deux rails qui se rejoignaient en un angle droit et y avait accroché de lourds rideaux en velours pourpre. Ils avaient appartenu à feu Mémère Louisette. Quand je m'y enfermais à l'intérieur avec les copains, nous étions comme dans une boîte sombre. Mon père avait tiré des câbles électriques et il avait posé deux lampes murales. Une banquette faisait office de canapé et un « coin bar », fait d'épais panneaux de bouleau et rempli de jeux de société, formait un « U » près d'un pan du mur.

On était donc venu se cacher ici, dans cet endroit un peu excentré du centre-ville. En nous voyant débarquer d'une manière si inopportune, Martial se demanda ce qui nous amenait ici. Il observa Pierre qui saignait du nez.

— Et qu'est-ce que vous faites ici ? Vous devriez pas être à la maison ? Et Maman ?

— C'est Pons qui lui a fait ça à la sortie des écoles, lui dis-je.

Ses yeux tombèrent sur les taches de sang sur la chemise de Pierre. Son visage se radoucit. Enfin, il venait de comprendre. Il attrapa un torchon et le plaqua sous le nez de Pierre.

— Tiens, pour toi. Va te passer un peu d'eau sur la figure. Je vais appeler le directeur de l'école quand j'aurai une minute. Je lui en toucherai deux mots.

— Il ne m'a pas non plus rendu mon talkie.

— J'en parlerai aussi…

Ça me fit chaud au cœur de l'entendre parler ainsi.

Il nous laissa filer.

Dans les toilettes du rez-de-chaussée, Robin déroula du papier qu'il imbiba d'eau depuis le lavabo noirci par le cambouis.

À l'étage, on tira les deux pans du rideau en velours pour nous dérober à la vue des garagistes et on aida Pierre à se décrotter. Madeleine se retourna par pudeur. Il enleva son bermuda et ses chaussures salis. Il s'assit sur la banquette et on posa sur ses genoux une petite couverture en laine. Jules essuya la déjection sur une des chaussures que Dennis tenait du bout des doigts. Moi, je m'occupais de l'autre paire.

— Bon, Poussin, c'est pas « PROPRE-PROPRE ». Mais c'est un début, dis-je après avoir terminé le nettoyage.

Je lui lançai un coup d'œil vif.

— Merci, répondit-il avec timidité. Vous étiez pas obligés.

— Bien sûr que si, le coupa Bastien en s'asseyant près de lui pour le consoler. On est amis.

— Dennis, Robin, vous descendez ?

— Ouais, pour nettoyer le falzar un peu, répondit Robin.

— Vous pouvez jeter ça aussi dans les *Waters* ?

Je tendis le papier sale.

— Ah non, pas moi, dit Robin. Regarde, j'ai déjà les mains prises par son vêtement souillé.

Dennis souffla, résigné. Il avait déjà du papier dans les doigts qu'il gardait à une distance respectueuse de lui.

— Ben, passe-moi-le.

Madeleine s'assit à son tour sur la banquette, à gauche de Pierre. Jules s'installa sur le restant de place qui restait près de Bastien. Quant à moi, j'attrapai plusieurs coussins rangés dans le bar et les jetai sur le sol.

On attendit que Robin et Dennis remontent pour débuter la conversation.

— Et voilà l'travail, s'écria Robin en étalant le bermuda mouillé sur le comptoir.

Pierre semblait ému. Il se mit à répandre des larmes qu'il essuya du revers de sa main.

— Vous êtes vraiment sympas, nous confia-t-il entre deux sanglots.

Bastien, qui était d'une nature émotive, ne put s'empêcher d'écraser une larme. À côté de lui, Jules et Madeleine paraissaient être envahis d'une profonde sympathie pour Poussin.

Franchement, je crois que je l'avais aidé surtout pour impressionner Madeleine. Cependant, je ne pus m'empêcher de me sentir désolé cette fois-ci. Les larmes, qui perlaient sur la peau de ses joues blanches, provoquèrent de la peine chez moi aussi. Et un sentiment de mélancolie serra tout à coup mon cœur. Je ne sus me l'expliquer pourquoi… Ce garçon avait tout bonnement le don de soulever des sentiments forts chez moi et peut-être bien chez les autres aussi.

Madeleine esquissa un sourire sur ses lèvres qu'elle m'accorda quand elle vit que je m'inquiétais pour Pierre. Tout de suite, je lui renvoyai un sourire rempli de fierté.

Enfin, Robin et Dennis remontèrent. Bastien se leva alors avec solennité :

— Mes amis, je crois bien que nous devons des excuses à Pierre.

— Ça, c'est bien vrai ! s'exclama Robin avec exagération.

— Tu vas arrêter ton cinéma ? le réprimanda Jules. Moi aussi, je m'excuse.

Dennis acquiesça en silence.

Je me levai à mon tour pour aller lui serrer la main.

— Désolé, mon gars, lui dis-je tout en jetant un coup d'œil sur Madeleine.

Bastien racla délibérément sa gorge. Il attendait de toute évidence que je m'excuse pour autre chose.

Je soufflai.

— Et pour la boule de journal aussi, désolé…

Les autres me regardèrent ne comprenant pas de quoi je parlais. Madeleine aussi.

— Bon, ça va quoi les gars. Arrêtez de me regarder comme ça.

Bastien reprit la parole.

— Tout ça, ça a commencé à cause de la liste des sobriquets, à cause de nous. Pierre voulait seulement devenir copain avec nous. Désolé Pierre.

Bastien serra aussi la main de Pierre et se rassit.

On fut tous d'accord pour dire que Gilles, en revanche, n'était plus un ami. Et tout le monde fut soulagé de l'admettre.

Pierre nous confia qu'il avait lui-même un nom à faire partie des sobriquets.

— Je m'appelle Pierre Maxime Maximilus Poussin-Weiss.

On éclata de rire.

— Je déteste mes prénoms et mes noms.

Ayant moi-même des difficultés à accepter mon prénom et mon nom, son aveu me plut beaucoup. Il parla de lui et de sa famille avec qu'il s'ennuyait des journées entières surtout quand il allait à la messe le dimanche. Robin exprima son étonnement avec beaucoup d'exagération dans sa voix :

— Quoi ? T'aimes pas la messe ? Dimanche, c'est pourtant le meilleur jour de la semaine !

— Y a que toi qui t'intéresses à la messe, mec, lui fit remarquer Jules.

Il se tourna vers Madeleine qui venait de rougir.

— Ah, pardon… Et toi aussi Madeleine, lui dit-il sur un ton d'excuse.

Cela provoqua notre rire à tous.

Puis, Pierre poursuivit. Il nous avoua son désir de suivre des cours supérieurs à ceux qu'il suivait avec nous puisque son niveau le permettait. Il nous fit également part de la raison pour laquelle il avait souhaité s'intégrer à notre groupe d'amis :

— Les autres de la classe sont pas très intéressants. En fait, y a que vous les gars… Mais avec Gilles dans les parages, j'pouvais quasiment rien faire.

Il parla ensuite de diverses choses. Ce n'était pas un moulin à paroles, surtout en temps normal, mais Bastien avait eu raison lorsqu'il avait affirmé que Pierre pouvait être aussi un garçon intéressant. Il nous expliqua comment fabriquer de véritables bombes, comment dormir à la belle étoile sans sac de couchage, comment chasser le gibier…

Finalement, je trouvai que Pierre n'était pas si ennuyeux que je le croyais.

Et il y a autre chose qui me fit changer d'avis sur Pierre : il nous avoua qu'il était fait de plein de manies et que c'était peut-être cela qui le rendait étrange aux yeux des autres. Ainsi, il détestait l'échec scolaire (surtout en maths), parler de banalités (il préférait parler de sciences ou de mécanique), parler en allemand (sa mère avait des origines alsaciennes et s'adressait à lui souvent dans cette langue) et les hommes qui s'en prenaient aux plus faibles. Tout cela, comme moi. Dès lors, je sentis un lien m'unir à Pierre me disant qu'il n'était pas si « éloigné » de moi que cela.

On parla ainsi une bonne heure durant.

Mais, alors que nous discutions ensemble, mes yeux furent attirés par un objet de forme rectangulaire sur la vieille étagère qui se trouvait derrière le comptoir : il s'agissait du talkie-walkie. J'avais demandé à Martial de s'en débarrasser et il s'en était débarrassé à sa manière.

— Les gars, fis-je d'un mouvement de la tête.

Ils se tournèrent tous vers l'appareil.

Dennis glapit et se leva aussitôt. Robin se jeta sur Jules qui le repoussa d'un mouvement sec. Madeleine et Pierre nous regardèrent étonnés de nous voir réagir ainsi.

— Que se passe-t-il ? demanda-t-elle.

J'observai la boîte. Elle était silencieuse. Et si ce qu'il s'était produit quelques jours plus tôt était vrai ? Après tout, nous en avions tous été témoins. Je balayai du regard mes amis qui n'étaient pas du tout rassurés. Un début de crainte se lisait sur leur visage.

— Ne va pas toucher ce machin, me dit Dennis.

Il avait raison. Il fallait que je laisse tomber.

Mais, j'étais une tête de mule et il y avait quelque chose avec cet appareil… Une force me poussait à vérifier et à écouter les ondes qui affluaient dans cette boîte de fer.

Je me levai.

— Qu'est-ce que tu fais ? m'interrogea Dennis très inquiet.

— Laisse tomber, Amarante, fit Bastien à son tour.

— Attendez, les gars, dit Jules. Qu'est-ce qu'il peut se passer d'autre ? Ce ne sont que des interférences.

Le scepticisme de Jules sembla apaiser quelque peu Dennis et Bastien. Dennis se rassit à contrecœur. Il ramena ses jambes contre son torse, comme si rester dans cette position fermée l'aurait protégé de tout revenant.

J'attrapai avec précaution le talkie et l'amenai au centre de notre cercle. Il n'était pas allumé et ne grésillait pas non plus.

Je l'allumai. Rien non plus.

— Je crois qu'on a notre réponse, dit Dennis, on n'a pas besoin d'en faire plus…

Il finit à peine sa phrase qu'un grésillement s'échappa du boîtier.

— Attends, je crois entendre quelque chose…, dis-je.

Jules se pencha à son tour.

— Oui, effectivement, j'entends ces étranges grésillements.

Jules changea tout à coup de ton :

— Attention Dennis, Bastien ! Ça va exploser !

Les deux concernés sursautèrent.

— T'es bête ou quoi ? le disputa Dennis qui venait de blêmir aussi blanc qu'un linge.

— C'était pour rire.

Moi, je collai un peu plus mon oreille sur les écouteurs. Les grésillements commençaient à prendre une nouvelle forme. Les autres continuaient à se chamailler. Je leur intimai l'ordre de se taire.

— Chut, écoutez, ça va recommencer.

Comme les autres fois, les grésillements partirent tantôt dans les aigus, tantôt dans les graves. C'était effrayant et pourtant, il y avait quelque chose de « merveilleux » à voir cet appareil s'animer de la sorte.

Le grésillement se transforma peu à peu en lettres étouffées pour finalement prendre une véritable forme et devenir une voix humaine. La voix d'un homme émergea des écouteurs tandis que nous restions cloués devant ce phénomène étrange.

« **Tu m'entENds là ? Et là, Tu m'entends ?** »

De l'autre côté, un temps s'écoula. Puis quelqu'un d'autre répondit :

« **Je te reçOIs cinq sur CINQ, Robert.** »

L'autre se mit à rire.

« **Dis-MOI en quelle ANnée nous sommes et je te dirAI si je te reçois cinq sur cinq.** »

« **NOUS sommes en 1943** », répondit le soi-disant Robert avec assurance.

« **Très bien… SecOND test…** »

Madeleine se leva et éteignit l'émetteur-récepteur. Elle gardait les mains jointes contre son torse, non pas dans une attitude pieuse, mais plutôt dans une expression d'incertitude.

Et on resta un moment comme cela : tous interdits après cet échange aux distances éloignées de nous.

Les gens qui parlaient dans ces appareils n'étaient pas de notre temps. Nous étions en 1956 et ils étaient en 1943. C'était impensable. Et pourtant, c'était bien ce que nous avions entendu. Quand enfin je réussis à remettre mes idées dans l'ordre, je soufflai un grand coup et je leur expliquai l'histoire de l'opération Dynamo.

— OK, les gars… Il faut que je vous explique quelque chose… Mon père m'a parlé d'une opération militaire un jour quand j'étais petit. Ça s'appelait l'opération Dynamo. Une sorte d'opération sauvetage sur les plages de Dunkerque pendant la guerre. C'est ce dont parlait le premier gars qu'on a entendu dans le parc.

Le simple fait de reparler de cette histoire d'opération Dynamo, ferait tourner à nouveau dans mon cerveau les mots « Dunkerque » et « Dynamo » plusieurs jours après les avoir prononcés, mais qu'importe…

— Et s'ils pouvaient nous entendre ? demanda Robin.

— Qu'est-ce qu'on leur dirait de toute façon ? fit Bastien.

— C'est peut-être un canular, ajouta Jules.

C'est alors que Pierre prit la parole au beau milieu de tous ces doutes et questionnements :

— Y a peut-être un problème avec l'espace et le temps.

On le regarda tous sans trop savoir quoi répondre. Un phénomène surnaturel expliqué par la science, ce n'était pas du tout l'explication à laquelle on s'attendait.

— Et si c'étaient seulement des fantômes ? dit Dennis.

Madeleine croisa les bras, pas très rassurée d'entendre ces histoires d'espace-temps et de fantômes. Je crois même que pieuse comme elle était, elle n'avait pas vraiment envie d'envisager d'entendre une quelconque hypothèse quant à la nature des phénomènes, qui aurait pu démolir ses ferventes convictions de catholique.

Cependant, j'avais besoin de connaître la vérité. Je repris.

— Et si on essayait de réécouter ? Pour en avoir le cœur net.

Hormis Jules et Pierre, tous baissèrent les yeux.

— Vas-y, allume-le, dit-il, on va bien en trouver une explication.

J'étais du même avis que Jules. Pierre semblait l'être aussi.

Avant même d'avoir posé la main dessus, l'engin se remit à grésiller. On entendit ces voix d'hommes. C'étaient les mêmes hommes. On avait de la chance de pouvoir les entendre encore une fois. Ils échangeaient des bribes de conversations par intermittence et ce qu'ils échangeaient semblait si sérieux qu'on se mit tous à y croire. Moi, le premier... Et puis Madeleine, Robin, Jules, Bastien, Dennis et Pierre...

« RObert, là, je te reçOIS. À toi. »

« Ben, pour MOI aussi, c'est très net. Cinq sur cinq, PIERRE. »

« Enfin ! Bon ben on va pouvoir s'EN resservir pour KOCH. Il valait mieux les refaire ces petits tests. »

« Ouais… Je te retrouve en bas… »

Les voix s'éteignirent en même temps que le talkie-walkie.

C'était la manifestation d'un phénomène surnaturel, de quelque chose de merveilleux et je commençais à y adhérer comme s'il faisait véritablement partie de notre existence. Je déclarai alors avec conviction :

— Peut-être que ce sont des phénomènes qui existent. Et pourquoi pas…

Pierre parla à son tour :

— Il s'appelle Pierre comme moi…

Oui, cela m'avait interpellé aussi. Toutefois, Pierre était un prénom très courant.

Jules conclut notre conversation par une autre remarque, plus étrange celle-là :

— Je sais pas vous les gars, mais j'ai comme eu l'impression d'entendre Pierre et Bastien en train de faire des essais avec le talkie. Je sais pas… C'était comme si… Le timbre de leur voix se ressemblait…

1943
Toulouse

Quand une fois
on a accueilli le Mal chez soi,
il ne demande plus
qu'on lui fasse confiance

Franz Kafka, *Journal Intime*

1
Piégé de l'autre côté

Emporté par ses démons, Deniel se retrouva coincé derrière la ligne de démarcation mise en vigueur le 25 juin 1940. L'armistice avait été signé trois jours avant et avait donné le droit aux Nazis d'occuper une grande partie de la France. Le gouvernement français avait installé ses quartiers à Vichy et la France de Pétain tournait sur un nouveau régime : « Travail, Famille, Patrie ». Comme si cela ne suffisait pas, le 11 novembre 1942, les Allemands avaient également envahi la zone sud en représailles au débarquement des Alliés en Afrique du Nord. Cette zone s'était retrouvée alors encombrée de Nazis. Les contrôles s'étaient intensifiés contre ceux qui n'entraient pas dans les « normes » imposées par leur régime : les partis politiques opposés, les intellectuels antifascistes, les étrangers en situation irrégulière, les personnes dont la particularité était d'être homosexuel, les Juifs et les personnes réfractaires au régime nazi ou de Vichy qui résistaient au nom de la République et de la Démocratie qu'ils venaient de perdre.

C'est dans ce contexte que Deniel s'était installé avec Marie-Catherine à Toulouse. La Ville rose ne fut, bien sûr, épargnée ni par le Régime de Vichy ni par le Régime nazi, et souvent lorsqu'ils prenaient leur petit-déjeuner, ils pouvaient voir défiler depuis leur fenêtre la Milice, cette police française formée pour traquer ceux qui déviaient du nouveau système.

Sous la menace, Deniel avait amené les deux fuyards jusqu'à Toulouse. C'était tout simplement invraisemblable. S'il avait été dans son assiette, jamais il n'aurait fait une chose pareille. Il avait été si confus, si fatigué intérieurement qu'il n'avait pas réussi à s'opposer. Et puis, au fil de leur descente vers Toulouse, il s'était passé autre chose : Deniel n'avait pas pu s'empêcher de *flirter* avec la belle et décadente Marie-Catherine. Elle avait offert son épaule sur laquelle il avait pu laisser reposer son mal-être. Il se sentait si détérioré ces derniers jours qu'il n'avait pas hésité une seule seconde à trouver du réconfort avec elle.

En revanche, ce qu'il n'avait pas exactement prévu, c'est cette ligne de démarcation qui le séparerait définitivement de sa famille. Tout avait été si rapide que Deniel n'avait pas eu le temps de se retourner. La jeune femme l'avait entraîné dans ce monde qui lui plaisait tant : celui de la douce chair. Il n'avait pas su voir au-delà de son plaisir. C'était décidément un homme à femmes qui ne voyait le monde qu'à travers cette perspective et peut-être bien qu'un jour son vice le perdrait. Il en avait alors voulu à cette femme de l'avoir emporté comme une harpie et il en avait voulu un temps à cette passion mordante qui l'assommait chaque fois qu'il pouvait tomber dans les bras d'une nouvelle venue. Les femmes avaient un pouvoir irrésistible sur lui… Il s'était senti vraiment idiot.

Mais son point de vue avait rapidement changé et il s'était finalement félicité d'être resté à Toulouse quand il lut une lettre adressée par ses parents.

En effet, il s'était empressé de leur écrire une lettre leur assurant qu'il était sain et sauf. Leur réponse lui avait écrasé le cœur : pendant des semaines, ils avaient été sans nouvelles de leur fils et ils s'étaient résolus à penser qu'il était mort au front. Ils avaient discuté avec le curé pour une sobre cérémonie funéraire afin de faire proprement leurs adieux et ils étaient sur le point de fixer une date quand la lettre de Deniel leur était parvenue. À présent, ils déploraient leur séparation forcée à cause de la ligne de démarcation. Et puis, il y avait ce paragraphe qui avait fait bondir Deniel plus que l'annonce de ses funérailles : son père lui demandait de « se réengager dans l'armée ou de travailler avec une milice et prêter main-forte aux Nazis pour rétablir rapidement le calme entre les deux partis ». Deniel avait décelé dans les mots de son père cette « agressivité » qui l'envahissait toujours d'un sentiment amer. Ils étaient blessants et écœurants. Est-ce que son père avait déjà oublié les souffrances dont son fils avait fait l'objet à Calais ? Au diable ses discours stupides qu'il lui avait rabâchés avant son départ pour le front !

Deniel s'était alors juré qu'il ne rentrerait pas avant la fin de la guerre et qu'il trouverait bien un moyen pour débarrasser le sol français des Nazis.

Deniel avait erré à Toulouse pendant un moment : durant les deux ans qui avaient suivi sa descente vers cette ville, il s'était levé le matin aux côtés de Marie-Catherine, et après lui avoir déposé un baiser sur son front blanc dont le contraste avec le vermeil de ses lèvres le laissait toujours ému, il partait, boitant, dans les rues fraîches et rouges de Toulouse tandis que la torpeur régnait autour de la Garonne. Au fil de ses promenades erratiques, il avait découvert un tout nouvel espace dont il ignorait le charme et celui-ci lui avait beaucoup plu. La chaleur de ses briques et l'insouciance qui régnait dans les cafés et près des théâtres quelques heures plus tard dans la journée lui avaient presque fait oublier d'où il revenait. Bien sûr, Toulouse n'était pas épargnée par les bombardements. Et lors de ses flâneries solitaires, Deniel apercevait parfois des bâtiments détruits par les bombes des raids aériens : comme cette boulangerie Vinade devant laquelle le boulanger, un homme corpulent, pleurait la perte de sa boutique en criant :

— Ils ont tout fait tomber sur ma boulangerie ! Ils ont tout fait tomber sur ma boulangerie !

Ce genre de scène alimentait toujours plus la haine de Deniel à l'égard des Allemands.

Il continuait, bien sûr, à ruminer son désarroi et son échec en tant qu'homme. Il avait bel et bien perdu la foi et une partie de sa raison. D'ailleurs, son état de démence n'avait fait que s'accroître, car les images de la guerre revenaient incessamment dans sa tête jusqu'à lui faire perdre pied. Vers la fin de la matinée, il s'installait alors à un bar et buvait des verres de pastis comme il aurait bu des verres d'eau. Il rentrait en fin d'après-midi pour s'affaler dans le lit. À cette heure de la journée, Marie-Catherine finissait de s'occuper de ses derniers clients dans la minuscule boutique de prêt-à-porter qu'elle avait ouverte et qu'elle tenait tant bien que mal à cause du loyer qui était encore trop cher comparé à ses recettes. De son côté, la jeune femme fermait les yeux sur les déambulations de son amant, qui le conduisaient vers une intempérance trop avinée. Elle était amoureuse et insouciante.

Un matin, comme Deniel se dirigeait les mains dans les poches vers le marché Victor Hugo, il bifurqua par la rue de la Chaîne et se retrouva face à cette auguste basilique, dormeuse et silencieuse sous l'écho des hirondelles pirouettant dans les airs. C'était la vieille basilique Saint-Sernin. Il resta campé devant l'édifice religieux une pointe d'aigreur dans le cœur, car il se rappelait alors combien il s'était senti seul à Calais, dans l'hospice et sur la route, réalisant que *Dieu n'était pas là* pour lui, et peut-être même qu'il n'était pas là *tout court*.

Le Père Célestin était arrivé en même temps que lui, et voyant Deniel planté devant la paroisse, un peu « perdu », un peu hésitant avec ses cheveux en broussailles et sa chemise mal ajustée aux hanches, il l'invita à venir avec lui à l'intérieur. Deniel accepta de rentrer dans la basilique, qu'il trouva plutôt mélancolique avec une nuance sinistre rehaussée par la lumière qui transperçait à peine les vitraux. Il était rentré non plus par ferveur, mais plutôt par désespoir. Maintenant, il ressentait cette évidence avec force en lui.

Il était même devenu un peu méfiant à l'égard du clergé en France. Depuis la montée au pouvoir du Maréchal Pétain et de cette résurrection de l'Église encouragée par la propagande de Vichy, Deniel le fuyard avait eu du mal à retrouver une place sur les bancs d'une paroisse, craignant de trop en dire à un prêtre pro-vichyste qui le dénoncerait à la Milice sans une once d'hésitation et qui le ferait envoyer dans le camp du Vernet ou celui de Gurs[9]. Mais contre toute attente, ce fut le curé qui se confia à Deniel. Cet homme était un véritable moulin à paroles. En fait – et il se garda bien de lui dire – le Père Célestin ne pensait pas qu'un homme aussi paumé que Deniel et imbibé d'alcool, ait pu l'accuser d'étaler *légèrement* son opposition contre les agissements du gouvernement. Ainsi donc, il parla.

— En effet, le gouvernement de notre Maréchal a permis une augmentation du nombre de nos paroissiens dans les églises, c'est vrai, avoua le Père tout en préparant un café à Deniel. Je ne pourrai jamais me détourner de la voie que j'ai choisie, mais

---

[9] Camps d'internement situés respectivement en Ariège et dans les Pyrénées-Atlantiques.

quand même, je condamne très fermement les actes de barbarie envers nos compatriotes juifs, qui depuis le mois d'août sont envoyés à Auschwitz. Des femmes, des enfants et des vieillards sont entassés de force, avec perte et fracas dans des trains en partance de la gare Portet/Saint-Simon et ils ne reviennent jamais ici. Déjà entassés dans ce camp du Récébédou[10] parmi les réfugiés espagnols, puis entassés dans ces wagons, et puis quoi encore ? Entassés dans un camp plus grand en pays étranger ?

— Que font-ils d'eux ensuite dans ce nouveau camp, mon Père ?

Le curé secoua la tête.

— Je ne sais pas…

Au début, Deniel n'avait pas osé avouer son incarcération par les Allemands. Puis, comme le curé parlait presque ouvertement de son opposition aux déportations juives, il s'ouvrit à lui et lui raconta ce qu'il lui était arrivé à Calais. Le curé l'écouta sans le juger. Du moins… Ce fut ce que son visage exprimait…

Par la suite et sans grande conviction, Deniel revint souvent pour les laudes. Sa foi ne reviendrait pas. Il en était certain. Il ne connaissait simplement personne à Toulouse et le Père Célestin était le seul homme avec qu'il arrivait à retrouver une sorte d'équilibre. Le curé était un homme allègre, qui ne se prenait pas au sérieux et qui n'en manquait pas une pour placer une blague médiocre à chacune de ses conversations.

Mais un évènement allait transformer la mauvaise routine de Deniel…

Parmi la troupe de paroissiens, qui s'installait sur les bancs de la basilique, il se mit à reconnaître des têtes qui devinrent petit à petit familières. Les mêmes hommes, les mêmes femmes, les mêmes enfants… Tout ce qu'il y avait de plus banal. Jusqu'au

---

[10] Camp d'internement situé à Portet-sur-Garonne, au sud de Toulouse.

jour où il crut apercevoir autre chose que des prières et des confessions. Il voyait très souvent le Père entouré des mêmes paroissiens et paroissiennes à la fin d'un office et il vit très imperceptiblement ce bout de papier que s'échangeaient les deux partis à la dérobée. Dès lors, il comprit que ces gens-là ne se rassemblaient pas seulement pour écouter les laudes et les vêpres, mais qu'il y avait un échange clandestin qui se déroulait au sein même de l'église.

Deniel sauta sur l'occasion.

Il se prit à suivre un des gars, un peu rond et grand à qui le Père Célestin avait confié le papier. Il l'avait déjà vu à l'église plusieurs fois et l'avait trouvé très élégant. Il avait une voix sonore et, quand il parlait, ses attitudes étaient empreintes d'un charisme qui lui aurait valu l'adjectif « aristocratique ».

L'homme sortit dehors et Deniel fit mine de sortir un peu après. L'autre prit la rue du Taur avant de tourner dans l'étroite rue du Périgord. Deniel arriva à son tour à l'entrée de cette rue et constata que l'homme avait déjà disparu. Il fit quelques pas en avant et c'est alors qu'il sentit une main musclée l'attraper et le coller contre la porte d'une résidence toulousaine. L'homme était caché dans ce renfoncement et eut vite fait de coincer Deniel. Il menaça le Breton d'un pistolet dans le dos :

— Alors, comme ça, je suis suivi, siffla l'homme d'une voix qui portait maintenant un accent toulousain tonitruant.

Deniel se demanda s'il n'était pas en train de se faire agresser par un homme différent. Il tourna un peu le visage. C'était bien le « gentilhomme » de l'église. Il avait perdu ses traits de noble pour redevenir à présent lui-même : une sorte de paysan vêtu d'un costume que seuls les gens de la haute société peuvent porter.

— T'as intérêt de me dire tout de suite ce que tu fous ou je te tire dessus, ni vu ni connu.

— Je sais ce que vous faites, dit Deniel.

L'homme enfonça le canon dans son dos.

— Qui a dit que j'étais contre vous ? reprit Deniel avec un flegme qui l'effraya lui-même.

L'homme pouffa.

— Y en a plein comme toi qui avoueraient être *comme moi* s'ils avaient un flingue dans le dos.

— J'ai fait Calais, j'ai été jeté dans un hospice bourré d'Allemands qui ont envoyé les autres en prison. Je sais, aussi bien qu'un paysan sapé comme un riche, ce qu'il se passe en France, dit Deniel avec sang-froid. Je cherche depuis quelque temps à intégrer un groupe armé. C'était l'occasion de vérifier.

— Tu vérifies mal petit. Allons confesser tout cela au curé.

Bien attaché à Deniel, l'homme lui fit faire demi-tour sous la menace de l'arme à feu. Deniel avança sans résistance. Ils entrèrent dans la basilique. Il n'y avait plus personne et le père Célestin rangeait les objets liturgiques.

— Jac... ? Mais enfin que se passe-t-il ?

Quand il vit Deniel et l'homme, il s'empressa de descendre dans la crypte. Les deux autres lui emboîtèrent le pas. Ils l'interrogèrent et Deniel leur expliqua d'un air placide son intention de s'occuper des nuisances des Nazis en France.

— Engagez-moi. Je ne peux servir un État qui fait entrer l'ennemi sur notre territoire.

— Et on peut te faire confiance ? Parce qu'y a quelque chose dans ton regard qui me fait dire le contraire, intervint l'homme gras.

— Jacme…, le coupa calmement Célestin, notre fils va se présenter à nos membres et ils décideront de son sort.

Les paroles du père firent frissonner Deniel. Ces deux hommes ne plaisantaient pas.

Le Père Célestin et Jacme l'amenèrent dans une vieille maison au triste aspect en bordure de la ville, située rue de la Chaussée, une rue qui fait face à la Garonne et à l'île du Ramier. C'était une maison à étage vivant dans l'obscurité de cette même rue. Elle était encastrée entre une autre maison et un escalier en pierre qui remontait vers les allées Paul Feuga menant au Grand Rond et au Jardin des Plantes. Un lierre fin partait de l'angle au bas du mur et remontait tordant ses branches-crampons par-dessus le mur rouge. Et déjà, si petit fût-il, il encadrait deux hautes fenêtres de la bâtisse.

Un jour, s'était dit Deniel, *ce lierre « bouffera » complètement la maison et elle ressortira avec un aspect un peu plus glauque encore.*

La propriétaire des lieux, une vieille bossue habillée d'une longue robe noire et souple qui lui conférait des allures de corbeau, leur ouvrit la porte et les fit monter aux étages supérieurs. Deniel y rencontra trois autres hommes qui travaillaient pour le réseau.

Deniel fut interrogé sans ménagement pendant de longues heures.

Il leur expliqua qu'il voulait faire payer aux Nazis ce qu'ils lui avaient fait subir deux ans plus tôt à Calais et à Notre-Dame du Beauval.

Son engagement en 1942 était risqué. Les Nazis avaient envahi le sud de la France cette année-là et ils étaient présents partout dans les villes et sur les voies de communication. Encore en 1940, il n'y avait que le gouvernement de Vichy à harceler… Et ce n'est pas le gouvernement de Vichy qui ennuyait vraiment Deniel. Certes, c'était un régime autoritaire qui était échafaudé sur l'exclusion. Deniel voulait simplement s'occuper des boches et de leur emprise sur toute l'Europe. Il voulait surtout se venger pour ce qu'ils lui avaient fait subir deux ans plus tôt. Son engagement était donc personnel, contrairement aux personnes qu'il rencontra alors. Les membres du groupe portaient plus ou moins les mêmes opinions sur les Nazis et sur Vichy. Tous possédaient une origine différente : des personnes de partis politiques divergents, d'anciens militaires, voire de simples civils. Et tous s'étaient rassemblés pour libérer la France de leur joug à tous les deux.

Au bout de ces longues heures d'interrogatoire, Deniel fut finalement accepté dans leur réseau. Dans d'autres circonstances, il aurait été interrogé et testé pendant des jours ou bien les chefs auraient simplement refusé son entrée dans le groupe armé, mais les effectifs dans les réseaux de résistance manquaient au point de devoir engager des hommes une peu « à l'aveuglette ». C'est ainsi que Deniel rentra dans le groupe « Liberté et Résistance ».

Les membres étaient éparpillés en plusieurs antennes et les gars, que Deniel fréquenterait pendant une année à partir de ce jour, seraient ceux qui travaillaient dans le centre-ville. Il ne les connaîtrait pas tous, mais il y en a au moins cinq dont il retint le nom et l'histoire.

Il y avait d'abord leur chef régional : Aymeric de Quercy. Il se faisait aussi appeler « Chevalier ». C'était un ancien adjudant des services spéciaux de l'armée, dont l'engagement militaire et moral était sans borne. Il avait combattu dans l'armée française à Dunkerque et avait dû évacuer avec les Anglais sur un de leurs navires. Son refus de la défaite en 1940 l'avait amené à entrer en résistance et à travailler dans d'autres réseaux jusqu'à leur démantèlement après des arrestations et des condamnations de certains membres de ces groupes. Il avait par la suite créé le réseau « Liberté et Résistance », régional et spécialisé dans les renseignements, le sabotage et l'élimination des collaborateurs en liaison avec le Bureau Central de Renseignement et d'Action basé en Angleterre.

Robert Martres, alias « Bastien », un grand gaillard dans la trentaine à l'aspect avenant, était le chef des opérations de sabotages et instructeur dans cette branche. Diplômé de l'École de l'Air à Brest, ex-aviateur pour l'armée française en 1940, il était parti au Maroc à l'École Militaire des Aspirants. Le 22 juin 1940, l'armistice était signé à Rethondes et très vite l'ordre avait été donné aux soldats de ne pas quitter le camp. Le premier appel du général de Gaulle quelques jours plus tôt lui avait fait réaliser combien la situation tournait mal pour les Français et il n'avait pas hésité à s'opposer au gouvernement de Vichy. Après plusieurs emprisonnements pour tentative de fuite, il avait réussi à regagner Gilbratar, puis l'Angleterre pour être parachuté quelques mois plus tard du côté de Tarbes aidé par le BCRA.

Arnaud Julien, dit « Montaigne » ou « Juliette », fonctionnaire dans les bureaux de la gare Matabiau aux apparences mêlées de secret, de perspicacité et d'élégance était devenu le chef régional du parti politique RNP[11], fasciste et collaborationniste, et faisait passer des renseignements au BCRA obtenus au sein de ce parti. C'était un homme qui agissait avec méthode et qui avait à son compte plusieurs assassinats et attentats contre des collaborateurs proches de Vichy ou des Nazis.

Célestin, le curé bon vivant qui n'en manquait pas une pour se bidonner, collectionnait quant à lui un nombre record de

---

[11] Rassemblement National Populaire, parti politique collaborationniste de la Seconde Guerre mondiale.

passages de réfugiés sur le territoire espagnol. Des femmes accompagnatrices lui apportaient des réfugiés depuis Toulouse qu'il réceptionnait lui-même dans un village ariégeois. Et bénévolement, il les aidait à franchir le col de Montescourbas. Puis, des guides, parlant espagnol, prenaient le relais pour la descente de l'autre côté de la pente. En 1942, sentant que les chemins étaient de moins en moins sûrs avec les renforcements des contrôles allemands sur toute la chaîne pyrénéenne, il avait, à regret, tiré un trait sur son activité clandestine et s'était retiré à Toulouse ni vu ni connu pour prêcher la bonne parole de Dieu sans qu'aucun ne décèle dans son passé une once d'irrégularité.

Et enfin, Jacme Pouilh. Il était en fait un ancien acteur d'une troupe de théâtre. Il était originaire de Castres et résistant comme son père. Peu avant l'invasion par les Allemands, il avait débuté une carrière d'instituteur dans une école primaire, qui lui plaisait moins que son précédent travail. Il avait décidé de placer un entracte dans sa nouvelle carrière pour pouvoir prêter main-forte aux résistants.

Leurs méthodes étaient radicales : ils attrapaient un agent de l'ennemi, le tortureraient et l'assassinaient à la fin d'une séance de l'interrogation. Ils comptaient des coups de main et quelques attentats à la bombe sanglants dans la liste de leurs actions. Avec des antennes placées surtout au sud de Toulouse, du côté d'Auterive et de Varihles, ils préparaient la « Libération de la France pour les bons et vrais Français ».

Tout comme Deniel, ces hommes avaient subi la guerre et l'envahissement nazi et c'est ce qui le fit se sentir proche d'eux.

« Montaigne » le fit rentrer discrètement à la SNCF et, après une maigre formation, il devint atteleur pendant un moment pour finalement se retrouver poseur de voies ferrées après la déportation de plusieurs cheminots syndicalistes qui s'étaient opposés à l'occupant allemand. À cette époque, la SNCF était sous le contrôle des Allemands selon la convention d'armistice. Alors, travailler là arrangeait bien Deniel qui voulait garder un œil sur leurs manœuvres de très près. La gare était également pour lui un merveilleux lieu de belles rencontres (et vraiment, c'était incontrôlable chez lui) : il pouvait y voir de jolies femmes seules en partance de Toulouse comme cette jolie fleur répondant au nom de Florette qui se rendait à Portet/Saint-Simon et avec qu'il avait entamé une discussion qui semblait avoir plu à la jeune fille.

Après deux verres à l'anis le matin, il partait travailler à la gare Matabiau et transmettait autant d'informations qu'il le pouvait à Arnaud, qui les retransmettaient à Aymeric. Parfois, le soir, ils se retrouvaient soit à la libraire Pléiade, rue des Arts, soit dans la vieille maison rue de la Chaussée pour discuter de leur prochaine cible. Parfois, ils sillonnaient les routes de la région toulousaine avec pour objectif de saboter un convoi allemand de minerais et de matériel en partance de Toulouse pour l'Allemagne. C'est ici que le rôle de Deniel, en tant que poseur et réparateur de rails, était crucial, car il choisissait (en accord avec Arnaud, bien entendu) l'endroit opportun pour faire dérailler le train. La nuit, il accompagnait ensuite Aymeric, Arnaud, Robert, Célestin, Jacme et d'autres gars des antennes d'Auterive ou de Varilhes, et tous ensemble ils s'attelaient à la funeste tâche.

C'est ainsi qu'en juillet 1942, ils ripèrent les rails entre Cazères et Saint-Gaudens sans utiliser d'explosifs, car Aymeric souhaitait économiser le matériel qui était de moins en moins parachuté par les Anglais sur la région toulousaine à cause des contrôles allemands. Ils dévissèrent donc simplement les boulons et déplacèrent les rails ce qui causa un déraillement tout aussi important qu'une explosion entraînant la mort de dix-sept soldats allemands et l'embrasement de sept wagons contenant une citerne à essence et des minutions.

Deniel se félicita de savoir que ça avait été au tour de ses persécuteurs de devenir des torches humaines. Et ce jour-là, alors qu'il rentrait chez lui, Deniel ressentit une indicible satisfaction le parcourir. Il monta les marches de l'escalier, qui menait à la chambre de bonne, en exultant son allégresse que cette réussite lui avait apportée. Il s'arrêta devant la porte et se sentit satisfait d'avoir « réparé » les crimes des Allemands à sa manière. Il était devenu complètement givré à l'intérieur et sa folie grignotait bien le peu de bon jugement qui lui restait, mais qu'importe…

La porte s'ouvrit sous ses yeux pour laisser apparaître la fine silhouette de Marie-Catherine en chemise de nuit. Elle croisait les bras juste au-dessous de ses seins qui pointaient à travers le tissu d'un blanc presque translucide. Ses beaux yeux émeraudes lançaient des étincelles et au-dessus d'eux, comme une cascade de feu, ses cheveux roux dévalaient sur ses tempes et coulaient vulgairement sur ses bras tachés de dizaines de grains de beauté, si bien que lui-même il s'enflamma tout de suite à cette vue appétissante.

— Où étais-tu ? lui demanda-t-elle d'un ton qui se voulait être coupant. Ne me dis pas à un bar parce que tu sens pas l'alcool aujourd'hui.

Depuis quelque temps, Deniel fréquentait une cheminote rencontrée à la gare Matabiau. Il s'éclipsait un peu le soir prétextant qu'il allait boire. Il allait, en fait, retrouver son amante chez elle. Quand il n'était pas chez sa nouvelle compagne, il aidait les membres de « Liberté et Résistance ». Et depuis ces « quelques temps », Marie-Catherine le soupçonnait « d'être ailleurs », au sens figuré. « Être ailleurs » au sens propre, c'était tous les jours qu'elle le voyait ainsi. Et ça, elle y était habituée et cela ne la dérangeait pas outre mesure.

Elle s'approcha de lui et renifla son odeur.

— Qu'est-ce que c'est cette odeur… ?

— C'est que…

Elle le renifla encore une fois avec des flammes de femme jalouse dans ses yeux de chatte.

Tout à coup, le visage de la jeune femme s'éclaircit. Sa mine boudeuse fit place à son habituelle attitude excentrique.

— Mais bien sûr ! Tu n'étais pas à un bar !

Deniel se gratta la tête.

— Tu étais autre part avec des copains ? Tu sens le cramé. Viens que je t'embrasse follement.

Elle l'embrassa pressant très fort ses lèvres sur les siennes.

— Dis-moi, mon loulou. Où étais-tu ?

Deniel n'avait pas le choix. Il préférait encore lui révéler qu'il faisait partie d'un groupe de résistant plutôt que lui avouer ses escapades nocturnes dans la maison d'une autre femme. Elle ne parlerait pas de toute façon : elle était trop accrochée à lui.

Il se confia donc à Marie-Catherine. Elle l'écouta avec son habituel air de femme crédule et à la fin de son récit, elle proposa d'emblée de façonner des costumes pour aider des gens dans le besoin et s'appliqua très vite à la tâche avec zèle. Plus tard, ayant elle aussi gagné la confiance d'Aymeric, ce fut elle qui réceptionna dans sa boutique les messages de Jacme Pouilh destiné à ses collègues de « Liberté et Résistance ». Cathy était au fond quelqu'un de bien, un peu cruche peut-être, et sa relation avec Deniel tendait à persister, car celui-ci avait aussi besoin d'elle et il avait trouvé en elle un appui dans sa vie qui s'effritait de plus en plus à cause de sa démence.

Au contraire, la relation entre Deniel et son stupide frère ne s'était pas arrangé. De son côté, Pierre-Gilles s'était fait un nouveau nom ici aussi, à Toulouse et dans ses alentours. Il avait repris du service très vite et il traînait avec une bande d'hommes (« ses collègues » comme il les appelait) avec qu'il « travaillait ». Tous ceux qui le connaissaient l'appelaient « la Loutre » à cause de ses petits yeux noirs et de son gros nez saillant. Arrivés à Toulouse, il avait laissé sa sœur un peu livrée à elle-même dans un appartement de bonne au dernier étage d'un immeuble du centre-ville pour n'y réapparaître qu'une fois par semaine. Elle avait gardé près d'elle Deniel par pitié (et sans aucun doute pour ses charmes) et cela n'avait pas plu à son frère. Il n'évoquait jamais son aversion pour le Breton dans ses conversations, mais Deniel sentait bien son œil noir peser sur lui. Il ne lui faisait pas confiance. C'était certain. Il préférait garder sa sœur (sa seule confidente) loin de tout le monde même s'il ne s'en occupait pas non plus lui-même.

Alors qu'il regardait les toits rouges de Toulouse depuis la chambre de bonne en fumant une cigarette, Deniel se fit un jour la réflexion qu'il avait abandonné Sœur Clothilde et le jeune garçon pour se ramasser une autre paire de personnes, moins honnête celle-là…

Ce n'est pas un coup du Ciel, se dit-il alors, *tout ça… Ça doit venir de moi… Je dois les attirer…*

2
À la basilique

Un an s'écoula ainsi au rythme des missions de « Liberté et Résistance » et Deniel s'était accoutumé à son nouveau travail et à sa nouvelle vie malgré un alcoolisme qui rendait son esprit un peu plus flou qu'il ne l'était.

Il avait gardé loin de lui le *handie-talkie* qui n'avait plus grésillé depuis sa descente à Toulouse et il n'avait d'ailleurs pas réussi à convaincre Marie-Catherine que les voix provenaient du boîtier électronique. Il l'avait laissé à la Loutre et en était plutôt satisfait, jusqu'à ce que Cathy en parle à Aymeric. « Liberté et Résistance » manquait cruellement de matériel. Les pillages qu'ils commettaient lors de leurs actions ne suffisaient pas et ils ne pouvaient refuser un *handie-talkie* si généreusement offert. Deniel tenta de leur expliquer qu'il ne fonctionnait pas correctement, mais Aymeric lui répondit qu'il avait besoin d'en avoir le cœur net. Cathy négocia donc l'appareil auprès de son frère comme elle put. Elle passa sous silence son appartenance et celle de Deniel à un réseau de résistants. Pour cela, Deniel pensa qu'il pouvait faire confiance à cette femme. Cependant, Pierre-Gilles était perspicace quand il voulait l'être et sa demande lui mit la puce à l'oreille.

Aymeric réceptionna la paire de boîtiers. Il se rendit vite compte qu'ils ne marchaient pas : ils semblaient être tous deux complètement morts. Un ami lui donna quelques pièces de rechange. Cependant, ni lui ni les autres ne parvinrent à le réparer. C'est durant cette même période qu'une de ses antennes du côté d'Auterive le contacta par message clandestin lui proposant une nouvelle recrue, « qui pourrait lui être d'une grande utilité ». Gilbert Cloutier et son fils, deux résistants travaillant au sud de Toulouse, se présentèrent dans la vieille maison en bordure de Garonne avec un Alsacien dans la trentaine, blond au visage pâle, et déserteur de l'armée allemande. Pierre Schwartz, c'était l'identité de cet Alsacien.

Aymeric refusa d'accepter une telle recrue dans ses rangs. Il n'avait pas une totale confiance en ces gens qui parlaient la langue allemande et pensa tout de suite qu'il aurait pu être un espion à la solde de la Gestapo. L'homme semblait être perdu et Robert Martres et sa femme « s'en occupèrent » pendant un moment. Tout en le surveillant de près, ils le cachèrent chez eux. L'homme paraissait pourtant inoffensif. En fait, il se montra coopératif et proposa même de les aider.

Robert avait essayé de réparer lui-même les deux *handie-talkie*. Il avait échoué et il avait laissé les pièces détachées sur la table de son établi dans la cave dont la petite porte était dissimulée par une armoire épaisse. Le déserteur alsacien découvrit par hasard la petite porte, il l'ouvrit par curiosité, s'assit devant l'établi et commença à bricoler sur les deux boîtes jusqu'à ce que Robert descende à son tour armé d'un fusil. Là, quelle ne fut pas sa surprise lorsqu'il découvrit que les *handie-talkie* étaient réparés et prêts à l'emploi.

— Je ne comprends pas, lui dit l'ancien soldat de l'armée allemande, c'est pourtant simple comme bonjour de les réparer. Et ils ne marchaient pas avec vous ?

Robert secoua la tête, un peu perplexe.

Durant l'été 1943, les résistants de « Liberté et Résistance » venaient de soutirer des informations à un avocat général travaillant dans une section spéciale chargée de juger les communistes. Ils avaient également saboté un train de ravitaillement allemand. Le *handie-talkie* avait alors été très pratique lors de ces occasions. Et pour le prochain coup, ils voulaient taper plus fort qu'un simple collaborateur vichyste ou que le sabotage des transports de marchandises. Aymeric eut l'idée de faire parler Pierre Schwartz. Et celui-ci collabora pleinement. L'Alsacien avait travaillé pour la Wehrmacht à Lyon. Par hasard, il avait entendu parler d'un officier qui devait être déplacé à Toulouse, si ce n'était pas déjà fait : le Generalleutnant Koch Friederich, un homme influent auprès des politiciens collaborateurs de Vichy. L'homme était si discret sur ses déplacements que même Arnaud Julien avait à peine entendu parler de sa récente installation à Toulouse. Il n'arrivait même pas à déterminer avec précision ses déplacements à l'intérieur de la région toulousaine. Aymeric soumit Pierre à un chantage : Pierre deviendrait interprète pour le compte de Koch sous une nouvelle identité jusqu'au kidnapping de l'officier. S'il les trahissait, il se ferait dénoncer par les résistants eux-mêmes.

Pierre reçut donc une nouvelle identité et il devint étudiant français en langue allemande pour être par la suite présenté comme traducteur-interprète par Arnaud au quartier du Général-Lieutenant, rue Alsace-Lorraine, près de la place du Capitole. Koch comprenait un peu la langue française, mais ne la parlait pas bien. Et par chance, un des interprètes venait de décéder d'une pneumonie et Koch cherchait quelqu'un « de correct » pour le remplacer. Pierre devint donc très utile dans les affaires. Après plusieurs semaines de travail, il réussit à grappiller une information qui faillit passer inaperçue s'il ne l'avait pas attrapée à la dérobée : l'homme était un partisan de la propagande religieuse de Vichy et avait prévu de se rendre à Saint-Sernin le prochain dimanche. Ce serait peut-être la première et dernière fois qu'il se rendrait à Saint-Sernin, loin des bureaux trop surveillés pour qu'une action d'une telle importance soit menée.

— C'est Dieu Tout-Puissant qui vient à notre secours et nous montre la voie, dit Célestin en embrassant son chapelet quand il entendit cette information de la bouche de Pierre.

Aymeric mit au point un plan d'attaque avec d'autres résistants. Et Pierre et Robert essayèrent les *handie-talkie* afin de s'assurer encore une fois de leur bon fonctionnement juste au cas où. Depuis le salon de la vieille maison rue de la Chaussée, Robert fit des tests pour les appareils. Pierre était aux étages supérieurs :

— Tu m'entends là ? Et là, tu m'entends ?

« Je te reçois cinq sur cinq, Robert. »

Robert éclata de rire, soulagé que les émetteurs-récepteurs marchent correctement.

« Dis-moi en quelle année nous sommes et je te dirai si je te reçois cinq sur cinq. »

— Nous sommes en 1943, répondit Robert.

« Très bien… Second test… »

Apparemment, ils fonctionnaient bien. Et lors le second test également, il n'y avait de toute évidence rien à signaler. Deniel les observa faire sans mot dire. Lui, il n'y touchait pas. Il restait méfiant, et puis personne ne le croyait de toute façon…

Le jour J – un jour embouteillé par d'épais nuages noirs – à la basilique Saint-Sernin, Célestin ferma la porte des Comtes et la porte Miègeville côté sud, et laissa la porte Occidentale ouverte à l'ouest, c'est-à-dire au bout de la nef. Les autres membres du groupe attendaient le signal à l'entrée des rues se trouvant autour de la basilique Saint-Sernin. Pouilh, le jeune instituteur, et Marie-Catherine s'étaient assurés avec plusieurs autres membres qu'aucune autre voiture ne pourrait rouler sur la voie circulaire « place de Saint-Sernin ». Ainsi, le trafic était quasi nul.

L'opération pouvait s'avérer être un échec, car les résistants pouvaient manquer leur cible. Ils savaient que Koch viendrait en voiture, mais ils ne savaient pas où son conducteur se garerait.

Koch arriva juste avant le début de l'office. Il était escorté par quatre soldats en moto et trois hommes dans la voiture. Un des soldats en moto alla vérifier si les portes côté sud étaient ouvertes et, comme celles-ci étaient fermées, la voiture de Koch roula jusqu'à la porte de la façade ouest. Par chance, le conducteur parqua la voiture juste en face de cette porte.

Célestin donna une messe, non sans amadouer de quelques flagorneries l'officier. Dès que la messe fut terminée, il tenta de retenir Koch un peu plus à l'intérieur afin de laisser les civils se disperser un peu avant. L'officier l'écouta un moment puis, prétextant qu'il avait du travail, prit congé du curé.

Les importuns sortirent sur les marches de la basilique. Célestin ferma à tour de clé la Porte Occidentale. Caché entre l'orgue et la rambarde, Robert alluma le *handie-talkie* et il se mit en contact avec Pierre et Arnaud qui attendaient dans une voiture entre la rue Saint-Bernard et la rue « Place Saint-Sernin », côté est de l'édifice.

Le signal fut donné.

Une bombe roula sous la voiture de l'officier et explosa. L'engin bondit et se retourna propulsant un souffle et des débris meurtriers autour de lui. Le conducteur allemand, qui patientait devant le véhicule, fut soufflé ainsi que les soldats en moto qui étaient stationnés un peu plus loin de part et d'autre de la voiture. Alors, à travers la fumée, quelques résistants armés de pistolets et de fusils de chasse s'attaquèrent aux soldats. D'en haut, du ciel, de grosses gouttes d'eau percèrent les nuages et vinrent s'écraser lourdement sur le sol vibrant au son fracassant des balles.

Le souffle de l'explosion n'épargna pas non plus Koch qui fut presque projeté contre la porte de la basilique. Il se releva tant bien que mal et sortit son arme chancelant sur ses pieds. Mais devant lui, fou furieux et ruisselant de la pluie qui s'abattait avec lourdeur au-dessus de la basilique, un homme lui tira une balle dans une jambe.

— Pour ce que vous m'avez fait ! lui cracha Deniel au visage.

Sa rancœur à l'égard des Allemands s'était accrue et il n'arrivait pas à l'expulser autrement que par la violence. L'officier tomba face contre terre poussant un hurlement de douleur.

Robert, qui était sorti par la Porte Miègeville, vint prêter main-forte à son acolyte.

— Moult me tarde ! s'égosilla-t-il pour se donner du courage.

Il tua à coup de pistolet les Allemands, qui étaient restés très confus par la soudaineté des attaques et qui titubaient alors encore sur le perron de l'église.

Koch fit glisser son corps dans un dernier et éprouvant effort pour attraper son pistolet tombé sur les marches de l'édifice. Deniel s'approcha de lui dans l'intention de l'achever.

— Deniel, ça suffit ! cria Aymeric dans son dos.

Deniel releva son arme et Aymeric se jeta sur l'Allemand pour lui bander les mains et les yeux. Arnaud se pointa avec la voiture. Ils engouffrèrent l'homme à l'intérieur et les autres membres se dispersèrent dans les ruelles de la ville tandis que les nuages roulaient menaçants poussés par un vent violent et que les milliers de gouttes répandaient l'illusion d'un écran fumeux sur Toulouse.

Ils amenèrent Koch dans la vieille maison, rue de la Chaussée. Ils soignèrent sommairement l'homme et procédèrent à un interrogatoire. Bien trop fidèle à son Régime, il ne parla pas. Aymeric, Arnaud et Célestin durent donc employer la « méthode douloureuse ». De la cave, on pouvait entendre le léger cri de l'homme très vite étouffé par les murs épais.

Robert, Pierre et Deniel étaient restés en haut avec la vieille propriétaire des lieux. Le Breton remonté par l'adrénaline faisait les cent pas dans le salon fumant cigarette sur cigarette. Il aurait voulu finir l'homme comme ils avaient fait pour les précédents, et le voir souffrir comme il avait souffert sur le champ de bataille à Calais. Il s'en voulait presque de ne pas avoir tiré avant qu'Aymeric ne lui ordonne d'arrêter son geste. Cependant, y a pas à dire il « se sentait bien ». Faire du mal à ces types le plongeait dans une béatitude qu'il était le seul à pouvoir comprendre. Maintenant, il souhaitait descendre les escaliers et se contempler dans les yeux du torturé lorsque celui-ci hurlait sa peine et sa rancœur.

— J'espère qu'ils vont pas le garder longtemps en bas, grogna-t-il comme un ours affamé.

— Assied-toi donc un peu, lui dit Robert qui avait le tournis de le voir marcher ainsi. Viens manger un biscuit de notre mémère. Tu vas voir. C'est quelque chose.

Deniel s'assit à contrecœur sur la table revêtue d'une nappe à carreaux rouges et blancs parsemée de taches et de mouches mortes.

La vieille femme lui servit une tisane et lui proposa des biscuits secs, plus rancis que frais.

Le cri de l'Allemand s'éleva bref dans le silence accompagné du simple tic-tac de l'antique horloge murale. Deniel porta la tasse à ses lèvres et but une gorgée de la verveine fade. En face de lui se dressait un long tableau d'un aspect puissant et évocateur d'un destin funeste. Il représentait des chevaux pris au piège sous un orage menaçant dans une sorte de clairière enténébrée. Il plut à Deniel.

— Il te plaît ? demanda Robert le tirant de son observation.

— Il est pas mal…

— Ah ben, va dire ça à notre chef ! s'exclama Robert. Parce qu'il n'aime pas son propre tableau. Il voulait peindre un truc plus optimiste ou doux… J'me souviens plus des mots qu'il a utilisés… Il a jeté la toile à la poubelle et Mémère l'a récupéré pour l'accrocher dans son salon. Peut-être pour l'encourager… On sait pas trop…

La vieille vint abattre la tapette sur une mouche qui trottait sur la table.

Robert regarda Deniel d'un air de dire « C'est Mémère ».

— Tu devrais te reposer mon gars avant de partir et changer ta chemise. On sent qu'il y a eu de la bousculade.

À ce moment-là, Aymeric remonta de la cave.

— Je sors prendre l'air. J'ai des migraines. Mémère, tu as encore écrasé une mouche sur table ? Bon sang… Cette nappe à carreaux est dégoûtante. Faudrait penser à la changer.

La mémère parut ne pas entendre les reproches d'Aymeric et s'en alla, muette, dans la cuisine un plateau de tasses à thé à la main. Aymeric sortit et Deniel se leva pour monter se changer à l'étage. Il gravit l'escalier étroit et sombre et s'habilla d'une chemise propre laissant la porte entrouverte de la chambre entrouverte. Ses yeux rencontrèrent par hasard les *handie-talkie*, négligemment posés sur le lit de la chambre voisine. Ces deux boîtiers qui avaient tant effrayé le Breton par une nuit de confusion… Aux dires de Robert et de Pierre, ils fonctionnaient parfaitement bien. Piqué de curiosité, il s'en approcha. Il en attrapa un et l'alluma. Un bruit blanc semblable à une chute d'eau jaillit de la boîte verte. Pas un son parasite ne venait troubler ce son continu. Les voix, la chanson de Damia, tout ça, c'était du passé… Peut-être…

Mais il s'éteignit. Tout seul. Voilà qu'il recommençait…

Deniel tenta d'ignorer le phénomène. Encore une fois, il repensa à ce qu'avaient dit Robert et Pierre : les deux appareils marchent parfaitement bien.

Deniel se leva et lorsqu'il quitta la chambre, la seconde paire, posée sur le lit, s'alluma toute seule à son tour. Elle bourdonnait.

— Enfin ! s'écria Deniel. Je vais leur montrer.

L'homme se pencha aussitôt dans la cage d'escalier et appela les autres :

— Hé, venez voir. Y a le *handie-talkie* qui s'allume tout seul.

Mais personne, en bas, ne répondit. Le salon et les autres pièces du rez-de-chaussée semblaient vides de toute présence. Un grésillement plus fort vint tout à coup perturber les autres bruits désagréables. Et derrière les crépitements, Deniel crut percevoir une phrase chargée de mots. La phrase crépitante revint plusieurs fois. Elle se tut un court instant, puis réapparut encore une fois. C'était comme si un homme essayait de faire passer un message radio.

— Hé ! Robert ! Mémère ! appela Deniel dans une autre tentative.

Personne ne lui répondit. Seul un courant d'air froid remonta les marches sales de l'escalier gémissant comme le souffle d'un monstre tapi au fond des abîmes.

Deniel avait peur, mais plus comme les premières fois. Car cette fois-ci, il savait à quoi il s'attendait. Il s'attendait à entendre des gamins et des grésillements, c'est tout.

Il alla s'asseoir sur lit et appuya sur le poussoir :

— Je vous reçois. À vous.

Il y eut un silence. Puis, la phrase grésillante reprit avec une longueur différente des premières.

Quelqu'un me répond, se dit Deniel. *Quelqu'un qui utilise le même appareil dans le même périmètre ?*

Mais il n'y croyait pas.

Il recommença.

— Je vous reçois mal. À vous.

La phrase répondit en écho à la sienne.

Il recommença.

— Je vous reçois mal.

La phrase revint d'une longueur égale à sa précédente, emplie de ces grésillements horribles pour l'oreille.

Deniel observa l'appareil à la fois inquiet et surpris. Surpris, par ce que son cerveau quasi malade lui montrait. Peut-être…

Petit à petit, le grésillement céda sa place à un mot. C'était la moitié d'un mot. Mais c'en était bel et bien un. Le mot suivant émergea à son tour. Puis, celui d'après aussi. Et ce que Deniel put entendre au milieu de son naufrage le vida de toute espérance à pouvoir regagner une terre ferme et saine :

« **Nous sommes en 1956. À vous.** »

1956
Le temps des recherches

*Tous deux savions que les choses
ne seraient jamais plus comme avant
et que c'était le commencement de la fin
de notre amitié et de notre enfance.*

Fred Uhlman, *L'Ami retrouvé*

1

La basilique Saint-Sernin

C'était bientôt la fin de l'école et on continuait encore et encore à nettoyer au vinaigre et au papier journal les vitres sales de l'école. Il nous tardait les vacances d'été pour se retrouver dans les rues de Toulouse sans avoir à attendre la fin de l'après-midi ou un jour de congé. Mon père avait appelé le directeur pour lui signaler les agissements de Pons, mais la mère Pons avait tout de suite protégé son fils et s'était présentée pour contredire les propos de Martial. Et en fin de compte, Gilles ne m'avait pas rendu le talkie-walkie et je me demandais même s'il me le rendrait un jour. Au moins, il n'embêtait plus Pierre. C'était déjà ça…

Les jours qui suivirent les manifestations étranges dans mon talkie, on essaya de dérober ces morceaux de conversations. Cependant, cela ne marcha pas aussi bien que prévu. On n'entendait plus rien… Peut-être était-ce un simple caprice de l'appareil… ? J'étais encore resté sur la possibilité que Gilles nous jouait des tours pour nous faire peur, mais je me disais en même temps qu'il ne serait pas assez intelligent pour simuler une décennie différente de la nôtre. Et puis ces grésillements et ces voix aux intonations agitées qui les accompagnaient…

Comment aurait-il pu même avec ses amis produire des effets aussi singuliers que ceux-là ?

Pierre eut sa petite idée sur les manifestations. Il nous expliqua que l'espace ne se trouvait peut-être pas au bon endroit. Les espaces se retrouvaient imbriqués les uns dans les autres à un moment donné et l'émetteur-récepteur nous permettait d'entrevoir une partie de ce phénomène. Quant au temps, il pensa qu'il était inconstant et qu'il allait plus vite ou plus lentement. Peut-être bien que le même entretien pouvait s'étaler sur plusieurs jours. Plus tard, je me dirai que ça ressemblait un peu aux téléphones portables à la différence que ceux-ci ne permettent pas de communiquer avec des gens d'une décennie antérieure ou ultérieure.

C'est un samedi en fin d'après-midi, après l'école, qu'on entendit parler de l'église. On était au garage de Martial. On avait pris l'habitude de se rassembler ici, Madeleine et Pierre y compris. On tirait le rideau, on attendait que le talkie-walkie grésille pour espionner ces hommes qui discutaient entre eux, même si, en fait, les phénomènes ne réapparaissaient plus depuis un certain temps. On faillit bien abandonner. Mais Pierre ne voulait pas lâcher prise aussi vite. Il en était venu à penser qu'il s'agissait de résistants de la Seconde Guerre mondiale comme il y en avait beaucoup eu dans la région.

— Ils vont peut-être utiliser de termes très « militaires » : « dynamite placée », « rail démonté », « voie ferrée détruite »… C'était le truc des résistants. Ils pourraient aussi parler d'approvisionnement pauvre en armes. Ça, c'était le gros problème de ces gars… Et peut-être même qu'on pourrait connaître l'endroit où ils les dissimulaient.

J'adorais quand il commençait à parler comme ça. Il en parlait comme s'il y avait été et ça pouvait être très prenant. Et puis, moi qui aimais ce domaine, je ne me lassais pas de l'écouter. Et grâce à cela, on devint tous les deux très amis. Je comprenais maintenant pourquoi Bastien s'entendait aussi bien avec lui.

Ce samedi, donc, nous nous étions tous réunis pour « espionner » les résistants. Le talkie grésillait depuis bien un quart d'heure et on allait laisser tomber encore une fois quand enfin une voix jaillit de l'appareil. Et un peu par mégarde, un homme parla de la basilique Saint-Sernin et d'une opération qui devait avoir lieu dans ses parages au moment où il parlait.

« Bon... C'est "JulietTE". T'es dans SAINt-Sernin là ? Bien installé pour la Mission ? »

— C'est notre chance, dit Pierre tout excité, on va pouvoir vérifier cette histoire d'espace et de temps.

On prit alors nos bicyclettes pour s'élancer dans les rues jusqu'à l'édifice religieux. Le temps était au beau fixe et un soleil radieux éclairait tous les toits de Toulouse pour la faire ressortir plus rose encore. Cependant, cette éclatante journée ne me touchait guère et je la trouvais plutôt terne. Quelque chose d'important se préparait. Je le sentais au fond de mon être sans pouvoir me le décrire avec netteté.

J'avais toujours eu peur de rentrer dans une église. L'ambiance me semblait tellement froide et effrayante. Je ne comprenais pas comment des gens pouvaient se recueillir sur les agenouilloirs des bancs sobres. Mais la basilique Saint-Sernin me plaisait. Elle n'était pas très imposante. Elle était « juste ce qu'il fallait » et portait un charme toulousain que j'appréciais. Chaque fois que je la voyais, je ne sais pas pourquoi, mon cœur se serrait : non pas de détresse, mais d'un sentiment de victoire propre à une entreprise bien menée.

Robin, ce féru d'Histoire nous fit un long et lourd topo sur la basilique tandis que nous tournions autour cherchant le contact avec les résistants de 1943. Quand il commençait, il devenait un moulin à parole. Ses histoires sur la religion n'étaient pas aussi intéressantes que celles de Pierre sur les résistants et il devint très vite soûlant.

— Comme vous pouvez le voir sur votre gauche, la basilique Saint-Sernin est une basilique romane, dotée d'une belle abside dont la toiture fut totalement reconstruite par Viollet-le-Duc et parée d'une avant-porte construite par Nicolas Bachelier. Contrairement à la cathédrale Saint-Étienne, c'est un édifice à l'architecture achevée aux alentours du XIIIe siècle, en partie grâce à l'économie locale de l'ancien bourg Saint-Sernin propulsée par les nombreux pèlerins y faisant halte pour les prières. Le transept, qui est muni de deux absidioles sur chacun de ses bras, et l'abside, qui a cinq absidioles, produisent à l'extérieur un ensemble très... Comment dirais-je ? Proportionné... Et l'intérieur de...

— Ça va, on a compris, mon gars, le coupa Dennis. Et puis, c'est quoi de toute façon une absidiole ?

— Tes explications sont trop... Comment dirais-je, Robin, dit Bastien... Lourdes...

Mais Robin ne se débina pas. En réalité, ce fils de paroissien n'était pas si bête qu'il en avait l'air. Il devait écouter les histoires qui lui plaisaient et le reste il s'en fichait royalement. Ce gars était un incollable question Histoire : un véritable guide historique à lui seul !

— Saviez-vous que les évêques devaient partager leur pouvoir avec les chanoines ?

Jules le foudroya du regard.

— C'est très simple, commença Robin avec fierté, les chanoines…

— On s'en fiche, idiot. C'est pas intéressant ce que tu racontes, lui dit Jules en essayant de le faire taire avec une main devant la bouche.

— C'est quoi un chanoine de toute façon ? l'interrogea Dennis.

Robin réussit à se dégager de l'emprise de Jules et se remit à palabrer à tue-tête :

— C'est très simple… C'est le clergé composé de diacres, de sous-diacres et de prêtr…

— Tu vas te taire, oui, fit Jules en se jetant carrément sur lui.

Pendant qu'ils discutaient comme des pies, j'en profitai pour me rapprocher de Pierre, qui, avec beaucoup d'intérêt traquait les interférences.

Je lui souris cherchant à engager une conversation. Il me sourit en retour et se replongea dans sa recherche. Je me creusai un peu la cervelle, car rien ne me venait à l'esprit. Finalement, je posai une question à tout hasard :

— Tu t'intéresses ce genre de gadgets ?

Son visage s'illumina. Il répond alors avec un entrain qui fit plaisir à voir :

— J'adore la mécanique. Plus tard, je voudrais travailler dans le génie mécanique et concevoir des machines de guerre pour l'armée. L'électronique me plaît aussi. Mon père est un gradé miliaire. Il aurait voulu que je fasse l'armée comme lui. Mais ya aucune chance pour que je m'engage dans l'armée. Courir, tout ça, c'est pas mon truc…

Il eut un rire un peu gêné.

— Moi tu sais, c'est un peu le contraire… Je ne m'intéresse pas vraiment à la mécanique… Par contre, j'adore le sport et la tactique. Un peu comme à l'armée quoi…

Je me sentis également un peu gêné de parler de moi ainsi.

Je me tus.

— Tu sais quoi, ajouta-t-il toujours aussi embarrassé, je garde même un tournevis sur moi au cas où je tomberais sur un appareil que j'aurai besoin de démonter pour pouvoir le comprendre. C'est un peu mon *gris-gris*…

Il sortit un petit tournevis de sa poche. Je trouvais que ses manies étaient vraiment cocasses. Mais par-dessus tout, j'aimais sa « hargne » à vouloir réussir dans le domaine qui le passionnait. Il était comme moi. Il mettait de la « hargne » à vaincre les obstacles.

— Alors ? fis-je. Y a quelque chose ou pas ?

— Non, rien.

On avait fait le tour de l'extérieur de la basilique et on était maintenant à l'intérieur. On longea les murs de la nef et du transept, on s'arrêta devant chaque abside et on descendit même à la crypte. L'appareil ne faisait que grésiller et on n'entendait rien d'autre. Les grésillements, qui rebondissaient en écho sur les murs de l'édifice, finirent par attirer l'attention du curé, qui était présent ce jour-là :

— Et voici le Sain d'esprit et ses sermons immanquables, plaisanta Robin.

— Partons avant qu'il ne nous dispute, dit Bastien.

On sortit vite fait dehors.

— D'accord, les gars. On va revenir du côté du garage, dit Pierre.

On retourna donc au garage de Martial. On ralluma et après quelques minutes d'attente, qui faillirent bien nous décourager, on entendit un crissement puis une faible voix surgir de nulle part.

« NOtre Père CélestIN a fermé les portes de LA BAsilique. À vous. »

Pierre eut un mouvement de sursaut :

— Vous voyez ! s'écria-t-il. J'vous l'avais bien dit ! C'est comme si les espaces s'entrechoquaient, mais pas au même endroit. On aurait très bien pu aussi les entendre autre part que dans ce garage. Ça ne marchait tout simplement pas du côté de la basilique *à ce moment-là*. C'est un peu comme si le talkie nous permettait de voir *à la fois* un espace et un temps différents des nôtres.

Encore une fois, on resta tous perplexes. On ne savait pas trop ce qu'il se passait et on ne comprenait pas très bien cette histoire d'espace et de temps, mais le fantastique qui s'opérait juste sous notre regard nous laissait émerveillés et sans voix. Même Jules, ce garçon très sceptique, commençait sérieusement à y croire.

Le visage de Pierre, illuminé jusqu'à présent par l'excitation de la découverte, redevint sérieux :

— Et s'ils pouvaient vraiment nous entendre ?

Robin recula.

— Eh, pas si vite. On sait pas qui c'est ce Célestin. Tu sais, à « Folie », tu enlèves le « l » et le « e », et tu obtiens « Foi ». Et vice-versa.

— Et si on tombe sur des malades ? ajouta Jules. J'ai déjà essayé et y a un type qui a hurlé comme un fou de l'autre côté la dernière fois…

— Et si c'étaient des fantômes ? fit Dennis qui ne parvenait pas à penser à autre chose qu'aux fantômes et à leur drap blanc.

Je leur répondis d'un ton plein d'assurance.

— OK, les gars. Je pense pas que ce soit des malades, genre un curé vicieux, ou encore moins des fantômes. Je pense sérieusement que ce sont des mecs qui communiquent entre eux de l'autre côté et peut-être bien que ce talkie leur appartenait.

Pierre me soutint dans cette idée.

— Je pense qu'Amarante a raison. On devrait essayer pour être certains.

Je le trouvais coriace dans ses démarches et j'adorais cet esprit-là.

Madeleine aussi fut d'accord pour réessayer. Depuis que nos investigations sur les voix d'une autre décennie avaient débuté, j'avais mis entre parenthèses ma secrète intention de lui avouer mes sentiments. Je ne savais pas pourquoi, mais je m'étais dit qu'en vérité ça ne pressait pas.

Elle se leva et vérifia si personne n'était pas dans les parages.

— Personne. Essayons de leur parler.

On se mit d'accord sur une phrase et j'appuyai sur le poussoir :

— Nous sommes en 1956. À vous.

On répéta cette phrase plusieurs fois.

Le silence se fit l'écho du suspense ; cinq minutes durant lesquelles on retint notre haleine. Puis, au bout de ces lourdes minutes, le miracle s'accomplit.

« Je vous reçois mal. À vous. »

On sauta alors tous de joie.

— Attendez, attendez. Vous pensez vraiment qu'il nous répond à nous ? dit Madeleine d'un ton qui ne dissimulait en rien son amusement.

— Bien sûr qu'il nous répond, s'écria Robin.

— Là, on ne peut pas se tromper, dit Bastien.

Je recommençai.

— Nous sommes en 1956. À vous.

Une pause fut marquée et l'homme répondit.

« COmment çA… en 1956 ? »

La communication n'était pas claire. Les grésillements revenaient de temps à autre. Cependant, on entendait bien un homme dans le talkie.

— On est en juin 1956.

…

« **Non, nous sommes en 1943** », répondit l'homme.

…

— Comment pouvez-vous être sûr que nous sommes en 1943 ?

« **Et COmment pouvez-vous être sûrs qu'il s'Agit de 1956 ? Et puis, qui PArle de l'autre côté ? Aymeric, c'est tOi qui me joues des tOUrs ?** »

— Je ne m'appelle pas Aymeric, mais Ama…

Brrrr…

Là, la communication se perdit dans le brouhaha des parasites. Je m'efforçai de rétablir le contact, mais il n'y avait plus personne de l'autre côté.

Dennis releva un visage déconcerté.

— C'est fou, mais j'ai, moi aussi, eu l'impression d'entendre la voix de mon père.

Robin claqua des doigts.

— Ah oui… Comme… fit-il en désignant Bastien et Pierre.

Et moi, en mon for intérieur, je pensais à ce nom : Aymeric. C'était un nom plaisant à mon oreille… Aymeric… Puis, ces noms : Dunkerque, Dynamo, Aymeric, Célestin… Tous ces noms : Dunkerque, Dynamo, Aymeric, Célestin…

Je lançai un regard à mes amis.

1943 et 1956… C'était comme si le temps avait été roulé en une bobine de fil et avait perdu son origine et sa fin.

2
Une semaine chez Pépé

C'était obligatoire à la maison. Chaque année, je devais passer la première semaine d'été chez Pépé de Grépiac. Tous les ans, j'y allais de bon cœur. Pépé était un grand amoureux du sport comme moi et plus jeune, il avait excellé dans la course à pied et dans le rugby. Ensemble, ça nous était arrivé de longer à pied les coteaux allant de Venerque à Toulouse. Je l'avais mis au défi et il ne s'était pas dégonflé malgré ses 68 ans. On était arrivés en nage chez mes parents qui ne s'attendaient pas à nous voir si tôt.

Mais cette année, j'y allais un peu contre mon gré. Poursuivre les recherches sur cet homme de l'année 1943 me semblait devenir important, voire « vital ». La France était encore en guerre en 1943. Et si nous avions pu faire quoi que ce soit pour les aider en prenant garde de ne pas changer tout le cours du destin ?

J'avais donc apporté mon talkie-walkie avec moi, mais je regrettais que Pierre ne soit pas là. On s'amusait tellement ensemble.

Martial me déposa au bout du chemin raide de Loupsaut qui se trouvait avant l'entrée du village de Grépiac. Pépé m'accueillit ici les rênes d'un de ses chevaux à la main. Pépé de Grépiac, c'était LE paysan par excellence. Il y avait eu l'essor de la mécanisation et Pépé en avait payé les frais, lui et ses chevaux. Tandis que Monsieur Montand montait sur son tracteur dans son champ, Pépé, lui, continuait à labourer ses terres avec ses chevaux de trait.

D'ailleurs, Pépé a toujours exprimé sa déception lorsque son fils Martial a souhaité devenir mécano de profession. Pépé pensait qu'il ne s'agissait que d'une passion au départ, mais non, c'était bien le métier que Martial voulait exercer toute sa vie. Pépé avait dû ressentir une sorte de rupture : lui, l'agriculteur et ses chevaux de trait, en milieu rural, face à son fils, mécanicien, garagiste et entrepreneur, en milieu urbain.

Martial embrassa son père et sa mère, et repartit aussitôt.

— J'allais justement au village. Viens avec moi, Amarante, dit Pépé.

On descendit tous les deux par le même et seul chemin, bordé d'une diversité de beaux chênes aussi vieux les uns que les autres, vers le petit village de Grépiac en emmenant le cheval avec nous. Grépiac a toujours été un village un peu isolé par rapport au Vernet et à Venerque qui étaient des passages obligés pour se rendre dans d'autres petites communes, dont celle de Grépiac. Celle-ci était donc souvent déserte aussi bien sur ses routes qu'en son centre et à part pour la fête du village, les gens ne venaient pas jusqu'ici pour acheter leur pain de campagne.

Une voiture nous dépassa sur un pas de course lent et tous les trois (Pépé, le cheval et moi-même) on tourna alors la tête dans sa direction. Dans la voiture, un homme, une femme et un petit garçon nous regardèrent aussi surpris que nous l'étions. Peut-être à cause du cheval… ? Mais non. Car je reconnus tout de suite les traits du garçon : c'était Pierre Poussin.

Je poussai un cri à faire peur à la pauvre bête.

— Arrêtez-vous !

Les freins de la Peugeot crissèrent et la voiture stoppa sa course au milieu de la route. On se retrouva avec Pierre tout surexcités par cette rencontre fortuite. Il m'expliqua qu'il était venu pour une semaine chez son oncle et sa tante dans leur maison du Vernet et qu'il se rendait à l'îlot, un quartier situé à un kilomètre d'ici, chez un ami de la famille. Je ne l'avais jamais vu dans les parages auparavant, mais qu'importe… Je pensais à présent que le monde était tout simplement petit.

Dès lors, on se rencontra tous les jours chez Pépé durant cette semaine de vacances. Et celles-ci furent de loin les meilleures vacances que je passai en compagnie de Pierre. J'avais trouvé en lui un très bon ami à qui je pouvais me confier et avec qui je pouvais partager mes intérêts. Il m'avoua, lui aussi, qu'avec Bastien, j'étais un des rares garçons du même âge qui le comprenait.

Pépé lui montra comment se servir d'un cheval dans les champs, on s'occupa ensemble des poules, des lapins et de la chèvre, et on s'amusa à grimper dans le grand chêne planté au milieu du champ de tournesols et à descendre à bicyclette le chemin raide de Loupsaut.

On n'avait pas non plus baissé les bras pour les phénomènes étranges. Alors, tous les deux, on allait se réfugier dans la petite forêt de chênes qui s'étendait de la maison de Pépé jusqu'au chemin de Loupsaut et on se mettait dans la vieille cabane en bois que j'avais construite avec Pépé il y a quelques années de cela. On s'allongeait sur la couverture en laine envahie par la moisissure et on attendait là, dans l'ombrage des sous-bois, que quelque chose se passe. Mais rien… Rien ne se passa… Hormis, quelques mots brisés entre les crépitements des ondes tortueuses. S'il s'agissait bien de mots… On essaya même de les appeler et nos tentatives échouèrent toutes. Il n'y avait d'une manière générale qu'un son blanc qui émergeait de l'appareil accompagné de quelques bourdonnements. Finalement, on laissa le talkie allumé pour parler d'autre chose. J'appréciais les conversations avec Pierre. Il me parla beaucoup de mécanique et je lui parlai souvent de mon désir de devenir joueur professionnel de rugby en accompagnant mes paroles à des gestes relatifs à ce sport comme en cette fin de jeudi après-midi arrosée par une pluie légère qui chutait du ciel pour laisser le parfum des jeunes feuilles s'épancher par-dessus une brume sylvestre.

— Viens avec moi, Pierre, l'invitai-je en regardant depuis l'entrée de la cabane la pluie tomber avec douceur. On va courir sous la pluie.

— Non, merci. Sans façon. J'te l'ai déjà dit : courir, c'est pas mon truc. (Il releva son nez du talkie qui grésillait à peine) Tu sais, j'adore ta cabane, m'avoua-t-il. On pourrait y faire des améliorations et y installer une sorte de labo et créer des petits engins mécaniques.

— Et moi, j'adore les feuilles des chênes, dis-je en observant entre mes doigts une feuille lobée d'un de ces arbres.

Il attrapa la feuille, l'observa et la jeta au sol :

— Elle va pas nous aider à élucider le mystère du talkie. Dis-moi plutôt ce que tu penses du labo.

Je ne savais pas si je pourrais faire ce qu'il demandait, mais je trouvais l'idée amusante.

— Si tu m'expliques comment faire, je suis partant, lui dis-je de bon cœur.

Je prenais ses paroles au sérieux, mais je me dis ce jour-là que la réalisation de ce projet était si loin qu'il n'aboutirait peut-être jamais.

Pépé venait ensuite nous chercher quand il commençait à se faire tard. On allait s'asseoir sous les branchages d'un majestueux chêne et il nous racontait une histoire (un peu comme ce que faisait Martial quand j'étais petit). En général, il racontait les mêmes histoires. C'était rébarbatif, mais ça me plaisait quand même.

Après un goûter, vers la fin de semaine, on s'assit tous les trois sous le grand chêne en plein milieu du champ. D'ici, on voyait les pointes nacrées et les parois fendillées des Pyrénées au pied du ciel. Un criquet crissait, perdu au milieu des tournesols. Eux, s'étalaient larges jusque – on eût dit – à la lisière de la chaîne montagneuse. Dire que leurs pétales étaient d'un jaune éclatant n'aurait pu dépeindre avec autant de finesse et de poésie ce paysage que la nature avait peint avec cette sensibilité touchante qui lui est si typique : ils s'élevaient tels des milliers de petits soleils défiant le grand astre lumineux, lui-même perché parmi les minuscules étoiles fades face à lui. Sombres étaient les capitules de ces hélianthes penchés sur nous, et encore plus noire devenait alors leur couleur terre d'ombre tandis que leur poids les forçait à se pencher vers le sol dégarni de lumière. Et, la pénombre sur leur visage, ils paraissaient nous observer avec beaucoup de curiosité.

Pépé avait son ordre pour conter les histoires : quand il parlait des Pyrénées, cela lui rappelait immanquablement l'arrivée des SS dans le village. Roulant ses accents tel un merle qui aurait chanté un soir tendre d'été, il parlait alors de cette anecdote.

— Quand on voit les Pyrénées au fond, c'est pas bon signe. Ça veut dire qu'il va pleuvoir dans les jours à venir. Eh ouais, mes *pichòts*[12]...

Un peu comme si un robot avait répété les mêmes litanies, il parlait ensuite de l'église Saint-Martin située dans le centre de Grépiac. Il décrivait son aspect typiquement toulousain et son architecture moderne avec ses deux chapelles latérales qui forment un faux transept et ses tympans dépourvus d'ornementations religieuses. Et puis, il enchaînait toujours son histoire avec le 3e bataillon du régiment Deutschland qui s'était installé à Grépiac et combien les villageois avaient eu peur à leur arrivée.

— Les paysans osaient pas sortir de leur champ... *Miladiu*, ça non ! Ils venaient comme ça... Avec leur mitraillette pour... Pour nous poser des questions, tiens. Et on la menait pas large... Eh oh con... ! Y en a une qui a failli y passer, je me souviens. Pardi ! Elle les insultait de sa fenêtre cette *piòta*[13]. Bernadette... Elle et son mari (il bougonna en occitan)... Et puis, ils sont montés dans le clocher de l'église pour voir les environs. Eh ben, t'as encore leur sigle « SS » gravé sur le balcon du clocher. *Vai cagar*[14] ! finit-il par lancer.

Son visage se figea dans une expression de dégoût.

Je le relançai.

— Raconte-nous en une autre, Pépé.

— Une avec des résistants ! s'écria Pierre.

— Oui, une avec de l'action !

— C'est bien beau, mais moi, j'ai du foin à donner aux bêtes.

— Est-ce que tu as connu des résistants ?

---

[12] Petits, en occitan
[13] Dinde, en occitan
[14] Va chier, en occitan

Pépé eut l'air gêné. Il fit non de la tête. On insista.

— Allez, quoi, Pépé.

— Monsieur La Farge, une dernière histoire avec des résistants, s'il vous plaît.

Il céda finalement sous notre insistance.

— Allez, allez, j'ai compris... Oui, j'en ai connu. Pas beaucoup, mais j'en ai connu. Ben, justement, tiens, ils avaient un maquis pas très loin. Avant Auterive. Ah ! C'était quelque chose. Ils s'appelaient « Liberté et Vengeance », un nom comme ça, quoi. Il paraît qu'ils planquaient des armes chez Cazès, le ferrailleur. Ton père, il en connaissait aussi. Et même qu'il en faisait partie à un moment donné. J'étais contre, mais, que veux-tu, il m'écoutait pas, cette tête de mule. Je lui ai dit : Martial, si tu te fais prendre, tu vas voir ce qu'ils vont faire de toi. Il m'a pas écouté. Et il me répond : « Je veux pas être un jeune du STO ». Mais, je lui ai dit : « Tant qu'ils sont là, il faut faire profil bas ». Il me dit ça après avoir rencontré un type perdu du côté de Grépiac. Ouh ! J'étais pas content moi. Ah ça, non ! Mais le pauvre type, on n'allait pas le laisser mourir de faim comme ça. Eh ben, *boudu con* ! On l'a gardé dans l'étable quelques jours. Et je te dis pas... Si les autres, de la SS, avaient rappliqué, je te dis pas le quart d'heure qu'on aurait passé. Tiens, ben justement, y a un gars qui s'est fait prendre comme ça, tu vois. C'était un copain à ton père, d'ailleurs. Georges Cloutier. Ah, le pauvre gosse, il est mort assassiné par les Allemands. Ils l'ont emmené un jour au bord de l'Ariège et ils l'ont fusillé. On l'a plus revu. Du jour au lendemain, c'était terminé. Alors, tu m'as compris, hein... Ton père a pas été raisonnable. Je lui ai dit pourtant... Allez ! Moi, j'ai du travail à faire !

Il se leva d'un air agacé. Il était toujours comme cela : un peu grognon.

— C'est tout, Pépé ? Tu veux pas nous en dire plus ?

— « C'est tout », « c'est tout », fit-il en répétant mes mots. Hé ! Je vous en ai dit déjà pas mal. Hé alors !

Je regardai Pierre dans les yeux. Il comprit et acquiesça.

— Pépé, on voudrait te montrer quelque chose.

Pépé souffla et bougonna.

— Allez, vite, hein. Parce que j'ai pas le temps.

On lui montra le talkie-walkie. Sa réaction ne se fit pas attendre.

— Vous avez un machin comme celui-ci avec vous ! Et ben, *miladiu* ! Et vous l'avez eu où ce truc ?

— C'est Papa qui me l'a donné.

— Eh ben dis donc, dit-il en secouant la tête. Il va bien celui-là, tiens !

J'essayai de lui expliquer la situation.

— C'est plus le problème, Pépé.

Il jura en occitan.

— Ah ben, que si que c'est un problème.

— Non, Pépé. Y a autre chose.

— Et en plus, y a autre chose ? Ah, vous êtes bien rôtis tous les deux !

— Écoute-nous une fois au moins, le suppliai-je.

— La guerre est finie de toute façon, Monsieur La Farge, dit Pierre.

— Oui, mais il y a des choses qui ne se font pas. Bon, allez-y, montrez-moi qu'on en finisse.

On lui expliqua les phénomènes étranges qui se déroulaient chaque fois qu'on allumait l'appareil. Même éteint, il pouvait faire des siennes.

Pépé laissa échapper un rire caustique.

— Ah, elle est bien bonne celle-là ! Arrête ton truc de barjo, va.

— Laisse-nous te montrer avant de te moquer de nous, Pépé ! me vexai-je.

— Mais je t'en prie…

J'allumai le talkie. De la boîte, il n'y avait rien d'autre qu'un long bruit blanc ponctué de grésillements. Cela faisait des jours que les manifestations n'étaient pas réapparues et je commençais à me demander si on les entendrait encore une fois. J'appuyai sur le poussoir pour appeler l'homme de 1943. Pépé articula des mots pour exprimer son embarras.

— Nous sommes en 1956. À vous.

Personne ne répondit. Pépé se leva et d'un geste de la main nous dit :

— Laissez tomber, va.

Le talkie cracha lentement des bruits parasites et petit à petit ceux-ci se transformèrent en voix d'hommes tout à fait perceptibles. Pépé se retourna.

— Tu vois, Pépé, m'exclamai-je, on les entend bien !

J'échangeai un tope là avec Pierre. Pépé revint s'asseoir près de nous.

La communication fut brève et certains mots furent avalés par les crachotements du boîtier, mais dans l'ensemble on n'eut pas de difficultés à comprendre les messages.

« Bon, Robert…, comme… Pas de fAUX… La Wehrmac… en voudrait UN. À toi. »

« Tu PE… me faire confiance, Aymeric. Tu m'connais… Si problème, tous au 4 rue de la Chaussée. »

Mon cœur bondit une fois de plus en entendant ce prénom : Aymeric.

Le talkie eut l'air de graillonner, puis la communication fut coupée.

— Alors Pépé ?

— Hmm, fit-il renfrogné. Ce nom-là. Aym... ? Aymeric ? Effectivement, ça me dit quelque chose. Il me semble bien que c'était le prénom du chef de ces résistants.

Pépé avait perdu son ton narquois. Il se leva pour de bon cette fois-ci.

— Allez, laissez-moi cet objet de *fada*, les enfants. C'est l'œuvre du Diable.

Il nous laissa sans un autre commentaire.

Je regardai Pierre droit dans les yeux.

— Tu sais, Pierre. Faut en avoir le cœur net. Il faut que je sache qui est cet Aymeric et ce que font ces types dans les rues de Toulouse. J'sais pas pourquoi, mais j'ai l'impression qu'ya quelque chose qui se trame dans l'air.

En effet, chaque fois que j'entendais ces hommes parler de l'autre côté du talkie, j'avais cette sensation bizarre « d'urgence » et cette sensation allait crescendo. Je ne savais même plus si j'agissais ainsi de mon propre gré ou bien si c'était le talkie qui m'obligeait à agir de la sorte.

Il me regarda avec insistance lui aussi et fit un « oui » ferme de la tête.

Alors que nous parlions ainsi, ses iris attirèrent mes yeux. Je sentais en cet instant qu'ils m'absorbaient tel un plongeon long, interminable vers des profondeurs qui ne cessaient d'aller vers un abîme nouveau. C'était étrange... Ses yeux étaient pâles. *Vraiment pâles*, me dis-je. Le pâle de la naissance d'une beauté sempiternelle : le pâle d'un amour... J'eus la sensation que c'était cela l'Amour...

— Tu as vraiment… Tu as vraiment de beaux yeux, dis-je avec maladresse.

Il détourna son regard. Et dans la déclinaison des couleurs du ciel – annonce du crépuscule – ses joues s'empourprèrent mêlées de cette infinité de teintes célestes. Sous ce majestueux chêne, qui avait vu ma naissance et celle de tant d'autres, ma main effleura la sienne. Sur celle-ci, le rouge pivoine de son sang n'était plus là. C'était maintenant le rouge amarante du ciel qui la colorait.

Il baissa la tête et il m'avoua d'une voix timide :

— Tu sais pour les sobriquets… Je me suis dénoncé… Pour toi…

1943
Le hasard du salut

C'est par l'île de Lemnos qu'il passa
Après que les femmes hardies sans pitié
Eurent conduit tous leurs mâles au trépas

Dante Alighieri, *La Divine Comédie*

1
La passion du crime

« Nous SOmmes en 1956. À vous. »

Une pause.

— Comment ça… en 1956 ?

« On est en jUIN 1956. »

Deniel n'en croyait pas ses oreilles.

— Non, nous sommes en 1943, répondit-il avec insistance.

Les enfants marquèrent une autre pause.

« Comment pOUvez-vous être sûr que nous sommes EN 1943 ? »

Cette question énerva Deniel, qui était déjà assez exténué par la mission qu'il venait d'accomplir. Non seulement il était le seul à entendre ces voix, mais celles-ci le narguaient, qui plus est.

— Et comment pouvez-vous être sûrs qu'il s'agit de 1956 ? Et puis, qui parle de l'autre côté ? Aymeric, c'est toi qui me joues des tours ?

« Je ne m'appelle pas Aymeric, mais AMA… »

C'était la meilleure. Il avait l'impression d'entendre Aymeric (plus jeune peut-être) de l'autre côté du *handie-talkie*. Était-ce bien son timbre de voix ?

— Aymeric, je reconnais ta voix. Arrête de te la jouer et viens discuter en face si t'es un homme.

Mais la communication avait déjà coupé.

En bas, une porte claqua et le bruit d'un remue-ménage s'éleva jusqu'à l'étage. On eût dit que les mouvements reprenaient vie. Il jeta l'appareil sur le lit et descendit.

Il croisa Aymeric qui rentrait de sa courte promenade.

— Tu veux une clope, Deni… ?

Il n'eut pas le temps de terminer sa phrase que Deniel sortit lui-même sur le perron de la porte. Dans son agacement, il poussa Aymeric d'un coup d'épaule.

— Qu'est-ce qu'il te prend, mec ? lui lança Aymeric.

Deniel ferma la porte derrière lui et fila à travers les rues récemment bombardées.

Les jours qui suivirent le kidnapping de l'officier de la Wehrmacht furent ponctués de recherches intensives par les Allemands. Ils n'hésitèrent pas à s'en prendre aux civils lors des descentes dans les foyers toulousains. Plusieurs maisons furent mises sens dessus sens dessous, un fut mari ligoté à terre devant sa femme et ses enfants épouvantés par leur soudaine intrusion, un étudiant à bicyclette fut arrêté et emmené quelque part dans le centre de Toulouse… La tension était forte et tout le monde était effrayé. Les membres de « Liberté et Résistance » se dispersèrent en prenant soin de cacher le matériel autre part que dans la maison rue de la Chaussée. Marie-Catherine aida Aymeric à dissimuler du matériel chez elle. Robert et les autres en firent autant. Il ne fallait surtout pas que la maison rue de la Chaussée soulève des soupçons.

Pendant ce temps, Deniel continuait à boire. À boire comme un trou…

Marie-Catherine aurait voulu lui en toucher deux mots, mais Deniel lui semblait si « fragile » qu'elle préféra attendre le moment opportun pour le lui dire. Elle avait l'habitude avec ce genre d'homme peu enclin à l'écoute. Elle devait prendre son temps pour aborder les sujets délicats avec eux. Elle laissa donc Deniel en faire à sa guise pendant un moment et le coinça un matin profitant du calme de son amant.

— Comment ça je bois trop ? dit-il en faisant les yeux ronds.

— Oh, mon gros doudou. C'est pas du tout pour te blesser que je te dis ça. Au contraire. Je voudrais t'aider. Tu sais comment je suis…

Il roula les yeux vers le plafond.

— Non, attends. Tu sais comment je suis, mon loulou. J'ai l'habitude avec mon frangin. Et tout ça… Tu vois… La boisson… Tout…

Un bruit s'échappa du fond d'une malle remplie de vêtements.

— Attends, dit Deniel en faisant signe à la jeune femme de se taire.

Le bruit reprit. Tac tac…

— Qu'est-ce qu'il y a ? demanda Cathy inquiète.

Deniel suivit la trace du bruit à l'oreille. Tac tac tac…

Deniel s'approcha de la grosse malle. Le bruit s'arrêta.

— Qu'est-ce que tu as mis dans cette malle Cathy ?

Elle rougit de honte.

— Ben, c'est Aymeric qui…

Deniel l'ouvrit et éparpilla autour de lui les vêtements de la femme. Et là, gisant dans le bagage, il y avait la paire de *handie-talkie*.

— C'est pas vrai, Cathy. T'as ramené ces trucs à la maison ? s'écria-t-il furieux.

La jeune femme était trop confuse pour répondre. Elle bégaya.

— Je t'avais dit d'éloigner ces deux merdes de nous. C'est Aymeric qui t'a dit de les planquer ici ? T'es qu'une pauvre cruche. Tu le sais ça ?

Marie-Catherine sentit des larmes monter sous ses paupières.

— C'est que… Je pensais que ce serait sympa de l'aider…

— Ah ouais ? Et tu veux remplacer ton merdeux de frère en prison ? Et puis, j'te l'ai dit… Y a un problème avec ces appareils.

— Mon gros loulou…

Il la foudroya du regard.

— C'est dans ta tête tout ça… Tu t'fais des films. On peut aller en discuter avec un médecin… Non ?

Il poussa un rire nasillard.

— J'vais bosser. Tu devrais en faire autant.

Il claqua le couvercle du meuble et sortit de l'appartement emporté par la fureur.

Dehors, il continua à pester contre la jeune femme jusqu'à la gare Matabiau.

— Cette espèce de Mélusine, je lui en ferai voir des hommes qui boivent…

Deniel avait définitivement perdu le contrôle de lui-même. Et cet homme aux apparences trompeuses qui existait il y a encore quelques mois, avait pris la forme de sa véritable nature et la portait désormais sur son regard. Et usant de ses charmes, il avait complètement replongé dans son vice le plus enfoui en lui. La cheminote n'avait pas suffi et il en avait rencontré plusieurs autres, dont une du côté des allées Jean Jaurès. C'était une serveuse dans un bistrot. Alors le matin, avant d'aller travailler, il passait la voir prétextant auprès de Marie-Catherine qu'un autre cheminot avait été envoyé en déportation et qu'il avait une montagne de boulot à faire. Les femmes seraient peut-être sa perte. Il le sentait. Mais il se complaisait dans son vice charnel.

Ce matin, il se présenta donc à la porte de sa maîtresse après sa dispute avec Marie-Catherine, il passa du temps avec elle et il partit travailler. Son entrevue matinale ne l'apaisa pourtant pas et il arriva à la gare énervé. La journée se passa sans encombre si ce n'est que le nombre de soldats allemands avait augmenté ici et ils contrôlaient aussi bien les cheminots français que les wagons. Deniel avait gardé de nombreuses choses « en travers » qui l'oppressaient dans son esprit. Partout où il posait ses yeux dans la gare, il y avait bien trop d'Allemands pour un seul cheminot et cette pression aussi pesa sur les épaules de Deniel qui exécrait leur présence. Tout ceci le poussa à aller plus loin.

Entre deux wagons en partance pour l'Alsace et pour l'Allemagne, il venait de finir d'atteler et d'inspecter le tout. Il rangeait ses outils sous l'œil attentif d'un jeune soldat, la mitraillette à la main. Il leva vers le garçon des yeux, qui se voulaient être sincères.

— Ça va, tu peux te détendre avec moi. Moi, les cheminots contre Hitler, ça me fait grincer des dents. J'aime pas, tu vois.

Le soldat paraissait comprendre un peu le français. Il recula légèrement.

— Détends-toi, je te dis, reprit Deniel en rangeant les outils dans la caisse à outils.

Il se leva.

— Hé, *Heil mein Führer,* fit Deniel au garçon.

Il lui adressa un large sourire que l'autre lui rendit à peine. Deniel essuya la graisse sur les marches et la rampe du wagon. Il jeta un coup d'œil discret derrière lui.

— Hé, t'as quel âge ?

Le garçon tenait le silence.

— Allez quoi, t'as quel âge ? Parce que si j'en prends une, t'en prends une aussi.

Il fouilla dans ses poches et sortit un paquet de cigarettes. Le soldat scruta les environs pour voir si un supérieur n'était pas dans les parages.

— J'ai dix-huit ans, Monsieur, répondit-il.

Il attrapa une cigarette qui dépassait du paquet. Deniel l'aida à l'allumer et il s'en crama une aussi.

— Tu viens d'où ? l'interrogea Deniel.

— De Rhénanie. Et vous, êtes-vous de la région ?

Deniel expira la fumée accompagnée d'un rire.

— Je viens de loin, si tu savais.

— Est-ce une image ?

— De Bretagne. J'ai fait le siège de Calais, répondit Deniel qui n'avait plus peur à présent de l'avouer.

Le gamin resta pensif.

— J'ai des amis qui sont morts à Calais, finit-il par dire. Tués par l'armée française. Oui…

Il observa Deniel.

— On a tous perdu quelqu'un d'important dans cette foutue guerre.

— Oui, j'ose espérer qu'une entente cordiale puisse apaiser nos mésententes.

— Alors ça, je l'espère aussi mon grand ! Et du fond du cœur !

Le garçon lui envoya un sourire satisfait. Il écrasa sa cigarette consumée et se retourna une dernière fois pour vérifier que personne n'était dans les parages.

C'est le moment, se dit Deniel.

Il sortit une clé à molette dissimulée dans sa manche et l'abattit sur la tête du jeune soldat. Celui-ci tomba à terre et vit

Deniel se ruer sur lui comme un diable. Il le frappa de quatre coups au crâne et quand enfin les poumons cessèrent de bouger, il le jeta dans un des wagons prêt à partir. Il se sentit à nouveau satisfait, mais cette satisfaction s'accompagnait d'une espèce de haine dont son esprit s'abreuvait à n'en plus finir. Puis, quand l'adrénaline retomba, il ne sentit plus rien du tout. Plus de raison. Plus de foi. Plus de haine. Plus rien.

Réparer un crime et devenir un criminel moi-même.

Cette phrase l'enveloppa cinglante alors qu'il marchait en bordure des rails laissant le train s'échapper vers sa destination. Il repensait déjà à la jeunesse perdue de ce garçon. Il l'épierait certainement comme toutes ces femmes qu'il a trompées. Qu'est-ce qu'il pouvait bien lui arriver de plus qu'une autre hallucination après tout ?

Deniel déraillait complètement.

C'est ce que se dit Marie-Catherine juste après leur dispute du matin. Elle s'assit dans le fauteuil et pleura. Elle aimait cet homme d'une tendresse qu'elle n'aurait jamais fait profiter à un autre. Elle s'était donnée à lui complètement. Elle n'avait pas compris ce profond déséquilibre qui se jouait déjà lors de leur fuite vers Toulouse. Elle pensait que son amour l'aiderait à guérir. Pierre-Gilles avait bien eu raison de lui dire de ne pas fréquenter cet homme. Pierre-Gilles lui avait bien dit qu'on ne pouvait pas avoir confiance en lui. Son frère était fort pour sentir la mauvaise aura des autres, étant lui-même du même acabit. Et Pierre-Gilles et Deniel avaient bien eu raison de la traiter de cruche.

Elle essuya ses larmes et partit travailler à sa boutique. Le soir, elle baissa le rideau et se tourna dans le soleil qui étendait un halo rouge autour de sa forme sphérique. Elle quitta son lieu de travail et partit flânant au bord des quais de la Garonne. Elle regarda ici, un moment, la Garonne qui filait sous les ponts. Elle pensa à cette expression « laisser couler de l'eau sous les ponts », mais au fond, l'eau qui se déversait ensuite dans l'océan revenait inexorablement dans le lit de la Garonne. Un jour… Des années après… Ce serait toujours la même « eau ». Elle n'effaçait pas les problèmes. Elle ne faisait que les emporter avec elle pour revenir avec. Et si c'était la même chose avec Deniel ? Les mêmes disputes reviendraient sans se lasser d'être énoncées et il ne s'arrangerait donc jamais pour elle. Elle chassa cette idée stupide d'un geste de la main. Devant elle, l'Hôtel-Dieu Saint-Jacques semblait fondre sous les réverbérations du soleil. Elle prit une grande inspiration de cet air à la fois algal et trempé, ce qui fit joliment gonfler sa poitrine. Elle repartit plus légère et longea une partie de la place du Capitole pour remonter vers la place Wilson qui menait vers les allées Jean Jaurès.

Elle se sentait mieux à présent.

Marie-Catherine était plutôt du genre à avoir une pêche d'enfer et à laisser le négatif derrière elle-même si elle avait le cœur gros. Elle souffla cette fois-ci un grand coup.

À l'entrée des larges allées, elle se dit naïvement qu'elle pourrait retrouver Deniel à la gare puisqu'elle passait juste à côté. Ils pourraient ainsi rentrer chez eux main dans la main et discuter un peu plus calmement que ce matin.

Elle se dirigea donc vers la gare en prenant les allées. Il y avait beaucoup d'Allemands et il ne fallait pas qu'elle joue à l'imprudente. Un des SS la salua poliment. Les autres se retournèrent. Elle leur renvoya un salut de la main faisant semblant de minauder. Elle poursuivit son chemin dépassant des bars et des bistrots, et aperçut au loin la silhouette de Deniel. Un sourire peignit ses belles lèvres, mais il s'éteignit tout aussitôt lorsqu'elle aperçut une autre silhouette près de lui. Ils semblaient se tenir par la main. Elle crut pendant un court instant que la seconde silhouette pouvait être elle, Cathy. La femme lui ressemblait : elle était rousse, longue, un beau corps de femme mûre. Les deux amants s'arrêtèrent devant le bistrot « Le Fouet du Diable » et s'embrassèrent là. Cathy n'arrivait pas à en croire ses yeux. Elle eut tout à coup honte d'elle-même. Honte d'être aussi stupide. Honte d'avoir cru en cet homme. Honte de l'avoir logé par pitié.

Elle recula de plusieurs pas.

— Un sale séducteur et trompeur… Voilà ce que tu es…, siffla-t-elle entre ses dents.

2
Trahisons

Cathy pleura jusqu'à ce Deniel rentre. Elle ne lui parla pas de sa douloureuse découverte. Il l'embrassa comme si de rien n'était et l'invita à se coucher à ses côtés dans le lit. Elle s'allongea près de lui et il lui caressa doucement les cheveux en s'excusant de s'être emporté le matin. Il lui avoua qu'il était un peu stressé au travail à cause de ses journées chargées et qu'il essaierait de limiter la boisson à partir de maintenant. La jeune femme savait qu'il mentait, mais elle ne souffla mot. Il continua à caresser ses cheveux d'une manière qu'elle perçut si maladroite qu'elle frissonna de dégoût.

Une semaine passa. Et Marie-Catherine ne se confronta pas à Deniel. Elle était plutôt bien mise au pas pour cela aussi : elle avait eu beaucoup de relations compliquées avec les hommes.

C'était le jour où Pierre-Gilles se montrait. Deniel était sorti et l'autre prit ses aises chez sa sœur. Il était venu lui demander du « fric ». Il en avait besoin pour un « truc » avec des copains. Elle lui donna son argent et en profita pour se confier à lui.

— Qu'est-ce qu'il t'arrive, Cathy ?

Elle tenta de garder son sang-froid, mais elle finit par éclater en sanglots, de grosses perles salées se répandant sur ses joues blanches et ses lèvres grenat.

Il la prit dans ses bras et il l'écouta compilant un air attristé sur son visage laid. Elle lui dit qu'elle avait tout donné d'elle, qu'elle s'était occupée de *cet homme* et que c'était comme cela qu'il la remerciait :

— J'aurais dû te faire confiance, s'écria-t-elle, tu avais raison. Il ne vaut rien du tout celui-là aussi. Et puis, et puis… (Elle hoqueta secouée par les sanglots) Il m'a embarqué dans ce truc. J'ai fait ça parce que je l'aimais ! Et c'est comme ça qu'il me remercie ! Tu me comprends, hein, Pierre ? C'est parce que je l'aimais, cet idiot !

Pierre prit ses deux mains blanches dans les siennes, trapues. Et d'une voix mielleuse, il lui demanda :

— Dans quoi est-ce qu'il t'a embarqué, ma petite carotte ? Dis-moi. Tu sais, que toi, j'te ferai rien. T'as ma parole de frère.

Elle le regarda de ses yeux entourés d'une encre noire coulant. Et lui, grossier et touffu, il la regardait d'un regard qui se voulait être compatissant relevant ses épais sourcils en signe de compréhension. Elle chercha en lui son frère en qui elle pensait pouvoir confier tout et rien. Et elle sembla trouver ce confident. Elle balaya de ses doigts fins l'encre déversée par son chagrin.

— OK, OK, mais tu me promets de rien dire à qui que ce soit. D'accord ?

Il fronça cette fois-ci ses sourcils ébouriffés et lui promit.

— Bien entendu, ma carotte.

Elle parla alors de ses activités avec les membres de « Liberté et Résistance ». Au début, il sentit la colère se soulever en lui, puis au fil de son histoire, il se mit finalement à l'écouter avec bonne humeur. Il sentit là que le vent tournait. Et il tournait en sa faveur. Il avait pressenti que quelque chose se tramait avec Deniel lorsque sa sœur lui avait demandé les *handie-talkie* et il était plutôt fier de lui. Ce que Cathy ne savait pas c'est qu'il s'était engagé récemment dans la Milice française. La Milice était dure. Les miliciens n'hésitaient pas à passer à tabac les gens qu'ils soupçonnaient de s'opposer au régime de Vichy. Et Pierre-Gilles, qui avait déjà à son compte des crimes de la même trempe, avait été recruté sans problème par cette organisation vichyste. Il n'avait pas même eu besoin de falsifier son identité. Il s'occupait des Juifs et des personnes en situation irrégulière. Et, bien entendu, obtenir des renseignements aussi facilement que cela sur des résistants, c'était une chance inespérée pour traquer l'irrégularité.

Sans le vouloir, Marie-Catherine les dénonça tous. Elle pensait qu'elle ne faisait que déverser sa peine.

Pierre-Gilles embrassa les deux mains de sa sœur et lui promit qu'il réglerait tout cela au plus tôt. Et comme le plus tôt était le mieux, il prit tout de suite contact avec la Gestapo.

Les descentes des soldats se firent petit à petit plus rares. Le Général-Lieutenant Koch restait introuvable et il fut vite remplacé par un de ses collègues. Sentant qu'il serait trop imprudent de rester en centre-ville, Aymeric pensa déplacer tous ses hommes en campagne vers l'une des antennes. Pendant qu'il était du côté d'Auterive, il avait mis au point l'assassinat de Michel Barrault-Duplantier, Directeur du journal ultra-collaborationniste, *Le Grand Toulouse*. Une dernière fois, alors, il avait rappelé ses hommes dans la vieille maison de Mémère et une dernière fois, ils avaient travaillé ensemble sur une mission en centre-ville. C'était risqué, mais une défaite face au Régime de Vichy était plus cuisante à ses yeux.

Deniel leur avait rapporté les *handie-talkie*. Il avait eu hâte de s'en débarrasser. Parfois, il entendait les appareils grésiller au beau milieu de la nuit. Et cette gourde de Marie-Catherine n'arrivait jamais au bon moment pour les entendre avec lui. Deniel confia vite fait les appareils à Robert. Et avec les autres membres de « Liberté et Résistance », ils menèrent leur dernière mission en centre-ville usant une dernière fois de ces deux boîtiers électroniques.

Leur mission consistait à coincer le Directeur du journal dans un café de la ville.

C'était un dimanche d'été. Ce jour dominical s'abreuvait de son repos de fin de semaine et les rues s'emplissaient d'une sourde quiétude. Le matin, vers 11 h, Arnaud Julien partit de la gare Matabiau pour aller rejoindre le fervent partisan vichyste dans ses bureaux et pour parler affaires. Lorsqu'ils sortirent des locaux du journal et se dirigèrent vers les cafés des allées Jean Jaurès, Aymeric, qui était dissimulé dans une voiture non loin de là, contacta Robert par *handie-talkie* :

— Bon, Robert, comme on a dit. Pas de faux pas. La Wehrmacht en voudrait un comme toi. À toi.

« Tu peux me faire confiance, Aymeric. Tu m'connais. Si problème, tous au 4 rue de la Chaussée. »

Robert laissa le *handie-talkie* à Célestin et, accompagné de Jacme Pouilh, il se rendit au café armé d'un pistolet dissimulé sous sa veste. Alors qu'Arnaud et Barrault-Duplantier venaient de s'installer à une table, il tira deux fois sur la poitrine de sa cible et s'enfuit à toutes jambes à travers les rues de Toulouse avec Jacme. Arnaud resta sur place, jouant son rôle jusqu'à la fin.

Ce fut leur dernière mission.

En fin d'après-midi, le curé, Aymeric, Pierre et Deniel se retrouvèrent dans la maison rue de la Chaussée. Ce serait la dernière fois qu'ils se retrouveraient ici. Aymeric avait besoin de faire un dernier *briefing* avant de disperser ses membres sur les antennes de son réseau. Par sécurité, Robert était resté chez lui auprès de sa femme, et Arnaud s'était occupé d'appeler la Milice et l'ambulance. Il était ensuite retourné à la gare Matabiau pour informer ses supérieurs de ce qu'il était arrivé à Barrault-Duplantier. Les quelques autres membres n'étaient pas non plus présents par sécurité. Et la vieille aussi avait été mise en sûreté dans une maison en campagne et elle n'était pas là.

Ils descendirent tous à la cave.

Alors qu'ils descendaient les marches, Célestin se tourna brusquement vers Pierre et Aymeric comme s'il se venait de se rappeler de quelque chose.

— Où avez-vous mis les *handie-talkie* ?

— Ils sont restés en haut, répondit Pierre.

— Ce n'est pas très prudent. Est-ce que tu peux les amener en bas avec toi s'il te plaît ? dit Aymeric en se tournant vers Pierre.

Depuis un certain temps, Aymeric paraissait plus « doux » à l'égard de Pierre. Ils semblaient plus complices lorsqu'ils discutaient entre eux. Et certains membres les soupçonnaient de ne pas être seulement amis, mais d'être amants.

Pierre remonta au rez-de-chaussée.

Les deux émetteurs-récepteurs étaient posés sur la table de la cuisine sombre.

Il les attrapa.

C'est alors qu'un bruit, qu'il n'avait jamais entendu auparavant, jaillit d'un des appareils : une sorte de grésillement très étrange. Il crut, tout d'abord, qu'il allait prendre feu. Mais cela était tout à fait invraisemblable. Il s'assit à la table et examina l'appareil qui grésillait de plus en plus fort. Il n'était plus sûr de l'avoir bien réparé. Il se saisit d'un petit tournevis qu'il gardait toujours sur lui. Puis, il se ravisa : il valait mieux descendre à la cave tout de suite plutôt que de se pencher sur un léger problème technique. Il observa l'appareil qui continuait à bourdonner avec étrangeté et il ne put alors s'empêcher de se dire que si le problème était léger, il le réparerait vite. Il enfonça donc le tournevis dans une première vis. Toutefois, l'appareil ne lui laissa pas le temps de la tourner de quelques degrés, car, à ce moment-là, les bourdonnements se transformèrent pour étonnamment émerger telle une voix d'enfant. Elle semblait froide et lointaine.

« C'est Amarante. Nous sommes dehors. À vous. »
Pierre resta interdit.

Il trouvait curieux qu'un jeune garçon l'appelle ainsi. Il pensa à un piège, mais il se dit que les chances qu'un môme se serve de ce genre d'appareil ou travaille avec les Allemands étaient maigres. Il trouva également curieux que l'appareil se mette en marche sans allumage préalable. Il regarda l'autre paire et constata qu'elle était inactive. Et puis, cet Amarante… Qui était-il ? Ce nom lui disait quelque chose… Il lui fit penser à Aymeric… Ces deux prénoms n'avaient rien à voir l'un avec l'autre, mais quand même…

« C'est Amarante. Nous SOmmes dehors. Si vous nous entendEZ, sortez vous aussi. »

Pierre sentit tout à coup qu'il valait mieux sortir et se montrer. Il se mit à éprouver un sentiment d'angoisse très fort qu'il ne sut se l'expliquer à lui-même.

Quelque chose se trame…, se dit-il.

Une force invisible le poussait hors de cette maison. Elle l'appelait. Ce fut comme s'il escaladait une façade rocheuse et qu'il s'encourageait une dernière fois pour attraper les dernières prises et éviter une chute.

Il jeta un coup d'œil par la fenêtre du salon qui donnait sur la rue : il n'y avait personne. Il essaya de se raisonner. Il se dit qu'il valait mieux laisser tomber et descendre à la cave, mais c'était plus fort que tout et il avait cette folle envie de sortir et d'aller vérifier.

Juste quelques secondes...

Il prit les *handie-talkie* avec lui et sortit sur le perron de la porte. La rue était déserte. Il n'y avait pas un chat. Cependant, il sentait que quelque chose était là. Cette force l'épiait sans s'approcher de lui. Il contourna la maison et gravit les escaliers débouchant sur les allées Paul Feuga. Personne à droite, personne à gauche. Il n'y avait pas d'enfant dans les parages. En face de lui, la Garonne s'écoulait sous le pont Saint-Michel dans un mouvement perpétuel : toujours dans le même sens, toujours sous la même forme. Rien ne changerait à cette course. Elle resterait identique à elle-même des années encore. Il contempla quelques secondes les eaux scintillantes de la rivière. Puis, il redescendit vers la maison. Il vit Deniel dehors en train de fumer une cigarette. Il était remonté entre-temps. Il faillit l'appeler quand subitement, une voiture noire descendit en trombe la rue de la Chaussée pour s'arrêter juste devant la maison. Deniel lâcha sa cigarette :

— Allemands ! cria-t-il pour alerter Aymeric et Célestin.

Pierre s'accroupit derrière la rampe de l'escalier. Mais c'était trop tard. Le temps d'une seconde d'hésitation et il lui sembla que toute la Gestapo de Toulouse venait d'arriver en renfort. Pendant ce temps, Deniel courut clopin-clopant le long de la rue tentant d'échapper aux agents de la Gestapo. Il réussit à s'enfuir par les rues adjacentes.

Pierre recula au fur et à mesure que les agents s'approchaient de la maison et il finit par se retrouver en haut de l'escalier, vulnérable devant ces hommes armés. Il serra fort contre lui les *handie-talkie* et il se leva. L'hésitation serrait son cœur, mais il ne pouvait rien faire : il était vulnérable face à ce groupe d'hommes armés. Il se retourna malgré lui et se mit à courir sur les allées Paul Feuga, complètement perdu, écœuré par sa faiblesse et son acte qu'il lui semblait relever de la traîtrise.

Aymeric et Célestin sortirent de la maison. Célestin saisit une maigre chance pour pouvoir s'enfuir comme Deniel l'avait fait. Il dévala quelques marches du perron et fut alors fusillé par les hommes de la Gestapo sous les yeux de son chef.

Un homme chauve avec de petits yeux verts noisettes s'approcha du dernier membre de « Liberté et Résistance ». Il portait sur lui une élégance qui peinait à dissimuler la frayeur que pouvaient inspirer les formes décharnées de son corps.

— Enfin, on vous a eu, dit-il. Et qu'est-ce qu'il croyait, le Père ? Qu'il allait s'échapper et qu'on allait le rattraper par la main ? Que cela vous serve de leçons à tous.

Aymeric releva la tête dans une inexprimable colère et cracha à sa figure :

— Pour ta mauvaise haleine remplie d'ail, sale collabo.

L'homme s'essuya le visage d'un mouchoir bien brodé, il regarda sa montre à gousset et déclara :

— Vous savez, Monsieur de Quercy... Ça vient de « chêne » en latin, ça, non ?... Vous savez... Nous avons maintenant une très belle liste de vos... Comment appeler cela ? Des sobriquets ? Vous vous appelez donc « Chevalier » ? Et « Montaigne » et notre bien cher feu « Paire » ? Que cela signifie-t-il ? Rien, à mon avis. Seulement des hommes qui travaillent dans la clandestinité pour mettre à mal notre pouvoir. C'est tout.

Il fit un signe au soldat.

— Emmenez-le. Et je veux qu'il parle une fois là-bas.

Il fut amené au siège de la Gestapo, 2 rue Maignac. Le même jour, Robert se fit arrêter chez lui ainsi qu'Arnaud, à la gare Matabiau. Il criait dans la gare, menottes à la main :

« Vive la République française ! » « Vive la République française ! »

1956
Le temps et l'espace

L'Espace vaincu le Temps vainqueur
moi j'aime le temps le temps est nocturne
et quand l'Espace galope qui me livre
le Temps revient qui me délivre
le Temps le Temps

Aimé Césaire, *Sommation, Corps Perdu*

1

La maison rue de la Chaussée

Je rassemblai mes amis au garage de la rue Mistral.

— Allons, voir dans cette maison. La maison rue de la Chaussée. Je suis sûr et certain qu'il y a quelque chose là-bas.

Dennis, Bastien et Robin rouspétèrent.

— On est vraiment obligés ? demanda Madeleine qui n'était plus très rassurée par nos recherches.

— Vous ne voulez pas en avoir le cœur net, les gars ?

Jules prit la parole.

— Moi, j'veux bien. Parce que ces histoires de fantômes me laissent quand même perplexe.

— Les gars…

Il y eut un moment d'hésitation puis Robin se leva.

— Chef, oui chef ! cria-t-il en faisant le salut militaire.

La maison de la rue de la Chaussée était une grande et vieille bâtisse toulousaine qui émergeait, imposante, du coin de la rue sombre. Elle était à étages. Il y en avait au moins quatre. Toutes les fenêtres étaient barricadées de planches de bois hormis celles du salon, qui donnait sur la rue. Leurs carreaux, teintés d'une poussière noirâtre, étaient par endroits brisés. Toute une partie de la façade était recouverte d'un épais lierre que les années d'abandon avaient laissé prospérer à sa guise et qui semblait avoir fissuré les murs à la force de ses tiges. La porte d'entrée était scellée par des planches en bois sur lesquelles la moisissure avait élu domicile. Elle ressemblait à ma maison, mais de par son aspect « pourri » et des planches qui en barraient l'accès, elle ne donnait aucunement envie à qui que ce soit de pénétrer à l'intérieur. Pour me rendre au garage de mon père, je passai en général par les allées Paul Feuga. Sauf la fois où Pons s'en était pris à Pierre. C'était donc la première fois que je contemplai cette maison au triste aspect d'aussi près.

Sous ses souliers, Robin faisait rouler un gros caillou rond. Il nous lança un regard espiègle. Il empoigna le caillou et le jeta sur une fenêtre ce qui eut pour effet de faire voler un morceau de verre dans la vieille bâtisse. On entendit l'impact du verre sur le sol et le silence se leva à nouveau. La maison était vide. Et personne n'en sortit pour nous sermonner. Les voisins non plus ne daignèrent sortir sur le palier de leur porte. Ils semblaient être absorbés dans leur propre maison, concentrés sur leurs tâches quotidiennes. Il n'y avait pas âme qui vive dans la rue.

Alors que nous hésitions sur le perron de cette maison inhospitalière, un vent vif et chaud serpenta entre nos pieds et s'engouffra dans la demeure entraînant un écho grave habité de sonorités lugubres. Robin s'exclama :

— Par Saint-Saturnin… ! C'est comme dans un livre d'épouvante !

Rodriguez moins méfiant que nous autres s'approcha d'une des fenêtres pour y jeter un œil.

— Ouah, ça sent la suie ! Hé, venez voir. Il y a encore des fauteuils dedans.

On se rapprocha tous de la fenêtre. L'intérieur était de toute évidence poussiéreux et le peu de lumière qui passait à travers les vitres, nous révélait de sa nouvelle teinte – une teinte cendrée – le décor d'un salon qui aurait pu être tout à fait banal s'il n'avait pas été immobilisé dans un autre temps. On voyait d'ici l'expression d'un temps légèrement anachronique sur laquelle s'amassaient les fines couches de poussière : telles les cernes d'un arbre, il y avait bien l'accumulation du temps par-dessus cette immobilité, mais cette accumulation n'était en rien le résultat d'une croissance. Les objets étaient gâtés par le temps, et plus que la poussière, c'était cela qui indiquait la décadence des lieux. Ainsi, des tapisseries déchirées ornaient encore tant bien que mal les murs suintant des filets de l'eau de pluie. Des chaises mitées jonchaient le sol à la renverse. Une longue table en bois revêtue d'une nappe à carreaux poussiéreuse était par-ci par-là ponctuée de traces de doigts et de pattes de chat, et s'affaissait vers le parquet gondolé. Sur deux fauteuils de style Régence, on pouvait distinguer de larges auréoles d'humidité. Et des fils électriques pendaient du plafond fendu et pourvu d'un « lustre globe » du début du XXe siècle. Ce dernier ne devait pas avoir servi depuis « des lustres » et il était revêtu d'épaisses toiles d'araignée.

— L'ambiance dans cette maison est vraiment malsaine, fit remarquer Jules.

— Et si on rebroussait chemin ? proposa Madeleine d'une voix craintive.

— Non, les gars, maintenant qu'on est là, faut tenter, dis-je.

J'avais apporté le talkie avec moi. Je lançai un regard décidé à Pierre. Il hocha légèrement du chef. Lui aussi était bien décidé à découvrir la vérité, si elle se cachait dans cette demeure.

J'allumai le boîtier :

— C'est Amarante. Nous sommes dehors. À vous.

…

Je répétai à nouveau.

— C'est Amarante. Nous sommes dehors. Si vous nous entendez, sortez vous aussi.

Robin glissa des yeux amusés sur nos visages. Je regardai Pierre. Il était devenu tout à coup blême comme un linge trop propre. Tout à coup... C'était bizarre... Il me sourit et je sentis que son sourire dissimulait une sorte d'angoisse.

Je l'empoignai à l'épaule pour le rassurer.

— Hé, ça va aller ? demandai-je inquiet de le voir perdre ses moyens. Tu allais très bien il y a quelques secondes encore.

— C'est juste que... J'ai l'impression que quelqu'un nous regarde de la fenêtre.

— De la fenêtre ? répéta Robin. Pff. Y a personne derrière cette fenêtre. C'est juste la maison qui te fout la frousse. Regarde.

Il saisit un autre caillou et le jeta sur les carreaux. On entendit la masse sombre rebondir sur le parquet en bois, puis rien d'autre.

— Tu vois, fit Robin, y a rien du tout. (Il tourna son regard vers les vitres de la maison et les observa bien)... Non, rien du tout... Rien...

Mais Pierre avait raison. Moi aussi, je sentais une présence dans cette maison. Robin continuait à afficher un air idiot sur son visage, mais son hésitation était également perceptible.

Je m'avançai vers le perron de la porte :

— Écoutez, les gars, vous entendez ces gens autant que moi. On a l'opportunité de vérifier la véracité de ces phénomènes. Ils nous ont filé une adresse exacte. C'est celle-là. Allons voir à l'intérieur. Pierre, ça peut pas être si effrayant que ça. Et si on trouvait des radios émetteurs-récepteurs et des plans des réseaux de contre-espionnage ? Ça serait pas une chance ? Y a encore tous les meubles dans cette vieille baraque. T'imagines quand on montrerait ça à nos parents ?

Il acquiesça. Ses yeux avaient retrouvé cette habituelle « force » qui le poussait toujours à aller plus loin.

— Allons voir à l'intérieur, dit-il, je ne veux pas m'avouer vaincu aussi facilement.

Ça, c'est ce qui s'appelle « parler », me dis-je.

Jules frappa de son pied une des planches qui barrait l'entrée de la maison. Il n'eut aucun mal à la faire tomber au sol. La deuxième planche n'était pas plus solide et elle céda rapidement aux coups portés par notre camarade. Le passage ouvert laissait à peine la place à un enfant pour se faufiler à l'intérieur.

Un par un, on passa à travers l'entrée de fortune. Quand ce fut le tour de Pierre de passer à l'intérieur, il fut pris d'un mal mystérieux. Il se recroquevilla et se mit à trembler. Je m'accroupis près de lui.

— Hé, t'es sûr que ça va ?

Il se releva en hochant de la tête. C'était vraiment un battant. Il se glissa à l'intérieur. Je le suivis.

On constata combien la bâtisse était vieille et délabrée. À ce moment-là, plus que les revenants, ce fut l'état de la maison qui m'inquiéta. De l'extérieur, nous avions minimisé son véritable état délabré. Les murs étaient marqués par de belles fissures et quand il pleuvait, l'eau s'y infiltrait et devait certainement s'égoutter par le plafond. Le lierre, qui mangeait le mur extérieur de la bâtisse, s'était faufilé à l'intérieur par un carreau brisé et avait continué sa course autour des dormants des deux fenêtres du salon sentant que sa chère humidité, dont les lierres raffolent, foisonnait en un grand volume ici. On aurait presque pu penser que c'était le lierre qui soutenait par sa force le vieux mur de la maison. Si l'on essayait d'arracher une partie de cette plante, est-ce que tout s'écroulerait sur nous ?

Bastien, Pierre et Dennis se serrèrent contre moi. Madeleine glapit et nous montra du doigt une peinture posée au-dessus de l'âtre froid d'une énorme cheminée. C'était un grand tableau à moitié déchiré qui présentait des chevaux affolés sous un ciel noir bombé des déflagrations du tonnerre. Il y avait, abrité sous un arbre, un vieil homme vêtu de haillons, aussi petit et chétif que Pierre, qui somnolait, un chapeau de paille sur le visage et les mains « rabattues » derrière la tête. Il n'avait pas vu l'orage arriver et cela paraissait très étrange. Dormait-il vraiment ou était-il mort ? Les chevaux, eux, avaient senti la tempête et l'avaient vue rouler jusqu'à eux. Et, dans leur épouvante, ils galopaient en meute, pris au piège dans une clairière entourée de hautes montagnes. Et par-delà ces pics enneigés, c'était le cadre de la peinture qui les empêchait de prendre la fuite. Ils n'échapperaient pas à leur destin funeste. Leur unique échappatoire serait la partie déchirée du tableau. Mais cette idée était irréaliste. Alors, comment ces étalons pourraient éviter le drame d'un foudroiement si prévisible ?

Pour une raison inconnue, l'angoisse me gagna à mon tour. Je me sentis envahi par un vague sentiment d'insécurité. L'atmosphère me donna envie de déguerpir sur-le-champ.

— Qui voudrait accrocher une peinture de si mauvais goût ? dit Dennis pas du tout rassuré face à ce tableau sombre.

— Rentrons, me supplia Madeleine.

Je jetai un coup d'œil à Pierre : il semblait être maintenant paralysé par la peur. Il fixait le tableau et pendant quelques secondes pas un battement de cils ne masqua ses yeux limpides. Sa réaction me mit un peu plus mal à l'aise.

Robin ouvrit doucement une pièce annexe.

— Hé, hé, venez voir, nous appela-t-il. Les propriétaires ont aussi laissé des lits.

Pris de curiosité, on s'avança près de lui. Dans une longue et grande chambre, il y avait effectivement deux sommiers dépourvus de matelas. Ils étaient côte à côte et Robin s'amusa à monter sur un des lits pour sauter sur l'autre.

— Arrête, le gronda Jules. Tu vas passer au travers.

Robin fit la moue et descendit du sommier. Il sortit de la chambre et nous appela encore une fois :

— Hé, y a un escalier qui descend à la cave. C'est pas notre chance, ça ?

Bastien tapa son front de sa main :

— Mais c'est pas vrai…

À cet instant, Pierre s'affola. Il me fixa d'une expression apeurée et dit d'une voix chevrotante.

— Non, non, pas à la cave. Je ne le sens pas du tout.

Ses propos m'interloquèrent. Et à en juger l'expression dans les yeux de Bastien, celui-ci fut tout autant intrigué par la soudaine poussée de panique chez Pierre.

— J'ai peur en fait, répéta-t-il. Revenons une prochaine fois. Y a quelque chose de pas normal dans cette maison.

J'essayai de le raisonner en lui disant qu'il n'y avait rien à part nous dans cette maison et à en juger par les traits de son visage, il ne parvenait pas à être convaincu par mes mots. Il faut dire que moi aussi, j'avais des difficultés à adhérer à mes propres propos.

Robin avait déjà pris les marches du vieil escalier trop étroit pour le descendre côte à côte. Et Jules lui avait emboîté le pas. Patienter au rez-de-chaussée ne m'enchantait guère. S'il leur arrivait quelque chose dans ces sous-sols, nos parents seraient si scandalisés qu'on en prendrait pour deux.

— Protégeons leurs arrières au moins, dis-je à Pierre. S'ils se blessent, nos parents seront de vraies furies.

Je passai en premier, suivi de Bastien, puis de Pierre et enfin de Madeleine.

Les lattes du plancher craquèrent sous nos pas. Et déjà à la première marche, je sentis que l'escalier n'était plus très solide.

— Doucement, dis-je aux autres.

L'escalier, étroit et sombre, ne m'inspirait pas confiance. À chacun de nos pas, il donnait le sentiment qu'il allait crouler sous notre poids. Seule la lumière du jour pénétrant par les fenêtres du salon nous laissait faiblement entrevoir deux murs griffés de ratures plutôt creuses dans le ciment. Tout semblait prêt à fondre sur nous.

— Robin ? Jules ?

Je n'obtins aucune réponse d'eux… Un mince filet de vent dévala l'escalier transportant avec lui le sifflement typique des courants d'air de maison. Je me tournai vers Bastien. Je voyais à peine les traits de son visage. Il secoua la tête en signe d'incompréhension.

On arriva au bas de l'escalier. Je laissai le temps à mes yeux de s'habituer à l'obscurité. Au fond de la pièce plongée dans le noir, deux visages émergèrent d'une manière imperceptible. Je jure que si je n'avais pas reconnu Jules et Robin penchés au-dessus d'un briquet, j'aurais pris mes jambes à mon cou. Pierre hoqueta et vint serrer ma main.

Jules et Robin se tournèrent vers nous. Le sourire de Robin s'était effacé. Il ne plaisantait plus.

— Amarante…, dit Jules lentement, t'avais raison…

Robin m'invita d'un geste de la tête à regarder le sol cimenté. Je m'approchai.

Il éclaira de son briquet le parterre. La lumière écarta un instant la noirceur de la pièce et des auréoles couleur brique de différentes dimensions, qui le revêtaient par-ci par-là, émergèrent sur le sol en béton.

Je frémis.

Un bruit de vitres, que l'on casse, nous fit tressaillir. Il fut tout de suite suivi d'un bruit sourd.

— J'ai peur, glapit Madeleine.

Robin s'approcha d'elle. Il paraissait très inquiet lui aussi. Je sentis la main de Pierre serrer la mienne très fort.

— Quelqu'un est en train de casser les fenêtres d'en haut, dit Jules.

On tendit l'oreille. Un bruit continu s'abattait sur les vitres et sur le mur de la façade.

Je détachai ma main de celle de Pierre et remontai les escaliers suivis des autres.

Par-delà le mur qui donnait sur la rue, de jeunes silhouettes nous faisaient face. C'était Pons et sa nouvelle clique. L'autre paire de talkie gisait en plein milieu de la pièce. Ils l'avaient balancé sur une vitre du salon et elle avait atterri ici. Maintenant, ils nous menaçaient en jetant des cailloux et en nous exhortant de sortir pour nous expliquer.

— Amarante ! hurla Gilles. T'as intérêt à sortir de là et à t'expliquer pour la dernière fois et pour tes conneries de bourdonnement avec le talkie ! Je vais m'arranger pour te faire la tête au carré cette fois-ci !

— Merde, fis-je, ils nous ont suivis.

— Ils vont voir ce qu'ils vont voir ! Ils ont envie de m'entendre dire « Moult me tarde » ceux-là ! s'écria Bastien qui était déjà chaud pour une autre baston.

— EH LÀ, où est-ce que vous vous croyez les mômes ? Vous voulez que j'appelle les gendarmes ?

Une voix rocailleuse venait brusquement de s'élever derrière Pons et ses copains.

Ils tournèrent les yeux vers la source de cet avertissement.

— Dégageons, vite ! s'écria Cheval.

Ils attrapèrent tous leur vélo et détalèrent en un instant.

On essaya nous aussi de nous enfuir avant de se faire attraper. On passa tous par le petit passage à l'entrée. Jules passa en premier, puis Bastien, Dennis, Robin (qui aida Madeleine à passer entre les planches). Je donnai la main à Pierre pour le guider vers la sortie. Je passai entre les planches. Il détacha cette fois-ci sa main de la mienne. Il allait me suivre juste après.

— Et alors les gosses, qu'est-ce que vous foutez ici ?

Je me tournai vers l'homme.

Il portait un visage ridé sans pour autant paraître vieux. Il fumait du coin de sa bouche une cigarette roulée qu'il ralluma, car elle venait de s'éteindre. Le tabac grésilla lorsqu'il aspira une bouffée et la cendre se détacha de la cigarette pour tomber sur une barbe mal rasée. Il avait les cheveux coiffés en arrière de la même manière que ceux de Dennis, et il portait des vêtements mal arrangés et vieillis par le temps. Son regard était… étrange. Il avait des yeux perçants qui n'inspiraient pas confiance.

— Qu'est-ce que vous foutiez dans cette maison ? répéta l'homme.

— Papa ? fit Dennis d'un air ahuri.

L'homme fixa Dennis de ses yeux déconcertants. Sa bouche se crispa dans une sinuosité traduisant une légère nuance de mépris sur son visage qui avait dû être beau il y a quelques années de cela.

— Qu'est-ce que tu fais là, Dennis ? J't'avais pourtant dit de pas rôder dans le coin.

L'homme s'avança en tenant sa jambe gauche qui traînait plus que l'autre. De là où on était, on pouvait sentir son haleine remplie d'alcool.

— Rentre à la maison, Dennis. J'veux pas te voir jouer ici. Bordel ! Tu peux pas écouter ton propre père ou quoi ?

L'homme n'avait pas l'air facile.

Je m'interposai.

— On a compris, Monsieur. On s'en va.

Il me dévisagea avec une expression dure. Puis, il pointa un doigt en direction de notre ami.

— Je veux te voir dans cinq minutes à la maison, mon garçon. Tu m'as compris ?

Il nous tourna le dos et remonta la rue clopin-clopant.

On descendit les marches du perron pour enfourcher nos bicyclettes.

— Attendez. Pierre n'est pas sorti, leur dis-je en remarquant son absence.

— Poussin, sors ! l'appela Jules.

Pierre restait silencieux à l'intérieur de la maison délabrée.

— Je ne comprends pas. Il était juste derrière moi.

Mes amis me jetèrent un regard inquiet.

— Allons le chercher, vite. S'il lui arrive quelque chose…

S'il lui arrive quelque chose, je m'en voudrai toute ma vie…

Accompagné de Jules et de Robin, je rentrai encore une fois dans la maison. Rien n'avait changé depuis tout à l'heure. Les tables cassées gisaient sur le sol pourri, la nappe à carreaux était encore sur le point de glisser et les sommiers dans les chambres reposaient toujours dans la même position. Mais Pierre n'était pas là. On descendit à la cave. Il n'y avait personne. On monta au deuxième, puis au troisième étage. Le quatrième étage, qui devait être le grenier, était scellé. Cependant, Pierre avait disparu sans crier gare. Il n'existait aucune autre issue mis à part la porte d'entrée et les fenêtres du salon, et s'il était sorti par-là, nous nous en serions rendu compte.

— Pierre ! l'appelai-je.

— Pierre ! l'appela Jules.

Pierre ne répondit pas.

— Foutons le camp d'ici, dit Robin. Allons voir nos parents.

Ce fut la dernière fois que l'on vit Pierre. Il ne sortit jamais de cette maison. Les gendarmes inspectèrent celle-ci de fond en comble. Ils pensèrent à une fugue, à un enlèvement d'enfant, ou à un accident (Pierre serait tombé au travers des planches ou se serait noyé dans la Garonne). J'eus des difficultés à adhérer à toutes leurs hypothèses. Notre ami avait disparu comme s'il s'était évaporé derrière les murs de la maison. Ils procédèrent à des fouilles sur tout le périmètre de la rue de la Chaussée, y compris les berges de la Garonne. Pierre restait introuvable. Et pourtant… J'avais cette vague impression qu'il était encore parmi nous. Il avait marqué mon existence d'une empreinte si forte que je le voyais partout désormais… Peut-être était-ce cela ?

J'avouai tout à mes parents. Je leur parlai de ces étranges phénomènes avec les talkie-walkie (que mon père et mon grand-père n'avaient pas pris au sérieux) et leur lien avec la disparition de Pierre. Je commençai à croire dur comme fer que nous avions inversé le cours du temps ou quelque chose dans ce genre. Ils ne me crurent pas pour les manifestations surnaturelles des appareils et encore moins pour l'histoire de l'inversion du temps. Je tentai de leur faire écouter les bruits parasites du talkie : les manifestations étranges avaient cessé. Et puis finalement, j'abandonnai, constatant que mes parents ne me croyaient pas. Si j'avais insisté, ils m'auraient peut-être pris pour un fou.

Mes amis me croyaient eux, même Jules qui avait été long à l'accepter. On mena alors notre propre enquête voyant que les gendarmes pataugeaient sans succès. On parcourut ensemble les rues de Toulouse, on chercha dans d'autres maisons vides, on rentra à nouveau dans la maison rue de la Chaussée…

Nos recherches restaient infructueuses.

Une soirée, alors que nous étions sur la route arpentant les rues sombres de Toulouse, j'éprouvai un sentiment jamais éprouvé auparavant. Il n'y avait pas une ombre humaine sous les lampes aux reflets jaunâtres. Il y avait seulement les ombres longues et continues des maisons toulousaines, qui, pourtant si joyeuses le jour dans leur accoutrement rose, exerçaient désormais sur mon esprit une étrange « pression ou impression » avec leur devanture et leurs volets fermés à l'aspect lourd de présence et avec leur intérieur où nulle présence ne paraissait se mouvoir. Il me sembla qu'à l'intérieur de ces maisons, l'espace était différent de ce qu'il était le jour et que le temps ne reprenait vie qu'au petit matin lorsque les propriétaires des lieux posaient un pied dans la rue. Imaginez, par exemple, un décor de cinéma dans lequel des personnes s'immergeraient : les acteurs tomberaient dans une sorte de néant après avoir franchi une porte. Que deviennent-ils derrière ces portes ? Que font-ils ? Où sont-ils ? Pouvons-nous encore admettre que ce sont des acteurs ? La maison rue de la Chaussée me faisait penser à cela. Elle était encore debout. Aucune démolition ne l'avait jusqu'à maintenant menacée. Son espace était encore plein de choses inutilisables, et pourtant si vide. Le temps était différent à l'intérieur et l'espace n'était peut-être pas *l'espace* que l'on pensait voir. Il me semblait qu'il avait même aspiré un des nôtres : Pierre Poussin. Mais où ? Dans cette hideuse toile déchirée ? La maison rue de la Chaussée, ou plutôt ce décor, avait « aspiré » Pierre. Pierre n'était plus « Pierre » dans cet espace et ce temps qui n'existaient pas ici. Ou peut-être ne l'avait-il jamais été ici ? Et de l'autre côté, aurait-il alors été véritablement Pierre ? Il avait disparu. En cette fin d'après-midi de l'été 1956, il avait disparu dans cette maison lugubre sans laisser de traces. J'en étais sûr, car aucun d'entre nous ne l'avait vu sortir. Voilà quelle abominable pensée me tourmenta à la vue des calmes maisons toulousaines.

Après maintes recherches, je me sentis déprimé et sans espoir de pouvoir le retrouver.

Seul dans ma chambre, j'appuyai une dernière fois sur le poussoir du talkie.

— Pierre, tu me reçois ?

…

— Pierre ?

Il n'y avait plus de grésillement, plus de voix. Le vide avait pris place dans l'appareil.

Je levai les yeux vers les étoiles. Elles brillaient sur ce ciel sombre au calme mystérieux. Dans la pénombre d'une ruelle rouge toulousaine, dans un recoin étroit de ma chambre, dans un garage suant d'humidité, sous un platane aux miroitements fous des feuilles cireuses, il y avait Pierre. De son teint blafard, il m'observerait attendant le moment propice, quand je me désignerai coupable pour cette liste de sobriquets. Puni, je partirais dans le bureau du directeur Pouilh, et puis Pierre me suivrait, terne, dans le couloir blanc. Et sur un banc, nous serions tous les deux assis et, main dans la main, nous regarderions devant nous le temps et l'espace qui nous avalent malgré nous.

1997
Pierre

Là résidait le scandale :
que le limon de l'abîme
puisse lancer cris et paroles,
que la poussière amorphe
puisse gesticuler et pécher,
que l'inerte et l'informe
puisse usurper les fonctions de la vie.

R. L. Stevenson, *L'Étrange cas du Dr Jekyll et de Mr Hyde*

1
Grandir sans Pierre

Quelques mois après la disparition de Pierre, ce fut le père de Bastien Carrère qui disparut. Ce fut un cancer foudroyant qui l'emporta. Ce second coup dur nous mit le moral à zéro et par la suite, on se fit la promesse avec mes amis qu'on ne parlerait plus de Pierre ou de disparitions mystérieuses. Pierre s'était évaporé comme un rêve. Même son visage, son image et sa silhouette ne deviendraient plus qu'un vague sentiment entremêlant attente et tristesse dans mon esprit.

J'avais grandi. J'avais laissé de côté mes talkies-walkies, mon père les avait récupérés et s'en était débarrassé. J'avais poursuivi ma route sur le chemin qui menait vers l'avenir. En 1997, ma mère, cette belle femme aux yeux électriques, n'était plus là. Mon père et son garage n'existaient plus. La maison rue Gambetta avait été vendue. Les nouveaux propriétaires avaient cassé la façade pour en faire un salon de manucure. Le passé avait été recouvert d'une couche de *quelque chose de nouveau*. Il était devenu mystérieux et « presque silencieux ». Peut-être pouvait-on apercevoir encore des bribes de ce passé dissimulées çà et là sur les murs des chambres, sur les tomettes de Sarlenes du salon, dans la cave de Papa…

J'étais devenu professeur d'Histoire et Géographie dans un Lycée français aux États-Unis. La chance m'avait souri côté travail. Côté passion, en revanche, je n'avais pas fait fort. Toute mon adolescence, j'avais rêvé devenir comme le joueur de rugby Jean Prat. J'avais joué longtemps sur les terrains de Salies-du-Salat et de Rodez. Pendant un temps, Bastien m'avait même accompagné comme talonneur. Et puis, j'avais merdé. J'étais fougueux et j'aimais me défouler sur les gars pendant les matchs. J'avais cassé la tête à un joueur de Mazamet, lui laissant des fractures nasales et mandibulaires. Mon club avait choisi de me bannir des clubs de rugby. J'étais interdit de jouer jusqu'à la fin de ma vie. J'avais donc bûché. J'avais préparé un master en Histoire et j'avais décroché mon CAPES les doigts dans le nez.

Comment Pierre m'a amené à reconsidérer la Mémoire ?

En grandissant, je préférai délaisser la sphère du surnaturel et conserver, toute ma vie, un œil objectif, quelle que soit la situation. Accompagné d'un scepticisme auquel je ne croyais pas avant, je m'étais mis à rédiger quelques articles scientifiques.

L'incident avec Pierre avait soulevé diverses questions dans ma tête et il m'avait notamment amené à considérer plus profondément l'importance de la mémoire individuelle dans l'Histoire. Voilà qui était essentiel pour chacun de nous. Le fait est que, je ne voulais pas considérer Pierre comme « une poussière » dans l'Histoire, un garçon qui aurait vécu de 1946 à 1956, mais comme un individu, qui comme tous les autres, avait joué un rôle important dans la construction de l'Histoire malgré sa disparition trop soudaine. Ce garçon était porteur de Mémoire et je souhaitais la porter avec lui afin qu'elle ne s'altère pas au fil du temps.

Et au risque d'être critiqué par le corps des enseignants-chercheurs, j'avais émis ma petite idée sur papier que je m'étais empressé de faire part à un ami, professeur émérite de l'Université de Toulouse Le Mirail quelques semaines avant l'appel de Robin.

Cher collègue,

J'ai lu des articles scientifiques et j'ai participé à des colloques soporifiques sur la question. J'apprécie beaucoup les théories du Sociologue Pierre Bourdieu qui consistent à montrer combien l'Histoire pèse sur la construction de l'identité des hommes « à cause » du célèbre *habitus* (cet ensemble de pratiques pertinentes qui indiquent à l'individu des manières de se comporter dans la société et qui se transmettent de génération en génération). Mais je n'ai pas envie d'être enfermé dans cette construction identitaire, prête à être endossée. Et sans aller jusqu'à embrasser l'existentialisme de Sartre selon lequel nos actions font de nous ce que nous sommes, j'ai envie d'être un acteur dans l'Histoire et pas seulement un *individu* façonné par l'Histoire. J'ai envie de façonner l'Histoire, d'agir sur elle, de la contrôler comme *moi* je l'entends.

Permettez-moi de développer assez brièvement ma pensée, et je sais que ma brièveté risque de vous chagriner et je peux vous assurer qu'elle m'a également outragé.

Je pense que le découpage de l'Histoire par périodes est une abomination qui classifie historiquement les individus et les regroupe ainsi sans faire grand cas de leur individualité.

Oui, la période est nécessaire à l'apprentissage de l'Histoire à l'école. Mais, *moi*, en tant qu'individu, je n'ai pas envie d'être défini selon l'ère du temps. Pour vous donner un exemple simple : je ne veux pas être Amarante, un bébé du *baby-boom*. Je veux être *Amarante*.

Je suis selon moi, un individu et donc « un être indivisible ». Je refuse alors de croire que l'on peut être réduit à une vie « schématiquement » découpée selon le bon vouloir des périodes qui s'entassent au fil du temps. Je refuse de croire que tout est rangé dans un ordre de périodes se chevauchant plus ou moins dans le temps.

Et si (et je ne peux que vous surprendre par ces questionnements) nous arrêtions de parler de « périodes ». La finalité de cette théorie est alors de ne pas classer par découpages les évènements dans le passé, mais de faire de l'Histoire une matière plus fluide et **d'ancrer les évènements du passé dans le présent** par la compréhension de nos actions individuelles. Je souhaite, par-là, que les individus s'approprient de la Mémoire et en fassent de quelque chose de vivant, de présent.

Voyez un peu mon schéma :

Stopper la classification par période ⇨Faire des évènements du passé « quelque chose de plus fluide » ⇨<u>But</u> : Ancrer la Mémoire du passé dans nos esprits

Voici mon idée :

Je suis un individu et donc un « tout ». Je suis en outre un acteur qui agit sur l'Histoire (en tant que sujet « porteur d'historicité, c'est-à-dire de la capacité d'intervenir sur [ma] propre histoire » et « producteur d'histoires : par [mon] activité fantasmatique, [ma] mémoire, [ma] parole et [mon] écrit »[15]) par **enchaînements d'actions** plus ou moins importantes qui vont me permettre de créer un « tout » dans l'Histoire, et non pas des périodes.

Et voici mon second schéma :

Individu = un *tout* + un acteur qui agit sur l'Histoire ⇨ Crée un *tout* dans l'Histoire

En tant qu'individu, *je me projette* au travers de mes actions, et ce faisant au travers de l'Histoire. *Moi*, je suis un acteur, qui, par mon/mes action(s) va construire, transformer, redéfinir un pan de l'Histoire.

Ainsi donc, l'individu se redéfinit lui-même en redéfinissant l'Histoire au travers de ses actions. Il y a donc une « inter-gérance » entre l'individu et l'Histoire. L'un ne va pas sans l'autre et vice-versa.

C'est *moi*, qui crée tous les enchaînements (et non périodes) dans l'Histoire.

Grosso modo, c'est l'idée…

Et vous excuserez le manque d'informations concernant ce sujet, mais malheureusement je n'ai pas eu le temps de me pencher sur cette tâche plus rigoureusement. Vous savez ce que c'est… Corrections de copies toute la soirée, préparations aux examens, etc.

---

[15] Michel Bonetti et Vincent de Caujelac, *L'individu, produit d'une histoire dont il cherche à devenir le sujet, in* EspacesTemps 37, 1988, pp. 55-63.

Finalement – et c'est là où je veux en venir –, mon but n'est pas d'éliminer la Mémoire qui repose au fond d'une période, mais de la rendre plus présente en chacun de nous. Et ce, au moyen de procédés (comme mon « enchaînement d'actions », par exemple) qui ne mettraient aucune barrière entre les individus du passé et ceux du présent.

Cher collègue, je refuse de croire qu'Auschwitz n'était qu'une période du passé, que le régime nazi n'était qu'une folie prenant place de telle date à telle date, que la Shoah n'ait été qu'une partie d'un passé lointain. Je pense qu'il faut appréhender les faits, les actions et les évènements en eux-mêmes, et non pas par distinction périodique.

Et nos actions, si petites soient-elles, ont un écho dans l'Histoire. Comme ce cheminot de gare, qui, d'un simple geste, a fait partir à toute vapeur des centaines de personnes jusqu'à Auschwitz.

Je vous le dis, et je vous le répète…

La Mémoire devrait être présente en chacun de nous

Qu'en pensez-vous ?
Répondez-moi au plus vite. J'ai hâte de connaître votre avis.

Votre Cher Ami,

Amarante La Farge

2
À nouveau à Toulouse

Robin n'avait pas jeté l'éponge lors de notre première conversation. Il était têtu comme une mule et m'avait rappelé.

— Alors ? Partant pour un Ricard ? Un cassoulet peut-être ?

Au bout du cinquième appel, j'avais senti que je ne pouvais plus refuser. Quelque chose se tramait... Une fois de plus...

Ses appels m'avaient donné une certaine envie de revoir Toulouse. Alors même si ce qu'il disait relevait du canular, j'avais pensé profiter des cafés à Jean-Jaurès et de passer voir mon collègue à l'Université afin que nous puissions discuter de ma lettre plus librement qu'au téléphone ou par correspondance. Et puis, de toute façon, si Robin m'avait fait venir pour rien, je pensais lui dire en face.

Je pris un avion.

Je retrouvai Robin dans un restaurant au cœur de Toulouse. Il avait vieilli et moi aussi. On avait tous les deux cinquante et un ans déjà...

— Et voilà notre rugbyman préféré ! s'exclama Robin quand il me vit arriver. Viens que je t'embrasse ! Tu vas voir. Les fayots de ce resto sont délicieux à faire péter.

On s'installa à notre table.

Je n'avais pas plus envie de parler de Pierre qu'avant mon arrivée à Toulouse. Mais je sentais que Robin ne voulait pas lâcher prise. Il arborait son regard malicieux et ce regard voulait dire qu'il préparait quelque chose.

— Tiens, bois cette cuvée de Fronton. Il est certainement moche comme les autres, mais tu vas sentir les joies de nos régions du Sud dans ton cerveau.

Il versa le vin dans mon verre.

— Alors… ? dis-je.

— Alors quoi ? Pierre ? Oui, attends d'avoir bu un peu, mon gros. Le cassoulet va te faire décoller de ta chaise, mais ce que je vais te dire va te propulser dans l'espace intersidéral.

— Tu veux dire quoi par-là ? Que je vais être « sidéré » ?

— Époustouflé, mon gars !

On finit la bouteille de Fronton, qui, effectivement, tapait sur les têtes, et à la moitié de la deuxième de Gaillac, Robin entama le sujet avec Pierre :

— Pierre est vivant.

— Qu… Quoi ?

J'en tombai des nues. Le vin me faisait tourner la tête et je me demandai si ce que je venais d'entendre de sa bouche n'était pas une hallucination auditive. Cet imbécile avait eu besoin de me soûler non seulement au téléphone, mais aussi dans un restaurant toulousain pour me dire *ça* de but en blanc. Est-ce qu'il se prenait vraiment au sérieux ? Surtout après toutes ces années sans Pierre… Cette enfance perdue à jamais… Non, mais vraiment…

Voyant ma confusion, il éclata de rire :

— Tu me crois pas, hein ?

Là, je me demandai s'il se moquait pas un peu de moi. Mais non.

— Je t'assure, mon gros. Il est vivant.

Il enfourna une tranche de lard dans sa bouche accompagnée d'une gorgée de vin.

— Comment ça vivant ?

— Ben, vivant, tout ce qu'il y a de plus vivant.

Je bus une lampée de mon verre. La situation était trop légère pour être prise au sérieux. Mais il ne plaisantait pas, car, dans la seconde qui suivit, il changea imperceptiblement de ton. Je pus sentir alors dans ses mots qu'il ne prenait pas les choses à la légère. Il savait ce qu'il faisait.

— Mais là, il va falloir que tu y croies. Il va falloir être un enfant à nouveau. Ou je te présente pas Pierre…

3
Côte Pavée

Le lendemain, Robin m'amena dans une rue de la Côte Pavée, un quartier sur les hauteurs de Toulouse situé au-delà du canal du Midi et connu pour ses belles villas. Je lui avais promis ce qu'il m'avait demandé de faire : redevenir un enfant. J'avais envie de le sermonner et de lui dire que je n'avais pas le temps pour ce genre de distractions, mais je m'en abstins. C'était la dernière chance que je lui accordais avant de tirer un trait sur ses déclarations douteuses concernant Pierre.

On prit la berline R20 grise de mon ami pour monter les faibles côtes du quartier. Derrière nous s'étalait le centre de la Ville rose qui s'était agrandie, et devant nous de nouveaux immeubles et de nouvelles enseignes défilaient tout neufs : en l'espace de quelques années, ils étaient venus se superposer sur les structures déjà préexistantes. Je me sentais un peu perdu dans ce nouveau décor.

Robin s'arrêta devant une petite maison très toulousaine à un étage fardée d'un badigeon en chaux ocre jaune et frisée de belles antéfixes en terre cuite. Une infirmière libérale en sortit juste à ce moment-là.

— Bonjour, vous êtes de la famille de Monsieur Schwartz ?

— Non, des amis, répondit Robin.

— Il va mieux, vous savez. Il ne se laisse pas abattre le Monsieur. Allez, bonne journée.

Elle monta dans sa Peugeot 306 et nous laissa seuls devant la bâtisse.

— D'accord, Amarante. Je veux que tu te rappelles ce que je t'ai dit hier…

— Oui, oui, dis-je un peu agacé.

— … Il faut que tu oublies ton côté adulte pendant quelques minutes. D'accord ? Bon…

Il inspira et expira pour s'encourager lui-même. Qu'allait-il me mettre sous le nez ?

Il tapa à la porte.

Une jeune femme dans la trentaine vint nous ouvrir. Elle reconnut Robin. De toute évidence, ils s'étaient déjà rencontrés. Elle nous amena devant une porte qu'elle ouvrit doucement. Dans la chambre baignée de lueurs tendres du soleil, un vieillard sous perfusion était allongé dans un lit.

— Tonton, Robin est ici, dit la jeune femme au vieillard.

Celui-ci leva la tête et nous fit signe de rentrer.

La jeune femme nous laissa tous les trois seuls.

— Je reviens pour vous apporter des chaises, dit-elle avant de quitter la pièce.

— Pierre, dit Robin à l'homme, le voilà. Je te présente Amarante de notre époque.

Je regardai Robin, puis le vieillard. J'étais frappé par la stupéfaction et il me fut impossible d'émettre un seul mot de résistance.

On s'assit sur deux chaises, que nous apporta la femme, et on écouta l'histoire de l'homme alité. Il semblait être encore maître de ses esprits malgré son âge avancé. Robin me fit signe de me taire et de le laisser parler.

Le vieil homme se redressa correctement dans son lit et entama son histoire.

C'était un ancien résistant de la Seconde Guerre mondiale. Il avait combattu auprès des membres de « Liberté et Résistance » jusqu'à leur démantèlement en 1943 à la suite d'une fuite provenant très certainement de leur groupe. Leur chef, Aymeric de Quercy avait été fait prisonnier au siège de la Gestapo avec plusieurs autres des membres. Ils étaient morts fusillés dans la forêt de Bouconne.

Deniel Le Goff, le père de Dennis Le Goff, notre ami, avait un jour ramené ces *handie-talkie* que Pierre avait lui-même réparé.

— Il en avait une peur bleue de ces appareils. Ça se voyait sur son visage. Bon, la guerre ne l'avait pas rendu très net non plus... C'est ce que tout le monde disait dans le groupe, dit le vieil homme.

Mais les appareils ne présentaient aucun défaut au départ et ils s'étaient révélés êtrc très utiles lors des missions.

— Et puis, un jour de 1943, la Gestapo est descendue dans la maison rue de la Chaussée. Je suis sorti parce que...

Il souffla. D'un geste, il nous demanda de le laisser respirer.

— J'ai entendu ce gamin. Là, dans le *handie-talkie*, fit-il comme s'il le tenait à la main.

Il souffla encore une fois.

— Il m'a dit qu'il était dehors. Il m'a dit qu'il attendait dehors. Et...

— Vous êtes allé jeter un coup d'œil, dit Robin pour l'aider à poursuivre son histoire qui semblait le meurtrir à chacun des mots.

— Oui, je suis sorti. Je suis monté par l'escalier, là où on peut voir la Garonne et il n'y avait personne. Et la Gestapo est arrivée par la petite rue en bas. J'ai pas eu le temps de les avertir. J'ai pris mes jambes à mon cou comme un lâche... J'ai laissé Aymeric derrière... Et ce pauvre Célestin... Fusillé par les Allemands devant lui...

Il marqua une pause. Il triturait son mouchoir en tissu. Il tourna ses yeux et les plongea dans les miens. Ses paupières tombantes laissaient à peine entrevoir la couleur de ses yeux, mais je vis deux yeux pâles. Une onde de choc parcourut mon corps. Je venais de sentir à l'intérieur d'eux la force que portait Pierre dans ses yeux.

— Pour tout, merci. Merci de m'avoir sauvé la vie, m'adressa-t-il d'une voix emplie de reconnaissance.

J'étais effaré. Je ne savais pas quoi répondre.

Sa voix devint plus grave.

— Je me suis enfui et là... Pouf ! Je suis tombé quelque part où je me suis vu. Je t'ai vu... Amarante. Je t'ai vu Robin. Bastien, mon bon copain, Madeleine, Dennis et Jules. Je vous ai tous vus ! Et je me suis vu : Pierre Poussin-Weiss. Je me suis vu disparaître de l'année 1956, ici, entre ces deux réalités. J'aurais dû mourir sur le perron de la porte avec le père Célestin ! Mon corps a été aspiré en 1943 où j'ai vécu ! Et cela, grâce à toi ! Va voir, Aymeric, si je te mens, aux Archives départementales. Va voir ! Je leur ai donné toutes les informations que j'avais en ma possession il y a quarantaine d'années de cela. C'est comme ça que Robin m'a retrouvé. Je n'ai pas eu le courage de contacter l'un d'entre vous pour vous avouer la vérité. Tu avais raison, Amarante. On avait raison. On avait TOUS raison. Le dimanche, lorsque nous sommes allés à la maison rue de la Chaussée, on est tombés sur le bon temps et le bon espace ; celui qui coïncidait exactement avec l'époque 1943. Et oui ! C'est la raison pour laquelle on a tous senti cette présence qui nous épiait depuis la fenêtre. Et cette présence, c'était moi ! Je te le jure ! Tout est superposé ! Je le sais maintenant ! Aymeric, Amarante, voilà ton destin… Et voilà mon destin… Et je te dis cela aussi désormais sans honte : notre destin est celui de se rencontrer tous les deux encore et encore au mépris de nos traits de visage différents et de nouveaux parents… Des âmes qui se suivent, voilà ce que nous sommes ! Des âmes… Des âmes sœurs, nous et nos bons amis de toujours… Nous sommes faits pour être ensemble à jamais, et au diable nos corps perdus !

Là, il mit fin à son discours.

La situation était irréelle. Ma tête était embrouillée de plein de questions que je n'arrivais pas à mettre dans l'ordre. Je sortis de la maison avec la sensation que quelque chose en moi avait bougé. Je ne voulais pas y croire. Je ne pouvais plus y croire, et pourtant…

— Ça va, mon gars ? me demanda Robin en m'attrapant par l'épaule.

— Ouais, heu… Je suis un peu perdu là. Monsieur Schwartz, est-il atteint d'une démence sénile ?

Robin secoua la tête.

— Au début, j'étais un peu perdu comme toi. Tu sais, Pierre Schwartz a gardé ce secret en lui toute sa vie. Il ne l'a avoué à personne sauf à moi quand il m'a reconnu. Écoute, Amarante. Va aux Archives départementales. J'y suis allé par curiosité et c'est là que j'ai trouvé son témoignage dactylographié. Réfléchis calmement et après tu verras ce que tu feras… Mais quand tu reviendras vers moi, j'aimerais que tu m'aides à reprendre contact avec nos autres amis pour qu'ils entendent la vérité eux aussi…

Nouveaux départs

Ce qu'il y a entre nous de tyrannie,
de honte ancienne
et éternellement nouvelle
n'appartiendrait plus désormais
qu'à l'histoire

Franz Kafka, *Lettre au père*

1
La mort de Deniel

Deniel était allongé dans un lit d'hôpital. Il était très âgé et ne pouvait pas même bouger un seul orteil.

Son fils, Dennis, s'était occupé de lui depuis qu'il était tombé malade. Un cancer du pancréas à 81 ans. Et il avait semblé à Deniel, alors qu'il ne lui restait qu'une poussière de lucidité dans ses yeux, que son fils s'était occupé de lui *très* longtemps. En effet, il était sur le point de complètement perdre toute sa tête quand il se remémora en un éclair d'un instant combien il était redevable à Dennis d'avoir été présent pour lui. Son fils avait toujours été là quand il se soûlait trop avec les boissons alcoolisées ou quand les docteurs lui avaient diagnostiqué des troubles comportementaux liés à la guerre, qui se manifestaient par de fortes hallucinations, des tendances au « sadisme », à la persécution d'autrui et au renfermement sur soi. Cet éclair de lucidité à l'égard de son fils était passé sans laisser de traces et s'était évanoui au beau milieu des pensées confuses du vieillard.

À présent, il était dans son lit d'hôpital, à moitié aveugle à cause d'une cataracte. En face de lui, deux formes indistinctes l'observaient sans prononcer un seul mot. Il savait que c'était un homme plus jeune que lui et une femme. Sa démence voulait lui faire crier :

— Qu'est-ce que vous fichez là ? Déguerpissez ! Allez ! Oust !

D'autres silhouettes apparurent devant lui. Des infirmières et des médecins peut-être ? Ils échangèrent quelques mots ensemble, remplacèrent des poches de perfusion, et quittèrent la chambre.

Les persiennes se fermèrent petit à petit et il se retrouva dans le noir le plus complet comme si la nuit voulait déjà l'emporter alors qu'il faisait encore jour.

Tout à coup, une forte douleur envahit sa poitrine. Son cœur se serra très fort. Et au fur et à mesure que son cœur faisait des siennes, son cerveau faisait des siennes aussi. Il lui faisait voir une toute dernière hallucination avant de s'éteindre complètement. Deniel eut l'impression qu'il allait se réveiller… Se réveiller toujours au même endroit… Et qu'il était en train de retomber dans un « monde immonde » qu'il reconnaissait déjà aux portes de ses yeux. Il était devenu une brume dépourvue de ses blancheurs. Il était insaisissable et dispersé dans l'espace. Il n'y avait pas de tunnel. Ce n'étaient ni l'Enfer ni le Paradis qui l'attendaient. C'était la Terre qui l'avait toujours accueilli. Et il savait qu'il emportait avec lui, comme un éternel et maudit bagage, cette essence qu'il aimait et qui le rongeait : ses vices.

C'est moi ? C'est Deniel ? Encore ?

Voilà quels furent les derniers mots sur lesquels son esprit malade glissa avant de quitter ce bas et étrange monde. Deniel n'était maintenant plus rien. Seulement un corps inerte qui venait de quitter ce monde dans les bras d'une toute dernière illusion.

Dennis et sa mère, Sandrine, sortirent vite de la chambre. Autour du vieil homme, les médecins s'affairaient, mais il n'y avait plus rien à faire.

Dennis enlaça sa mère par les épaules. Elle écrasait une larme avec son mouchoir blanc. Lui, il ne pleurait pas.

Son père venait de s'éteindre, emmenant avec lui la souffrance qu'il avait semée toute sa vie.

Dennis avait eu si peur des histoires effrayantes que son père lui racontait, ivre, durant les repas. Maintenant, il était libre… Libre de ces histoires auxquelles il n'avait jamais voulu prêter attention…

Il raccompagna sa mère jusqu'à la salle d'attente terne que les néons blancs peinaient à parfaitement éclairer.

— Attends-moi ici, je reviens tout de suite.

Il la laissa seule et se dirigea vers le couloir du service des soins palliatifs. Dans un renfoncement du mur, il trouva une petite cabine téléphonique. Au-dessus de lui, un néon clignait sans répit perturbant un peu plus la mauvaise ambiance des lieux. Il attrapa le combiné et composa le numéro de Robin Dedieu. Cela faisait des années qu'ils n'avaient pas pris le temps de se revoir et il faut dire que jusqu'à présent il avait consacré la majeure partie de son temps à s'occuper de son père. Mais Robin lui avait laissé un message sur son fixe en lui demandant de le rappeler, car il s'agissait d'une sorte « d'urgence ».

Il laissa le téléphone sonner plusieurs fois, mais personne ne décrocha à l'autre bout.

Il raccrocha donc et souffla.

Il leva la tête et observa la lumière du néon qui tremblotait follement.

Une sorte d'urgence ? se dit-il.

Voilà encore quelque chose dont il n'avait pas envie de s'occuper… Il attendrait que Robin le rappelle.

2
Aux Archives

Liberté et Résistance

Témoignage de Pierre Schwartz, étudiant en génie mécanique d'origine alsacienne, 4, rue DES AULNES, TOULOUSE.

Recueilli par Corinne Bennoit, le 5 mai 1948

***

Étudiant qui aspire à devenir ingénieur en mécanique, M. SCHWARTZ a été appelé à regagner les rangs de l'armée allemande contre son gré. C'est un de ces soldats « Malgré-nous » qui a échappé de peu à un envoi au front russe. Jeune homme plutôt calme et réfléchi, il admet qu'il n'était pas fait pour se battre, mais qu'il n'a jamais regretté sa participation dans un réseau de résistance française.

Envoyé d'abord à LYON, il travaille sous la coupe de la WEHRMACHT et fait expédier de nombreux wagons vers les camps alsaciens. Sa première tentative de fuite échoue. Par peur d'être découvert, il fait profil bas pendant un certain temps. Il apprend que d'autres de ses collègues de guerre ont échoué dans leur tentative de fuite et sont passés en conseil disciplinaire. L'un d'eux a été fusillé. C'est cet évènement qui lui fait prendre pleinement conscience de la gravité de la situation. Il échoue encore par deux fois. Et enfin, à la troisième, il réussit à prendre un train pour TOULOUSE dans la clandestinité. Il ne peut pas faire le chemin plus loin que RABASTENS. De là, il rencontre un gérant de tabac de la ville qui l'aide à se vêtir, mais l'homme, soupçonné d'être en relation avec une antenne des FRANCS-TIREURS se fait arrêter entre-temps et fusiller par l'armée allemande. M. S. se retrouve seul et sans personne vers qui trouver refuge. Il passe sous silence son cheminement solitaire vers Toulouse qu'il dit seulement avoir été pénible. Il essaie de prendre contact avec d'autres groupes francs. Sans succès. L'armée allemande est partout et il préfère éviter la ville et marche jusqu'en campagne.

Il rencontre deux jeunes personnes – des Français – qui lui proposent de l'aider. Après quelques jours de soin dans une grange de GRÉPIAC, des résistants viennent le chercher. Il avait prévu au départ de passer la frontière espagnole, mais a finalement décidé d'aider les résistants français en usant de ses connaissances en génie mécanique. Il avoue que c'est sa rencontre avec le buraliste de RABASTENS qui lui a fait changer d'avis. Celui qui est venu le chercher s'appelle Gilbert CLOUTIER, de l'antenne d'Auterive du réseau « Liberté et Résistance ». Il est venu avec son fils. Tous deux le transportent dans une cachette de résistants à TOULOUSE. Il y rencontre le chef régional, Aymeric DE QUERCY (alias « CHEVALIER »), Robert MARTRES (alias « BASTIEN »), Arnaud JULIEN (alias « MONTAIGNE », « JULIETTE »), le curé Célestin (alias « PAIRE ») et Deniel LE GOFF (alias ?). Il devient membre de L.R. en tant qu'interprète infiltré au siège de la WEHRMACHT, rue ALSACE-LORRAINE. Ensemble, ils organisent l'enlèvement du Général-Lieutenant Friedrich KOCH qui est un succès. Ils l'interrogent dans leur quartier. L'homme ne parle pas et meurt de ses blessures quelques jours après. Là, M. S. pense comme ses compagnons d'arme qu'il est préférable de quitter un temps le centre-ville pour la campagne. Il part du côté de GRÉPIAC avec plusieurs de ses membres, dont « CHEVALIER ». Ils reviennent du côté de TOULOUSE quand ils « sentent » que les Allemands se sont « calmés ». DE QUERCY a reçu l'ordre de la BCRA qui siège à LONDRES d'éliminer M. Michel BARRAULT-DUPLANTIER, Directeur du journal ultra-collaborationniste vichyste « Le Grand Toulouse », accusé de donner des informations aux Nazis. La mission est un succès et M. BARRAULT-DUPLANTIER décède devant les allées JEAN-JAURÈS. Là, les explications de M. S. sont peu claires : il affirme avoir eu des hallucinations après l'élimination de cet agent de l'ennemi. Il est appelé par Handie-Talkie (?) par un enfant (?). Il pense d'abord à une blague. Il sort hors du siège de L. R., rue DE LA CHAUSSÉE sous le coup de la surprise, et échappe ainsi in extremis à l'arrestation des membres de L.R. par la GESTAPO. Il n'a pas le temps de les aider. Il est confus (dû à l'angoisse ?) et s'enfuit à travers TOULOUSE invoquant de fortes hallucinations dans lesquelles il se voit en « double ». Il entend des « voix », comme il explique, il perd le contrôle de son corps et n'a plus de « force motrice » pour revenir sur les lieux et espérer aider ses compagnons. Il pense plus tard qu'un des membres a parlé et que c'est la raison de la descente si rapide de la GESTAPO au siège provisoire de L.R.

Il apprend que PAIRE est mort fusillé sur le perron de la maison rue DE LA CHAUSSÉE. Il apprend aussi que CHEVALIER, BASTIEN et MONTAIGNE sont faits prisonniers et sont torturés au siège de la GESTAPO, 2 rue MAIGNAC à l'angle des allées FRÉDÉRIC MISTRAL. Il s'engage dans le groupement armé FTP-MOI (FRANCS-TIREURS ET PARTISANS - MAIN-D'ŒUVRE IMMIGRÉE) et tente de les libérer. Sans succès. Un des membres (MONTAIGNE) décède sous la torture. Il est enterré dans le jardin du manoir rue MAIGNAC. Les autres sont amenés à la forêt de BOUCONNE où ils sont fusillés par la GESTAPO.

Après la guerre, M. S. regagne l'ALSACE pour y retrouver les membres survivants de sa famille, dont sa sœur. Il reprend ses études d'ingénieur. Diplômé, il revient à TOULOUSE pour travailler dans un complexe d'aviation.

Il avoue vouloir rester neutre sur son engagement dans la résistance et ne pas vouloir être appelé un « héros ». Il refuse qu'on lui desserve une médaille.

Je sortis des Archives départementales et attrapai de mon porte-document la lettre faxée à mon collègue de l'Université des Lettres de Toulouse. Je la déchirai sans me presser pour n'en faire que des petits morceaux irréparables.

Je tournai mon regard vers la Côte Pavée. Elle n'était pas loin des Archives.

Je me mis à marcher le cœur léger vers ces hauteurs de Toulouse, là où un ami avait dû attendre un siècle durant.

Le beau feu ensommeillé du soleil d'un début de soirée et un dédale mystérieux de tant de choses, qui me dépassaient, s'ouvraient face à moi. Le ciel large et long abaissait son rideau coloré sur la plus belle journée de ma vie. Le temps et l'espace n'étaient plus des limites pour moi. Et autour de moi, la terre « mère du palimpseste », la terre du renouveau, la terre de nos pieds nouveaux élevait au-dessus d'elle ce que nous, les

Hommes, nous élevons : nous, nos corps, nos bâtiments, *tout cela*, notre histoire, nos histoires, notre Histoire dans le chaos de l'infini mystère de la vie… De cette vie si étrange, de cette vie si merveilleuse…

Références par ordre de mention

Tzvetan Todorov, *Introduction à la Littérature fantastique*, Seuils, 1970

Claude Nougaro, *Toulouse,* © Philips Records, 1967

François Truffaut, *Les Quatre Cents Coups*, Production Les Films du Carrosse, 1959

Dante Alighieri, *La Divine Comédie*, Babel, 2021 (réédition)

« Vendredi à l'aube, les armées allemandes ont envahi la HOLLANDE, la BELGIQUE et le LUXEMBOURG », *in* Républicain, Journal des populations agricoles et maritimes du Morbihan, numéro du dimanche 12 mai 1940, sur Presse Locale Ancienne de la BNF

Victor Hugo, L'Enfant, *Les Orientales*, FB éditions, 2015 (réédition)

François Coppée, Enfants trouvées, *Poèmes modernes*, sur Gallica.bnf.fr

Auguste Rodin, *La Porte de l'Enfer,* 1880-1917

Robert Doisneau, Daniel Pennac, *La Vie de Famille*, Hoëbeke, 2007 (réédition)

Louis Segond (traduit par), *Ancien Testament*, Société biblique de Genève, 1979 (réédition)

Éric Debarbieux, *Pourquoi pas une bonne fessée ? Une recherche sur le châtiment corporel à l'école, in* Spirale, Revue de recherches en éducation, n° 37, 2006, pp. 83-95

Claude Monet, *Camille Monet et un enfant au jardin*, 1975

Edith Piaf (reprise par Damia), *Tout fout l'camp,* © Polydor, 1937

Jacques Prévert, Complainte du fusillé, *Paroles*, Folio Plus Classiques, 2004

Franz Kafka, *Journal Intime*, Rivages, 2008 (réédition)

Fred Uhlman, *L'Ami retrouvé*, Folio, 1983 (réédition)

Aimé Césaire, Sommation, *Corps Perdu*, Georges Braziller Inc., 1986

R. L. Stevenson, *L'Étrange cas du Dr Jekyll et de Mr Hyde*, Le Livre de Poche Classiques, 2017 (réédition)

Michel Bonetti et Vincent de Caujelac, *L'individu, produit d'une histoire dont il cherche à devenir le sujet*, in EspacesTemps 37, 1988, pp. 55-63

Franz Kafka, *Lettre au père, Folio*, 2002 (réédition)

Imprimé en Allemagne
Achevé d'imprimer en mai 2022
Dépôt légal : mai 2022

Pour

Le Lys Bleu Éditions
40, rue du Louvre
75001 Paris